HEYNE BÜCHER

SCIENCE FICTION

Herausgegeben
von Wolfgang Jeschke

Von John Brunner erschienen in der Reihe
HEYNE SCIENCE FICTION & FANTASY:

Spion aus der Zukunft · 06/3137, auch ↗ 06/4360
Bürger der Galaxis · 06/3203, auch ↗ 06/1004
Die Zeitsonde · 06/3234, auch ↗ 06/1003
Die Pioniere von Sigma Draconis · 06/3238, auch ↗ 06/1001
Im Zeichen des Mars · 06/3268, erneut: 06/3930
Geheimagentin der Erde · 06/3286, auch ↗ 06/1012
Ein Stern kehrt zurück · 06/3293, auch ↗ 06/1009
Durchstieg ins Irgendwann · 06/3427
Die dunklen Jahre · 06/3565
Der ganze Mensch · 06/3609
Schafe blicken auf · 06/3617
Der Schockwellenreiter · 06/3667
Die Plätze der Stadt · 06/3688
Morgenwelt · 06/3750
Doppelgänger · 06/3850
Reisender in Schwarz · 06/3884
Treibsand · 06/3902
Der Infinitiv von Go · 06/3964
Mehr Dinge zwischen Himmel und Erde · 06/3982
Warnung an die Welt · 06/4007
Das Menschenspiel · 06/4056
Von diesem Tage an · 06/4125
Der Schmelztiegel der Zeit · 06/4226
Träumende Erde · 06/4227
Zeiten ohne Zahl · 06/4238
Fremde Konstellationen · 06/4239
Die Gezeiten der Zeit · 06/4430

JOHN BRUNNER

DIE GEZEITEN DER ZEIT

Science Fiction Roman

Deutsche Erstausgabe

WILHELM HEYNE VERLAG
MÜNCHEN

HEYNE SCIENCE FICTION & FANTASY
Band 06/4430

Titel der englischen Originalausgabe
THE TIDES OF TIME
Deutsche Übersetzung von Irene Holicki
Das Umschlagbild schuf Jim Burns

Redaktion: Wolfgang Jeschke

Printed in Germany 1987
Umschlaggestaltung: Atelier Ingrid Schütz, München
Satz: Schaber, Wels
Druck und Bindung: Elsnerdruck, Berlin

ISBN 3-453-00438-8

PROLOG

Die Nacht, als alles vorüber war, war die längste des Jahres ... und bei weitem die längste seines Lebens. Er trug die traurige Last bis an die äußerste Spitze der Insel, wo diejenigen, die gekommen waren, um mit ihm Totenwache zu halten, nach alter Art eine Feuergrube aushoben, sie mit Seewasser bespritzten und wohlriechende Kräuter darüberwarfen, sie dann abdeckten und das Holz anzündeten.

Sie vertrieben sich die dunkelsten Stunden mit Liedern und Geschichten. Er konnte nicht mit einstimmen und wurde auch nicht dazu aufgefordert.

Im Osten wurde der Himmel hell. Sie stachen einen Weinschlauch an und reichten ihn feierlich herum an alle, außer an ihn. Es war egal; er war nicht in Stimmung zum Trinken. Dann wurde es still, und aller Augen wandten sich dem Horizont zu.

Nachdem sie wieder einmal Zeuge des ältesten Wunders, des Todes und der Wiedergeburt des Lichts, geworden waren, teilten sie sich ein zermonielles Mahl, aber dem Witwer boten sie nichts an. Ihn ließen sie mit seinem Kummer allein – ihn, den Machtlosen, den Unerfüllten, den Mann, dessen Leben noch unvollendet war, der immer noch auf mehr Leiden gefaßt sein mußte.

So war es in den alten Zeiten gewesen. Und so mußte es auch im nächsten Jahr wieder sein.

Auf irgendeinem Planeten des Kosmos.

1

Der GEGENSTAND ist riesig und hohl, besteht aus Metall und ist voller Beulen und Kratzer. Es war an einem Ort, der nicht existieren kann.

Der MONAT ist April.

Der NAME ist Suleyman.

Nachdem sie wochenlang zu fremden, unbekannten Orten unterwegs gewesen waren – aber darauf waren sie eingestellt, besser als andere, besser als alle anderen – kamen sie an einem Frühlingsabend, als die warme Luft gerade kühl wurde und die Farbe des Meeres aufgrund der Schatten eines Unwetters von Blau in Grau überging, zu einer Insel, die fast die Gestalt einer Sphinx hatte. Bräunlich, mit kärglicher Vegetation gesprenkelt, aber ohne Bäume, hob sie sich auf breiten Keulen hoch aus dem Wasser, an den östlichen und westlichen Flanken waren Strände, und zwischen zwei Felsvorsprüngen, die unter dem nach Süden gewandten Kinn die Vordergliedmaßen der Sphinx bildeten, lag noch ein dritter.

Vielleicht hatte die Insel einen Namen. BOOT konnte es ihnen nicht sagen, wenn es so war; wie die meisten Landkarten waren auch die seinen veraltet oder unvollständig, und sie hatten ihm verboten, irgendwelche Satelliten zu befragen.

Lange Zeit betrachtete Gene die Insel mit gerunzelter Stirn vom Bug aus und streckte und dehnte seine mageren, langen Glieder.

Schließlich sagte er: »Besonders begeistert bin ich nicht davon.«

Aber das war kaum verwunderlich. Er mißtraute allen

Inseln. Immer wieder beteuerte er, seine Vorfahren beider Linien seien kontinentaler Abstammung gewesen – wie er als Waise sich dessen jedoch sicher sein konnte, war ein Geheimnis – und hätten ihm die unbewußte Überzeugung vererbt, das ganze Universum sei eine einzige Landmasse, die ein Stamm zu Fuß überqueren konnte, oder sollte es jedenfalls sein. Vermutlich war das der Grund für ...

Aber sie waren stillschweigend übereingekommen, nicht von solchen Dingen zu sprechen. Außerdem war Stacys Einstellung der seinen genau entgegengesetzt, und das hieß, daß entweder die eine oder die andere Theorie falsch sein mußte.

Im Augenblick hatte sie ohnehin keine Lust, der Sache weiter nachzugehen. Sie begnügte sich damit, zu sagen: »Ich glaube, es wäre vielleicht ratsam, zu landen. Solange alles ruhig ist, ist es auf dem Wasser ja schön und gut, aber wenn der Sturm losbricht ...«

»Wahrscheinlich hast du recht«, seufzte Gene und gab BOOT Anweisung, ans Ufer zu fahren.

Es war darauf programmiert, bewohnte Gebiete möglichst zu meiden, und wählte daher den Strand zwischen den Pranken der Sphinx, denn auf beiden anderen Stränden gab es Anzeichen menschlicher Tätigkeit: da standen verlassene Hütten, ein Kaik war an einem Pfosten vertäut, der jetzt niedriger lag als sein Bug, und in den im unruhigen Wasser verankerten Netzen hatten sich leere Fässer, meist aus Plastik, ein paar jedoch auch aus Holz, verfangen.

Aber auch auf diesem dritten Strand hatten Menschen ihre Spuren hinterlassen. Als Gene und Stacy näherkamen, entdeckten sie Betonpfeiler, quadratisch, grauweiß, mit roten und braunen Flecken verschmiert. Einige bildeten immer noch einen Torbogen, der den Eingang einer Felsenhöhle verlängerte; viele andere standen schief, ihre Fundamente waren durch das Ansteigen des Wasserspiegels unterspült worden; einige hatte der vordringende Sand teilweise begraben, und ein paar waren völlig versunken.

Keiner der beiden sagte etwas, bis BOOT den Grund berührte und seine vordere Laufplanke ausfuhr. Dann ging Gene, angespannt und nervös wie immer, bis ans Ende. Er schaute zuerst um sich, dann hinauf zum überhängenden Kinn der Sphinx, und blieb unschlüssig stehen.

Stacy folgte ihm langsamer, aber gelassener, ging an ihm vorbei und stieg auf die nächste umgestürzte Säule. Durch die Einwirkung des Salzwassers, unterstützt von Bohrwürmern und Kletterpflanzen, wurde der Beton allmählich brüchig. Unsicher studierte sie die anderen Säulen, die noch soweit aufrecht standen, daß sie als Pfeiler und Stürze erkennbar waren.

Schließlich sagte sie: »Es ist ein Arestempel.«

»Wer?«

»Gott des Krieges.«

»Lächerlich! Das ist doch viel zu ...«

Sie fiel ihm ungeduldig ins Wort. »Natürlich nicht klassisch! Aber er ist immer bei uns ... BOOT!«

Das Fahrzeug reagierte auf sie bereitwilliger als auf ihn; das war während ihrer Reise ein Reibungspunkt gewesen. »Ja, Anastasia?« antwortete es mit seiner klaren, hellen Stimme.

»Was ist das für ein Ort? Es sieht aus wie ein Stützpunkt aus dem zwanzigsten Jahrhundert – eher aus dem Zweiten Weltkrieg als aus dem Ersten.«

»Durchaus möglich, daß du recht hast, aber ich habe keine Unterlagen über die Herkunft.«

»Soviel vergessen, und soviel, was man wissen sollte ...«, murmelte Stacy.

Aber sie sagte ständig solche Dinge, und Gene achtete nicht darauf. Er sah sich nach dem drohenden Sturm um und mahnte: »Du hast doch gesagt, wir sollten uns einen geschützten Ort suchen.«

Sie drehte sich langsam um einhundertachtzig Grad.

Das vorspringende Kinn der Sphinx über ihr trug einen Bart aus trockenen Würzelchen, die in der Luft hingen: Pflanzen, denen es gelungen war, in Spalten und Ritzen Fuß zu fassen, und die wegen ihres übermäßigen Wachstums nun herausfielen. Auf beiden Seiten erinnerten die rechteckigen Überbleibsel eines uralten Konflikts an ein Zeitalter, in dem anscheinend auch das Leben der Menschheit durch nichts mehr bedroht wurde als durch Rivalitäten untereinander. Die kleinen Landzungen waren nackt und kahl; das Ufer war schmal und von Steinen übersät; aber nahe am Eingang des Betonbogens wuchsen Salzgrasbüschel, und das Graugelb des Sandes ging über in das Braun fruchtbarer Erde.

»Du kannst nicht abstreiten, daß wir während eines Sturms an Land besser aufgehoben wären«, sagte sie. »Ja, das könnte vielleicht sogar ...«

Sie vollendete den Satz nicht. Ungeduldig fragte er nach:

»Was vielleicht?«

»Der richtige Ort sein.« Sie hob den Kopf und warf lächelnd ihr langes Haar zurück. Sie hatten beide ihre Kleider abgelegt, sobald das Klima es gestattete. Es erschien ihnen unpassend, auf dieser gemeinsamen Reise ins Unbekannte angezogen zu sein, nachdem sie auf jener anderen Reise, die sie getrennt unternommen hatten, ebenfalls hatten nackt sein müssen. Nun war sie nahtlos braun, als wolle sie auch seine schwarze Haut mit ihm teilen. Aber sie hatten sich nie berührt, höchstens unabsichtlich ...

Was sie da vom ›richtigen‹ Ort sagte, hatte für ihn keine Bedeutung, es hieß nur, daß sie behauptete, sich zwischen diesen Archipelen zu Hause zu fühlen. Nun, das war eher ihr Erbe als das seine, und für diese eine Nacht konnte er sich einreden, sie befänden sich an der Küste einer richtigen Landmasse ... sofern es so etwas überhaupt noch gab. Er sagte barsch: »BOOT, gib uns alles, was wir brauchen, um uns hier niederzulassen!«

Das Fahrzeug reagierte nicht sofort. Statt dessen schwenkte es seine Scanner hin und her, und ein fast nicht wahrnehmbares Ultraschallsummen ließ die Luft erzittern. Außerdem stiegen nahe am Heck Blasen auf, wo Wasserproben zur Untersuchung eingesaugt wurden.

Stacy schlenderte inzwischen davon, um die rostigen Stellen an den anderen Betonsäulen zu untersuchen. Da Gene sie beobachtete, fiel es ihm zuerst nicht auf, wie lange die Verzögerung nun schon dauerte.

Dann sah er erschrocken, daß BOOT Gegenstände ausspuckte, die er nie erwartet hätte: zuerst Grabwerkzeuge und eine große Rolle Netz; dann etwas in Säcken – Dünger!

Bestürzt begriff er, daß seine Anweisung viel zu allgemein gewesen war, und er widerrief sie. BOOT stellte seine Tätigkeit sofort ein.

»Was ist los?« rief Stacy und blickte nach dem Sturm. Er war schon so nahe, daß sie sehen konnten, wie er das Wasser zu gezackten Scherben aufwühlte.

Wutschnaubend preßte Gene heraus: »Dieses verdammte Boot!«

»Es ist ein großartiges Boot, und ich will kein Wort dagegen hören!« unterbrach ihn Stacy und kam zurück. Beim Gehen bewegten sich ihre Brüste gegengleich zu ihren Hüften, auf eine Weise, die Genes Bewußtsein als das Diagramm einer höchst komplizierten Gleichung registrierte. Manchmal dachte er, er müsse in irgendeinem Punkt ganz schrecklich unnormal sein. Dann war er wieder sicher, er sei in diesem Punkt vollständig, sogar erschreckend normal, und sie auch – in Anbetracht dessen, was sie erlebt hatten ... aber er war nie so ganz dahintergekommen, welcher Punkt das war.

»Schau!« forderte er sie auf. »Schau doch nur!« Und er erklärte, wie die Vorräte von BOOT wegen eines Lagerplatzes für eine Nacht vergeudet wurden.

Stacy dachte jedoch nur ein Weilchen nach und sagte

dann – und nicht zu ihm: »Korrektur! Proviant für Abendessen und Frühstück, Betten und Waschzeug, das genügt.«

Sofort zog BOOT den Dünger, die Werkzeuge und die Netze zur Wiederaufbereitung zurück, aber es war müde, und das Licht, das es zum Betrieb benötigte, schwand schnell. Außerdem war die Sonne jetzt schwächer als zu der Zeit, als es gebaut worden war. Bis es Wärmebetten, Nahrungsmittel und das übrige geliefert hatte, was in Stacys reduzierter Bestellung enthalten war, plätscherte schon der Regen herunter, und beide wurden triefend naß, ehe sie unter dem alten Torbogen Schutz suchen konnten. Der Zugang zur Höhle dahinter war, wie sich zeigte, von einem herabgestürzten Felsen versperrt, aber es gab genügend Platz für sie und ihre Habe. Die Betten waren dank BOOTS erschöpftem Energievorrat stark unterversorgt; aber glücklicherweise war Stacys Bezeichnung ›Waschzeug‹ so altmodisch gewesen, daß sie auch Handtücher mit einschloß, und so waren zwei davon in versiegelten Beuteln aus dem Lagerraum gekommen.

Abgesehen von anderen, notwendigen Dingen hatte BOOT auch ein Kaltlicht geliefert, da es darauf programmiert war, nicht zu übersehen, wie sehr die Menschen ihren ältesten Luxus schätzten, der Dunkelheit ein paar zusätzliche Stunden stehlen zu können. Gene suchte nach einem Sims, auf das er das Licht stellen konnte, und dabei erblickte er auf dem Boden etwas Grellbuntes und hob es auf. Es stellte sich als zerrissener, fleckiger Werbeprospekt eines Reisebüros heraus, mit vielen Bildern von verschwundenen Stränden und längst verstorbenen Urlaubern. Er ließ das Blatt seufzend fallen, dann hob er es wieder auf, weil er dachte, es könnte vielleicht ganz nützlich sein, wenn er ein Feuer anzünden mußte. Er untersuchte gerade im bleichen Schein der Lampe nicht sonderlich begeistert, was ihnen als geeigneter Proviant ausgegeben worden war –

im wesentlichen war es eine selbsterhitzende Packung mit einem Eintopf aus gezüchtetem Gemüse und Reis, aber wenigstens gab es auch eine selbstkühlende Flasche Weißwein – als Stacy unvermittelt sagte: »Gene, ich bin das nicht gewöhnt, und meine Arme werden lahm. Könntest du mir bitte meine Haare trockenreiben?«

Er reagierte erstaunt, denn sie hatte ihn noch nie um einen persönlichen Gefallen gebeten, geschweige denn, eine körperliche Schwäche eingestanden, aber als sie den Kopf nach hinten neigte, zuckte er die Achseln, kniete hinter ihr nieder und erfüllte ihr den Wunsch.

Draußen schlug der erste Blitz ein, und der Donner grollte. Es war nicht wirklich kalt in ihrer künstlichen Höhle, aber ein uralter Instinkt verfügte, es müsse eigentlich kalt sein; Gene spürte, wie ihm ein Schauder das Rückgrat hinunterlief.

Es bereitete ihm eine gewisse Befriedigung, Stacys langes Haar zwischen den doppelt gelegten Handtuchschichten zu rubbeln. Das Tuch strömte einen Duft aus, den es zweifellos in der Fabrik mitbekommen hatte, der aber eine andere Erinnerung wachrief und ihn an Leinen denken ließ, das in einem nach Blumen und Kräutern duftenden Garten im Wind getrocknet wurde. Er wehrte sich gegen diese Assoziation, weil sie persönlich und oberflächlich war, denn diejenigen seiner Vorfahren, mit denen er sich identifizieren wollte, waren nicht reich genug gewesen, um Grund und Boden auf Pflanzen zu verschwenden, die man weder essen, noch für Kleidung verwenden konnte. Außerdem hatten sie sicher auch keinen Flachs gekannt.

Aber obwohl er sie verleugnet hatte, so gut er konnte, mußten einige seiner Ahnen Europäer gewesen sein, und zumindest sie hätten solche Dinge kennen können ...

Er widmete sich wieder voller Energie seiner Aufgabe, und kurz darauf erklärte Stacy, sie sei zufrieden, und sie wandten sich dem Essen zu. Inzwischen schickte BOOT, das nur ein kleines Stück vom Ufer entfernt lag, Musik zu ihnen herüber, die es für geeignet hielt. In Anbetracht der Gegend, in die sie gekommen waren, waren es klagende, langgezogene Klänge ohne feste Tonart, soweit Gene erkennen konnte, aber die Melodie vermittelte ihm ärgerlicherweise – wie der Duft des Handtuchs – das Gefühl, er müsse eigentlich mehr über ihre Ursprünge wissen. Zumindest Stacy schien zu genießen, was ihr geboten wurde, sowohl das Essen wie die Musik.

Drei Stunden nach Einbruch der Nacht erreichte der Sturm eine solche Stärke, daß BOOT sich gezwungen sah, ins offene Wasser zurückzuweichen, und die Musik verklang. Sie legten sich im künstlichen Dämmerlicht nieder, getrennt durch die Überreste ihrer Mahlzeit, zusammen, aber doch allein, und nichts war zu hören bis auf den Regen, der auf das Dach herunterprasselte und sich den Weg zum Boden und schließlich zum Meer suchte.

Nun war es Zeit, daß Stacy die unvermeidliche Frage stellte. Sie schob es so lange hinaus, daß er schon zu hoffen wagte, sie würde sie ausnahmsweise einmal völlig unterdrücken. Soviel Glück hatte er nicht: da war sie schon.

»Glaubst du, sie wissen, wo wir heute nacht sind?«

Der Seufzer, mit dem er die Worte aufnahm, war fast ein Stöhnen, aber er beherrschte sich.

»Sicher tun sie das. Wir sind an der langen Leine, mehr nicht.«

»Aber bei einem solchen Wetter ...« Sie flehte um ein beruhigendes Wort. »Nicht einmal die neuesten Satelliten können durch Gewitterwolken sehen!«

»Ich bin überzeugt, daß sie immer noch einen Peilsender auf BOOT haben.«

»Wir haben es doch vom Bug bis zum Heck durchsucht und alles unbrauchbar gemacht, was wir finden konnten ...« Aber ihre Stimme verklang. Sie hatte das schon öfter gesagt, und jedesmal hatte er einfach ihre vier letzten Worte wiederholt. In dieser Wiederholung lag soviel Wahrheit, daß keiner von ihnen noch weiter darüber zu diskutieren brauchte. Wieder einmal lag sie still, während Gene, vom Trommeln und Platschen des Regens eingelullt, allmählich in den Schlaf hinübertrieb.

Dann sprach Stacy wieder, was sie noch nie getan hatte.

»Weißt du, mir geht der arme Suleyman nicht aus dem Kopf. Warum erzählst du mir nicht, was aus ihm geworden ist?«

Gene stützte sich auf einen Ellbogen und blinzelte sie verständnislos an. Nach einer Weile sagte er: »Ich weiß nicht, was du meinst. Wie sollte denn das möglich sein?«

»Nein, nein!« Auch sie setzte sich auf und strich sich das Haar aus dem Gesicht. »Ich will, daß du mir erzählst – ich glaube, ich will, daß du mir erzählst ... Ach, laß nur! Tut mir leid.« Sie legte sich wieder hin.

Aber er war jetzt dadurch, daß dieser Name gefallen war, wieder hellwach. Er sagte hartnäckig: »Was hast du denn *gemeint?*«

»Ich – ich weiß nicht. Und doch glaube ich ... Mach doch bitte das Licht aus, ja? Sonst schlafe ich nie ein.«

Achselzuckend streckte er seinen Arm aus und tat, was sie sagte. Als sie das nächstemal sprach, war es völlig dunkel.

»Erzähl mir, was von Rechts wegen hätte geschehen müssen.«

Plötzlich dämmerte ihm, worauf sie hinauswollte. Trotzdem lag er noch eine Weile verwirrt da und sortierte Gedanken in seinem Kopf wie ein Meteorfeger, der auf der Suche nach einem gewinnbringenden Fang tausend Kilometer verhedderte Netze durchforstet. Der Regen prasselte jetzt noch heftiger herab; das Wasserrauschen steigerte sich zu einem Crescendo, als solle sich das Universum rings um sie erneut auflösen. Aber zu dieser Zeit und an diesem Ort konnte er akzeptieren, daß es nicht dazu kommen würde.

Außerdem hatte er in gewissem Sinne die gleichen Vorfahren gehabt wie Suleyman; auf jeden Fall hätten seine eigenen und dessen Ahnen durchaus Brüder im Islam sein können, auch wenn sich die Wege ihrer Nachkommen getrennt hatten. Daher entdeckte er zu seiner Überraschung, wie sich Worte zu Mustern ordneten, und sprach sie aus. Er sagte: »O ja! Ich weiß, wie man *seine* Geschichte richtig zu Ende führt.

Es gab eine Zeit, da gelangte er an den Ort, für den er bestimmt war. Du hast ihn nie kennengelernt, ebensowenig wie ich, aber ich bin sicher, du weißt ebensoviel über ihn wie ich. Habe ich nicht recht, wenn ich ihn als einen Menschen sehe, der sich aus einem Konflikt nicht befreien konnte?«

Einen Augenblick lang war er versucht hinzuzufügen: »Wie du und ich!« – aber er unterdrückte diesen Impuls.

»Da er die Religion ablehnte, in der ihn seine Familie erzogen hatte, und die die Fügung in den Willen Gottes lehrte, muß er ein höchst unglücklicher Mensch gewesen sein, trotz allem, was man uns über seine brillanten Fähigkeiten im Umgang mit Computern erzählt hat. Muß es für jemanden, der an Sicherheit gewöhnt ist und dem sie dann entzogen wird, nicht ein grausames Schicksal sein, wenn er die Vorherbestimmung des Geistes neu erfinden muß?«

Sie murmelte etwas, möglicherweise zustimmend. Ermutigt fuhr er fort.

»Am Ende seiner langen Reise fand er eine Welt voll stiller Säle und ruhiger Lichter. Der Ort, an den er kam, hatte keinen Namen, denn er brauchte keinen, und es gab dort auch keine Menschen, denn sterbliche Wesen aus Fleisch und Blut waren inzwischen veraltet. Luft gab es jedoch noch, und sie wurde unaufhörlich von den Schwingungen von Maschinen erschüttert, die, völlig den Prinzipien der Logik unterworfen, versuchten, das Wesen und den Sinn des Universums abzuleiten.

Infolge von Suleymans Eindringen traten Fehler auf. Wie konnte sich ein Mensch von unserem disharmonischen Planeten in einen solchen Rhythmus, in eine solch subtile Harmonie einfügen, die über zahllose Jahrhunderte hinweg immer weiter verfeinert worden war? Ziemlich lange wünschte er sich, er könne weglaufen, weil er Angst davor hatte, wie er, wie allein seine Anwesenheit die ausgewogene Atmosphäre dieses Ortes störte und durchbrach.

Aber die ernsten, weisen Maschinen, unter die er geraten war – wären sie menschlich gewesen, ich könnte sie mir als große, bärtige Männer in langen Gewändern vorstellen –, sie waren sich bewußt, daß es außerhalb noch Welten gab ... und sie waren sich der Vergangenheit bewußt. Sie gaben ihm zu essen, und es schmeckte gut, obwohl sie selbst nur reine Energie absorbierten. Auch die Sprache war für sie schon lange überflüssig geworden, aber sie redeten ihn höflich an, versuchten sich in Wendungen, die sie aus den Beobachtungen abgeleitet hatten, die sie an ihm machten, und aus ihrem Wissen über den Kosmos, und sehr bald wurde er mit den Verhältnissen dort vertraut. Sein Benehmen glich sich allmählich der Welt an, in der er sich befand; seine Fragen zeugten nicht mehr von beschämender Unwissenheit. Er lernte, und im Lernen fand er Erfüllung. Es gab schließlich doch keine so große Kluft zwischen der Art, wie ein makelloser Mechanismus funktionierte, und der Wirklichkeit, die ihn so oft enttäuscht hatte. Es konnte keine geben, wenn diese Maschinen sich die gleiche Aufgabe gestellt hatten wie die Menschheit, und wenn sie glaubten, sie hätten eine bessere Chance, ihr Ziel zu erreichen.«

Er hielt inne und überlegte, was er als nächstes sagen sollte, weil er so überrascht war von seinen eigenen Einsichten, und sie rief aus: »Sprich weiter! Sprich weiter, in Gottes Namen!«

Er raffte die Fetzen seiner Phantasie zusammen und fuhr fort.

»Wenn man so sagen könnte, würde man sagen, daß dieser Ort zu vollkommen war für jemanden, der ... – alt? – genug war, um sich an eine mit Fehlern behaftete Welt wie die unsere zu erinnern. Das Ende von Suleymans Geschichte muß gleichzeitig tragisch und triumphal sein.«

»Erkläre! Erkläre!«

»Es muß in der Erkenntnis seines Dilemmas bestehen. Er muß zugeben, daß die Welt, in die er kam, allein durch seine Existenz schon dem Untergang geweiht war. Seinetwegen wurde ihre geplante Perfektion gestört. Gleichgültig, wie sehr er sich um Anpassung bemühte, die Maschinen würden von da an eine Unvollkommenheit als Tatsachenwissen speichern, die vorher nur Theorie gewesen war. Und es war ihnen verboten, sich selbst zu täuschen.«

»Wie traurig! Wie traurig!« flüsterte sie, und ihre Stimme war dem Schluchzen nahe. »Die Vollkommenheit, die Suleyman suchte, war also ...«

»Sie war etwas, das wir, die wir selbst Geschöpfe sind, nicht schaffen können. Sie war etwas, das er in unseren Schöpfungen vergeblich gesucht hatte, die notwendigerweise weniger vollkommen sind als ihre Schöpfer. Und sie war auch nicht auf der Welt zu finden, in die er reiste. Und auch nirgendwo sonst.«

»Vielleicht, weil er auf falsche Weise suchte?«

»Möglich.« Gene kämpfte gegen ein Gähnen an und unterlag. »Aber welches die richtige Weise ist, und ob es sie überhaupt gibt ...«

»Was glaubst du, gibt es einen Schöpfer?«

»Wir sind Schöpfer«, sagte er kalt. »Wir müssen es sein.«

»Ja ... Ja. So ist es wohl. Es gibt sonst niemand. Wenigstens hat er seinen Platz gefunden, so wie wir den unseren gefunden haben ... Mit diesem Bett stimmt etwas nicht. Gene, laß mich bei dir liegen. Mir ist kalt. Mich friert.«

Es war das erste Mal. Am Morgen war das Wetter wieder schön. Aber der Sturm hatte etwas Magisches an sich gehabt.

2

Der GEGENSTAND ist ein zerrissenes Blatt Papier mit farbigen Bildern. Er spiegelt eine Welt, die für immer verschwunden ist.

Der MONAT ist Mai.

Der NAME ist Ingrid.

Als Gene erwachte, stellte er bestürzt fest, daß ihr gemietetes Kajütboot nicht mehr sicher am Strand lag; eines der Taue war gerissen. Aber das andere mußte er gut festgezurrt haben, denn das Schiff hüpfte im frühen Sonnenlicht glatt und weiß auf den sanften Kräuselwellen auf und ab. Er holte schnell sein Fernglas, um sofort zu untersuchen, ob der Sturm das Schiff beschädigt hatte, aber von der schweren Belastungsprobe, die es hinter sich hatte, war ihm nichts anzumerken, nur am Galion war ein wenig Farbe abgeschürft, und die sauberen Lettern des Namens, den sein Besitzer ihm etwas spöttisch gegeben hatte – ›Schönwetterfreund‹ –, waren fast nicht mehr lesbar.

Nun ja, solange die Beplankung keinen Schaden genommen hatte ... Aber da sollte er sich lieber vergewissern. Das Schiff war zweifellos versichert; aber es blieb doch das einzige Mittel, mit dem sie von diesem gottverlassenen Fleck Erde wegkommen konnten, ohne Aufmerksamkeit zu erregen.

Stacy schlief noch. Er faßte einen Entschluß. Nachdem er sich umgeblickt hatte, um sicherzugehen, daß niemand zu sehen war, kletterte er die drei oder vier Meter Felshang bis zum Strand hinunter, warf die Shorts und die Sandalen ab, in die er hineingeschlüpft war, und watete zum Boot hinaus. Als er es erreichte, ging ihm das Wasser nur bis an die Brust.

Er hinterließ auf dem ganzen Deck und auf dem Teppich in der Kajüte nasse Spuren, stellte aber fest, daß sie erstaunliches Glück gehabt hatten; der Rumpf war unversehrt. Als er von unten wieder heraufkam, summte er vor sich hin und freute sich auf das Frühstück.

Er erschrak zutiefst, als er hörte, wie ihn ganz in der Nähe jemand anrief.

Er wirbelte herum, bedeckte dabei unwillkürlich mit fliegenden Händen seine Blöße und erblickte einen Mann etwa seines Alters, mit rötlichem Haar und Sommersprossen, der sich achtern über das Dollbord beugte und ihn angrinste. Er trug ein rotes Hemd, und an seinem linken Arm saß eine Taucheruhr. Der Fremde balancierte lässig in einem schaukelnden Ruderboot, auf dessen hinterer Bank ein zweiter, viel älterer Mann mit faltigem, dunklem Gesicht saß, der einen schwarzen Drillichkittel tug. Völlig unpassend hatte dieser dazu noch eine goldgeränderte Sonnenbrille auf.

»Nur keine Panik, weil Sie keine Hosen anhaben«, sagte der Sommersprossige. »Wir mußten uns daran gewöhnen, daß die Leute hier ohne alles rumlaufen, seitdem die ersten Touristen bei uns eingefallen sind. Selbst mein Schwiegervater – der alte Stavros hier – hat sich jetzt damit abgefunden, genau wie die anderen Einheimischen, nur bei unserem ›Papa‹ bin ich mir nicht so sicher … Ich bin übrigens Milo Hamilton, und daß ich als Grieche einen schottischen Namen habe, geht zurück auf einen britischen Soldaten, der sich in meine Großmutter verliebt und sich hier niedergelassen hat, weil ihn die Insel an die Hebriden erinnerte, wo er geboren wurde, nur war hier das Wetter besser, und die Küche auch.« Sein Grinsen wurde noch breiter.

»Tja … ah … kommen Sie an Bord!« lud ihn Gene ein und überlegte dabei, wie er wenigstens an ein Handtuch kommen könnte, falls die beiden darauf eingingen.

»Danke, aber lieber nicht; wir haben noch zu tun. Wir haben Sie nur gerade gesehen und dachten, wir schauen besser mal nach, ob Sie den Sturm gut überstanden haben. Nachdem Sie in guter Verfassung sind, fahren wir weiter. Ach ja, was ich noch sagen wollte: Sie können Brot und Wein und andere Sachen im Hafen von Oragalia kaufen ...« – er zeigte in Richtung auf den Weiler am Ostrand –, »und es gibt einen Pfad über die Landzunge, wenn Sie zu Fuß hingehen wollen. Ich führe übrigens die Taverne. Fragen Sie nur nach mir, wenn Sie Hilfe brauchen!«

Er wollte sich gerade mit der Eleganz eines mit dem Meer vertrauten Mannes wieder auf seine Ruderbank und an seine Ruder begeben, als Gene hastig sagte: »Nur einen Moment noch! Sie haben von Touristen gesprochen. Hm ... Müssen wir damit rechnen, von ihnen belästigt zu werden?«

Milo musterte ihn von Kopf bis Fuß mit einem Blick, der deutlicher als Worte ausdrückte: ›Sind Sie denn nicht auch sowas wie ein Tourist?‹ Aber er blieb gelassen und sagte laut: »Weiß nicht, was Sie mit ›belästigen‹ meinen! Ich weiß nur, was ich darunter verstehe – ganze Horden aus allen kalten Ländern im Norden, kein einziger ist höflich genug, auch nur ein Wort von der Landessprache zu lernen, sie verlangen dasselbe Essen, an das sie von zu Hause gewöhnt sind, betrinken sich sinnlos, weil der Wein für sie hier so billig ist, und kotzen mir den Boden voll. Für die schlimmsten davon ist es aber noch zu früh im Jahr. Vielleicht treffen Sie ein paar Junge, die sich da herumtreiben, aber die wollen sich nur ein bißchen ausziehen, schwimmen und herumlungern. Sie sind recht harmlos, aber wenn ich Sie wäre, würde ich doch meine wertvolleren Sachen im Auge behalten. Es ist bekannt, daß sie behaupten, die Welt sei ihnen ihren Lebensunterhalt schuldig ... Endaxi, Stavro – piyainoumé!«

Gene sah dem davonfahrenden Boot mit gemischten Gefühlen nach. Schließlich zuckte er die Achseln und watete ans Ufer zurück.

Als er in ihren Unterstand zurückkam, dieses Überbleibsel aus dem Krieg, das weit über dem Meeresspiegel lag, und das sie letzte Nacht, nachdem sowohl der Funk wie der Sonar ausgefallen waren, glücklicherweise entdeckt hatten, hatte sich Stacy schon aufgesetzt, zog ihre Hälfte des Schlafsacks um die Knie, und ihre dunklen Augen mit den langen Wimpern waren ganz schmal vor Sorge.

»Ich habe dich mit jemandem sprechen hören!« sagte sie beunruhigt. »Wer war das?«

Beruhigend erklärte er: »Ich bin zur ›Freund‹ hinausgegangen, um nachzusehen, ob sie den Sturm gut überstanden hat, und das ist der Fall. Jemand kam in einem Ruderboot vorbei, hat das Schiff gesehen und wollte sich erkundigen, ob wir Schwierigkeiten hätten. Netter Kerl – ihm gehört die Taverne hier. Er sagte, wir sollten zu ihm kommen, wenn wir etwas bräuchten.«

Aber Stacy wurde weiter von Mißtrauen geplagt. »Bist du sicher?« gab sie zurück.

»Sicher, daß ihm die Taverne gehört? Na ja, solange ich ihn nicht hinter der Bar gesehen habe ...«

»Laß das, ja? Du weißt verdammt gut, was ich meine!« Sie strampelte sich aus dem Schlafsack, packte ihre Jeans und ihr Höschen und zog sich beides in einer Folge panischer Zuckungen an, dann schlüpfte sie in ein T-Shirt und fuhr sich mit den Fingern durch das glatte, schwarze Haar.

Er wollte sie umarmen, aber sie stieß ihn weg. »Ich platze gleich! Gibt es eine Stelle, wo ich hingehen kann?«

»Versuch's doch im Meer«, sagte er und wandte sich achselzuckend ab. »Du hättest dich übrigens gar nicht erst anzuziehen brauchen. Der Mann hat gesagt, die Einheimischen sind daran gewöhnt, daß die Leute textilfrei rumlaufen.«

»Was? Du meinst, wir sind hier ...«

»Ja, verdammt! Es gibt hier Touristen! Wie uns!«

Einen Augenblick lang glaubte er, sie würde zurückfauchen; aber sie steckte nur die Füße in die Sandalen und ging auf den Eingang zu.

»Verdammt, was soll's«, sagte sie mutlos. »Wir haben diesen Planeten rettungslos versaut. Das bißchen Schweinerei von mir macht auch nicht mehr viel aus.«

»Wenigstens ist das biologisch abbaubar!« flachste er. Aber sie war schon davongeeilt und hörte ihn nicht mehr.

Während ihrer Abwesenheit richtete er das Frühstück her. Das Brot war altbacken, aber noch eßbar, und sie hatten auch noch ein Stück Käse und viele Oliven. Außerdem gab es genügend Wasser für Kaffee, daher zündete er ihren kleinen Butankocher an und suchte den Rest ihrer Vorräte an Zucker und Milchpulver zusammen.

Inzwischen verfluchte er sich im stillen selbst. Was in aller Welt hatte ihn nur dazu bewogen, Stacys Ansicht zu übernehmen, zwischen Inseln sei es leichter, einer Verfolgung zu entgehen – wo es doch hier immer ein Ereignis war, wenn jemand kam, noch dazu ein Paar wie sie – als auf einem schönen, festen Kontinent, wo es so viele Möglichkeiten gab, schnell zu entkommen, mit dem Flugzeug, mit einem Auto, mit dem Zug oder vielleicht sogar zu Fuß?

Nun, er war – sie waren – heute hier. Und er wollte verdammt sein, wenn er sich, wie sie es offenbar tat, einbildete, hinter jeder Ecke drohe ihnen die Entdekkung.

Als Stacy, ohne der Versuchung zum Schwimmen nachgegeben zu haben, zurückkehrte, hatte er das Brot und den Käse aufgeschnitten und zusammen mit den in einer braunen Papiertüte eingewickelten Oliven auf Plastiktellern ausgelegt. Sie setzte sich ihm gegenüber und aß, ohne etwas zu sagen, bis nur noch eine einzige Olive übrig war.

»Willst du sie?« fragte sie dann.

»Nimm sie nur!«

»Das heißt, du möchtest sie.«

Mit dieser Frau unterwegs zu sein, bedeutete offenbar eine nicht enden wollende Kette solch kleinlicher Streitereien. Im Augenblick war er entspannt genug, um ihr antworten zu können.

»Es heißt, ich würde sie gerne essen. Aber du auch, und ich will sie nicht dringend genug, um sie dir wegzunehmen.«

»Oh, alles wegen einer mickrigen Olive!« rief sie und hob das fettige Papier auf, als ob sie es samt der Olive wegwerfen wolle. Er packte ihren Arm.

»Laß mich los!«

»Nein, warte. Mir ist gerade ein großartiger Einfall gekommen. Gib mir ein Messer.«

Er nahm es mit großer Geste und halbierte damit das runzlige, schwarze, eiförmige Ding.

Als sie es sauber zerlegt auf seiner blassen Handfläche liegen sah, biß sie sich auf die Unterlippe, grinste, lachte dann geradeheraus und aß ihre Hälfte. Danach wurde sie wieder ernst und sagte: »Wenn wir uns hier draußen eine Weile verstecken wollen, brauchen wir mehr Proviant.«

»Den können wir in Milos Dorf kaufen ... – Augenblick mal! Wollen wir hierbleiben? Wer sagt das?«

Sie zuckte die Achseln und lehnte sich gegen die rauhe Betonwand ihres provisorischen Heims.

»Ich dachte, ich soll dir glauben, was du mir über den Typen in dem Ruderboot erzählt hast, der uns ›ganz zufällig‹ entdeckt hat. Außerdem hat die ›Freund‹ nicht mehr allzuviel Treibstoff, richtig?«

Gene holte tief Luft. Er hätte sich inzwischen an ihre abrupten Stimmungsumschwünge gewöhnt haben müssen, aber es fiel ihm immer noch schwer.

»Sag mal«, meinte er vorsichtig. »Warum glaubst du, wir sollten hierbleiben, wenn auch nur für ein oder zwei Tage, wo du doch normalerweise davon überzeugt bist, daß es überall von Spionen wimmelt?«

»Ach ja, ich weiß!« fuhr sie auf. »Du möchtest einen ganzen Kontinent im Rücken haben. Aber du bist auf einem aufgewachsen, wo es keine Landesgrenzen gibt wie auf meinem, mit Paßbeamten und Zolldurchsuchungen auf Schritt und Tritt! Du betrachtest Inseln nicht als wirklich, was? Und ich zitiere: Zum Teufel mit dir und deinen ›Vorfahren kontinentaler Abstammung!‹ Ich fühle mich im Unterbewußtsein dann sicher, wenn ich eine Menge schönes, tiefes Wasser um mich herum habe, wie einen Burggraben!«

Gene bemühte sich, ruhig zu bleiben. Er sagte, so sanft er nur konnte: »Schön, schön! Du meinst also, es wäre ratsam, hierzubleiben. Ich habe dich nur gebeten, mir zu erklären, wieso.«

Seine Vernünftigkeit verwirrte sie einen Augenblick lang. Dann sagte sie: »Jedenfalls glaube ich nicht, daß es auf so einer Insel viele Telefone gibt, es könnte also eine Weile dauern, bis sich die Gerüchte über unsere Anwesenheit ausbreiten.«

»Es muß doch zumindest eine Sprechfunkverbindung geben ...«, begann er.

»Ich sagte *viele!* Wer würde denn zu einem Ort wie diesem Telefonkabel legen? Glaubst du, daß es hier von hochbezahlten Reportern wimmelt?«

»Na ja, wenn es Tourismus gibt ...« Er wollte ihr mit der Möglichkeit hier verbreiteter Festlandzeitungen zuvorkommen, oder damit, daß Bilder von ihr, wenn nicht auch von ihm, im Fernsehen gezeigt wurden. Sie mißverstand seine Absicht und unterbrach ihn.

»Pech gehabt, wenn einer der Besucher krank wird oder seine Firma pleite geht oder sonst irgendwas. Eigentlich ...« – sie hatte wieder eine ihrer abrupten, unberechenbaren Stimmungsänderungen und lachte leise – »kann ich mir so richtig vorstellen, was dann passieren würde. Wer könnte es sein? Ein Holländer oder ein Däne wahrscheinlich, ein nicht allzu erfolgreicher, selbständiger Geschäftsmann, stolz auf die Tatsache, daß er eine Fremdsprache spricht und nicht bereit, eine zweite zu lernen, ist mit seiner Frau und seinen halbwüchsigen Kindern hier, weil die ihm eingeredet haben, daß solche Inseln als Urlaubsziele jetzt in Mode sind, aber es gefällt ihm ganz und gar nicht, und plötzlich übermannt ihn mitten in der Nacht das sichere Gefühl, er stehe kurz davor, eine Million Gulden zu verlieren. Oder sonstwas.«

Die ins einzelne gehende Vision war ansteckend; sie erinnerte Gene an die Geschichte, die er ihr unbedingt hatte erzählen müssen – von wem hatte sie noch gehandelt? Von einem alten Freund, oder von jemandem, der nicht direkt ein Freund gewesen war ... Er bemühte sich, sich zu erinnern. Aber die Geschichte erwies sich als ebenso schwer faßbar wie ein Traum.

Vielleicht war es auch einer gewesen. Im nüchternen Licht des Morgens schien ihr Kern jedenfalls unwirklich zu sein. Er bemühte sich, Stacys kleine Träumerei weiter auszuschmücken und sagte: »Aber ja, natürlich! Er muß zum Postamt gehen – wenn sie hier so etwas haben –, fühlt sich sprachlich nicht verstanden und gerät immer mehr in Panik, und irgendwann kommt sein Sohn oder, noch besser, seine Tochter, die sich mit einem der Einheimischen angefreundet hat und sagt beschwichtigend: »Dad, die haben hier nur montags und freitags Telefonverbindung, also setz dich doch bis dahin mit uns an den Strand. Und ...«

Aber sie hatte das Interesse verloren und raffte sich dazu auf, die Teller und die paar Brotkrusten einzusammeln, die übriggeblieben waren.

»Gibt es hier Seemöwen, denen ich die Abfälle hinwerfen kann?«

»Keine Möwen«, sagte er. Daran konnte er sich deutlich erinnern.

»Oder andere Vögel?«

»Ich habe keine gesehen«, gestand er, und hatte aus irgendeinem Grund ein unbehagliches Gefühl.

»Dann werde ich sie vergraben. Der Boden sieht so aus, als könnte er ein bißchen Humus vertragen. Komm, wir gehen noch etwas zu essen und Wein kaufen und füllen die Wasserflasche! Dann können wir einen Tag lang ganz allein faulenzen, schwimmen und in der Sonne liegen.«

»Vielleicht sind wir auch nicht allein«, murmelte Gene und wiederholte, was Milo gesagt hatte.

»Na und? Die Welt gehört uns allen.«

Noch vor einer halben Stunde war sie in Panik verfallen, weil er zufällig Milo getroffen hatte. Jetzt schien sie ganz vergessen zu haben, daß Gefahr bestand, sie könnten erkannt werden. Ihre Gedanken drehten sich offenbar wie eine Wetterfahne im Wind. Resigniert zog Gene sich hoch.

»Mag sein, wie es will! Aber an Bord der ›Freund‹ sind eine Menge Dinge, die wir nicht an Fremde weiterverteilen dürfen! Ich werde sie sichern. Bin gleich zurück.«

Als er wiederkam, war sie nackt bis auf ein Höschen, kniete vor dem Kleidersack, den sie an Land gebracht hatte und überlegte, was sie anziehen sollte. Er wußte, daß man sie dabei nicht unterbrechen durfte. Also wartete er geduldig, und dabei bemerkte er auf dem Boden einige Dinge, die vorher nicht dagewesen waren: fünf oder sechs fleckige Messingpatronenhülsen, die wahrscheinlich aus einem Automatikgewehr stammten.

»Wo kommen die denn her?« fragte er neugierig.

»Ach, ich habe sie gefunden, als ich die Abfälle vergraben habe. Sie liegen überall am Strand herum, dicht unter der Oberfläche ... Geht das, was meinst du?« Sie erhob sich und hielt ein beigefarbenes Leinenminikleid hoch.

»Tadellos«, sagte er. »Aber du kennst ja meine Ansicht: du siehst großartig aus, ganz gleich, was du anhast, und auch, wenn du nichts anhast. Besonders, wenn du nichts anhast.«

Sie schnitt ihm eine Grimasse und zog sich das winzige Kleidungsstück über den Kopf; es reichte ihr kaum halb über die Schenkel. Dann steckte sie die Füße in die Sandalen, nahm eine geflochtene Binsentasche für die Einkäufe und forderte ihn mit einer Handbewegung auf, zu dem Pfad über die Landzunge voranzugehen, den Milo ihm gezeigt hatte. In sengender Hitze, obwohl die Sonne noch nicht einmal auf halber Höhe stand, suchten sie sich den Weg zwischen Kieselsteinen, die der Regen der letzten Nacht kahlgewaschen hatte, und rutschte gelegentlich im Schlamm aus, der noch nicht getrocknet war. Die niedrigen, spitzen Äste ringsum stehender Büsche zerkratzten ihnen die Waden, Insekten suchten summend nach den seltenen, blauen Blumen, und immer noch fehlte etwas. Endlich, als sie auf dem höchsten Punkt des Weges stehenblieben, um Atem zu holen, sagte Stacy: »Du hast recht. Es gibt keine Vögel hier.«

»Nein. Nur uns.«

»*Nicht* nur uns«, widersprach sie und streckte die Hand aus. An dieser Stelle folgte der Weg einem Klippenrand, und sie konnten eine schöne Jacht sehen, die zweifellos auf dem Weg zu einem kleinen Hafen war, dem auch sie zustrebten, zehn oder zwölf Fahrgäste standen an der Reling, und dazu mehrere Mann Besatzung. Aus dieser Entfernung war es unmöglich zu erkennen, unter welcher Flagge sie segelten; glücklicherweise war Stacy zu abgelenkt, um sich über die Herkunft des Schiffes Gedanken zu machen.

»Eine Insel mit Menschen, auf der es keine Vögel gibt ...« Sie blickte hinunter und schirmte dabei ihre Augen gegen die Sonne ab.

»Sie haben die falsche Entscheidung getroffen.«

»Wie meinst du das?« Sie trat zurück und starrte ihn an.

»Die Vögel. Auch die Reptilien haben so gewählt – die Dinosaurier. Sie hätten intelligent sein können, wie wir. Ich habe es im Fernsehen gesehen. Statt dessen haben sie sich für einen anderen Weg entschieden. Sie sind in die Luft gegangen. Und wir haben sie *über*holt!« Gene lachte gezwungen, um zu zeigen, daß er es nicht so ganz ernst meinte.

Aber sie nahm seine Worte für bare Münze. Es klang beunruhigt, als sie sagte: »Du meinst, die Bodenschätze der Welt könnten schon lange erschöpft sein, wenn nicht etwas geschehen wäre, was die Dinosaurier davon abgehalten hat, nach Kohle zu graben.«

Wie im Falle des aufgeblasenen, imaginären Holländers von ihrer Phantasie angesteckt, nickte Gene.

»Oder nach Öl zu bohren, Uran zu fördern und, wenn wir schon dabei sind, in den Weltraum zu fliegen. Wir sind gar nichts so Besonderes; das hätte schon vor langer Zeit passieren können.«

»Und wie hätte diese Insel dann ausgesehen? Wäre sie überhaupt hier gewesen?« Sie drehte sich um und betrachtete sie; von hier aus konnten sie sie bei weitem nicht ganz sehen, aber die Ostseite hier war von Felskämmen überzogen und so eingekerbt, daß überall kleine, sandige Buchten entstanden. Bis auf eine waren alle, die sie sehen konnten, mit Zelten gesprenkelt wie mit vielfarbigen Pilzen, noch standen die Zelte weit auseinander, aber später war mit einer reicheren Ernte zu rechnen.

»Das mußt du einen Geologen fragen; ich bin keiner. Wollen wir weitergehen?«

»Ja, ich glaube ...« Sie reichte ihm die Tasche, die, obwohl sie leer war, in der Hitze eine Belastung darstellte, und kletterte weiter den schmalen Pfad hinunter.

Bald darauf erreichten sie das Dorf und stellten fest, daß die Jacht dort in der Bucht Anker geworfen hatte, und ihre Passagiere an Land gegangen waren. Es waren zu wenige, um eine Menge zu bilden, aber man hatte doch den Eindruck einer einmarschierenden Horde. Sie machten Gene und Stacy keine Konkurrenz, als diese herumgingen und Brot, Fisch und Obst, Tomaten, Wein und Öl kauften, genug für den ganzen Tag, aber sie klagten lauthals über das Fehlen von Andenkenläden und über die Schwierigkeit, gute Standorte zum Fotografieren zu finden. Ihre Kameras ließen Stacys Befürchtungen wieder wachwerden, und sie zögerte, als Gene vorschlug, in der Taverne etwas zu trinken, ehe sie zurückgingen, obwohl sie beide durstig waren.

»Angenommen ...«, flüsterte sie.

»Angenommen was? Daß einer von diesem Haufen ein ›Paparazzo‹ mit Verbindungen zu den italienischen Skandalblättern ist? Ausgeschlossen! Außerdem lohnt es sich an einem Ort wie diesem, mit dem Burschen, der die Bar hat, auf gutem Fuß zu stehen. Und du hast gesagt, der Gedanke, eine Weile hierzubleiben, sagt dir zu.«

»Na, schon gut. Ich schäme mich nicht für das, was wir getan haben.«

»Schämen? Na ja, vielleicht nicht. Aber eine Heidenangst habe ich schon, wenigstens die Hälfte der Zeit ...« Gene legte seinen Arm um sie und spürte, wie sie zitterte. Aber dagegen war nichts zu machen.

Die Taverne war nicht schwer zu finden, denn abgesehen von der kleinen Kirche war sie das größte und stabilste Gebäude, die meisten anderen waren verfallen oder baufällig. Ehe sie sie jedoch erreichten, fielen die Passagiere der Jacht dort ein, schrien Bestellungen – keine davon auf griechisch – und beschwerten sich über die langsame Bedienung.

Aber Milo fand Gene ungewöhnlich genug, um ihnen besondere Aufmerksamkeit zu schenken, als sie sich setzten. Er ging vorbei, schnitt ihnen eine Grimasse und murmelte: »Die Saison hat früh angefangen – vielleicht mit Ihnen! Ich hätte es wissen müssen! Wein und ›Mezedes‹? Schon unterwegs!« Und zu jemand anderem: »Oriste – kommt schon!«

Stacy berührte ihren Gefährten am Arm. »Gene, ich glaube, wir sollten hier weg«, flüsterte sie.

»Unsinn!« antwortete er barsch. »Wer rechnet schon damit, die *berühmte* Anastasia und den *berüchtigten* Eugene ...«

»Alle schauen uns an!« gab sie zurück.

»Na schön, warum nicht? Ich meine, ich bin schwarz, und du bist schön! Und das stimmt, verdammt! Du bist hinreißend!«

Der Versuch, sie mit Komplimenten abzulenken, schlug fehl.

»Gene! Der Mann da drüben hat eine Zeitung.«

»Stehen wir in den Schlagzeilen? Stacy, es ist Wochen her? Du weißt, daß sich eine Geschichte wie die unsere nicht lange hält!« Er beugte sich zu ihr und hoffte, den Streit so leise halten zu können, daß sie keine Aufmerksamkeit erregten. Sofort verhärtete sich ihr Gesicht, und ihre Stimme bekam einen scharfen Ton.

»Du verstehst mich nicht! Dich interessiert nur, daß du mit einer Erbin durchgebrannt bist!«

»So habe ich das nicht gesehen!« fauchte er.

»So sollte es ja auch nicht sein! Ich glaubte zuerst ... Zum Teufel damit! Gehen wir!« Sie sprang auf.

»Na schön, wenn du unbedingt eine Szene machen willst –«

»Unbedingt? Teufel, nein, ich habe mir etwas völlig anderes erhofft! Aber das ist schließlich deine Sache. Jetzt komm und vergiß die Tasche nicht!«

Glücklicherweise stellte ihnen Milo in diesem Augenblick eine Karaffe Retsina zusammen mit Gläsern und einer Untertasse voll Ziegenkäse und Oliven auf den Tisch. Aufgrund einer logischen Schlußfolgerung wandte er sich an Stacy:

»Wenn Sie das suchen, was ich glaube, das ist da hinten – es ist ein Schild an der Tür. Leider keine Geschlechtertrennung, aber vorhin war sie gerade leer.«

Sie zögerte. Dann beherrschte sie sich mit einer gewaltigen Kraftanstrengung und nickte. Als sie ging, stieß Gene einen riesigen Seufzer der Erleichterung aus. Denn in gewissem Sinne hatte sie ja recht. Wie konnte ein gemischtrassiges Paar hoffen, in einem Dorf wie diesem nicht aufzufallen? Aber wenn er sie so weit beruhigen wollte, daß sie sich dahin locken ließ, wo er sich sicher fühlte, nämlich in die Mitte eines schönen, festen Kontinents, mußte er ihr erst ihren Verfolgungswahn nehmen. Und dabei war das Problem, daß es dafür ja eine reale Grundlage gab: ihr Großvater – ihr *Adoptiv*-Großvater – war vermutlich skrupellos genug, um ein paar Schläger anzuheuern, die ihn verprügeln und sie nach Hause schleppen sollten.

Andererseits hatte sie ihn ja darum gebeten, sie aus der einzigen Welt, die sie je kennengelernt hatte, wegzubringen; sie hatte ihn angefleht, ihr die Chance zu geben, ein anderes Leben zu führen als das des Jetset; sie hatte sich entschieden, daß er der Mann sei, mit dem sie es versuchen wollte; sie hatte auch all die falschen Spuren gelegt, die den Anschein erwecken sollten, sie seien nach Südamerika geflohen ... und den wenigen Zeitungen nach zu urteilen, die sie zu kaufen gewagt hatten, hatte wenigstens die Presse den Köder geschluckt. Nein, die Chancen standen immer noch zu ihren Gunsten – obwohl diese Schiffsladung voll Schaulustiger wirklich verdammt lästig war.

Stacy war ruhiger, als sie zurückkam, und sie tranken ihren Wein zwischen den lautstarken, nie aufhörenden Schreien der anderen, ausländischen Kunden mehr oder weniger in Muße. Aber als sie zum letzten Glas kamen, wurde sie wieder zappelig, und auch er war froh, als er bezahlen und gehen konnte, er merkte, wie viele Blicke auf ihnen ruhten und machte sich Sorgen, was Stacy wohl als nächstes tun oder sagen würde; würde sie darauf bestehen, zusammenzupacken und weiterzuziehen?

Zu seinem Erstaunen faßte sie jedoch, noch ehe sie

den Pfad über die Landzunge wieder erreicht hatte, nach seiner Hand und drückte sie.

»Gene, waren sie nicht schrecklich – diese Leute?«

»Nun, Milo sagte heute morgen ...« Und er gab, so gut er konnte, dessen Worte wieder und fügte noch ein paar bissige Bemerkungen hinzu.

»Ich war früher genauso wie sie.« Sie starrte geradeaus den steilen Pfad hinauf. »Aber ich will nicht mehr so sein wie sie. Obwohl ich nichts dagegen machen konnte. Ich wurde eben so erzogen. Du weißt das doch, nicht wahr?« Sie wandte sich ihm mit flehender Miene zu.

»Ja, ich weiß«, antwortete er barsch. »Sonst wäre ich nicht hier, oder?«

»Dann ist es gut. Solange wir beisammen sind, ist alles gut, nicht wahr?«

Und sie lief fast tanzend vor ihm den Hügel hinauf, während er langsamer mit der Provianttasche folgte.

Aber als sie ›ihren‹ Strand wieder erreichten, fanden sie ihn von Fremden belegt: ein Junge und ein Mädchen, beide um die zwanzig, sie lag nackt auf einem Handtuch, während er – ebenfalls unbekleidet – ihr den Rükken mit Sonnenöl einrieb. Beide blickten neugierig auf, und der Junge sprach sie in gebrochenem Griechisch an. Als sie verständnislos reagierten, versuchte er es zuerst mit bruchstückhaftem Deutsch, und dann mit Englisch, und damit kam er durch.

»Ist das euer Zeug da drin in dem – hm – Kriegerdenkmal?«

»Ja!« Gene ging die letzten paar Schritte noch weiter, während Stacy zurückblieb.

»Auch euer Boot?«

»Nicht direkt. Gemietet.«

»Aha. Bleibt ihr lange?«

»Wir haben uns noch nicht entschieden.«

»So ist es richtig«, sagte der Junge bewundernd. »Man muß sich losreißen von den Wurzeln und die Welt erforschen, ehe sie in Stücke gesprengt wird. Ich wünschte, wir könnten es auch so machen, aber ohne Brot läuft nichts, und ... ich bin Hank. Das ist Linda.«

Das Mädchen stützte sich auf die Ellbogen und lächelte. Sie war blond und hübsch, aber ziemlich dick.

»Sagt mal – hm – wir stören doch nicht, oder?« Hank machte eine unbestimmte Handbewegung.

»Die Welt gehört uns allen«, sagte Gene ganz bewußt mit Stacys Worten.

»Das ist gut«, sagte der Junge anerkennend. »Wir wollen nur ein wenig hierbleiben und ein bißchen Sonne tanken, das ist alles.«

»Wir auch«, sagte Stacy, die sich jetzt entschieden hatte, und stellte sich neben Gene. »Ich bin übrigens Stacy, und das ist Gene. Und ich will gerade etwas zu essen machen. Habt ihr Hunger?«

»Wir haben ein bißchen Brot, Käse und Obst ...«

»Wir auch. Dann legen wir doch zusammen.« Stacy überlegte eine Sekunde, dann faßte sie den Saum ihres Kleides und zog es sich über den Kopf. Noch einen Augenblick später legte sie auch ihr Bikinihöschen ab.

»Vorausgesetzt«, fuhr sie fort, »ihr leiht mir etwas von dem Sonnenöl.«

Es wurde ein seltsamer Tag. Gene hätte es nicht für möglich gehalten, daß man soviel reden konnte, ohne wirklich etwas zu sagen. Wunderbarerweise interessierten sich Hank und Linda jedoch nicht im mindesten für die Herkunft ihrer Reisebekanntschaft und sprachen nur sehr wenig über sich selbst. Hauptsächlich beschäftigten sie sich mit ihren Ansichten über das Leben, die unverblümt mystisch waren. Sie hatten vor, sich über die Türkei nach Indien und von dort nach Nepal durchzuschlagen in der Hoffnung, einem Guru zu begegnen, der ihnen zur Erleuchtung verhelfen konnte. Gene spürte einen Anflug von Neid auf ihren Optimismus. Er fragte sich zwar, ob diese anonyme Insel auf dem besten

Weg dorthin lag, aber er hielt sich zurück. Einmal erkundigte sich Linda schüchtern, ob sie irgendwo Pot hätten, ›vielleicht auf dem Boot, zum Beispiel‹, aber sie akzeptierte Genes Kopfschütteln und wechselte das Thema.

Gegen Sonnenuntergang zog das Pärchen seine Kleider wieder an und machte sich auf den Weg zurück nach Oragalia, wo sie jemanden treffen wollten, der vielleicht Platz auf einem Boot hatte und sie zur nächsten Insel in der Kette mitnehmen würde. Sie umarmten Gene und Stacy überschwenglich, bedankten sich aber nicht für das Essen, das diese mit ihnen geteilt hatten.

Als sie fort waren, trat Stacy durch den Betonbogen – der trotz der verstrichenen Zeit immer noch überraschend aufrecht und eckig war – wieder in die Höhle und schickte sich an, zum Abendessen eine Seebarbe zuzubereiten. Sie war keine gute Köchin, nicht einmal beim Camping, aber sie bestand darauf, die niederen Arbeiten zu übernehmen, um zu beweisen, daß sie dazu fähig war.

Nachdenklich sagte sie: »Ich glaube, wenn alle Leute mehr wie diese beiden wären und weniger wie die Touristen, die wir heute morgen gesehen haben, ließe es sich auf der Welt viel besser leben. Glaubst du nicht auch?«

Gene unterdrückte seine persönlichen Vorbehalte. Er sagte: »Wenigstens wirken sie sehr locker. Und irgendwie sanft.«

»Ja, sanft ist ein guter Ausdruck. Haben wir nicht noch eine Flasche?«

Ein wenig schuldbewußt hatten sie ihren letzten Wein versteckt, weil die Sonne heiß auf den Strand gebrannt hatte, obwohl es erst Mai war, und weil sowohl Hank als auch Linda einen gewaltigen Durst an den Tag gelegt hatten. Während Gene den Korken herauszog, fuhr sie fort: »Ich muß immer daran denken, wie sehr Ingrid sie verabscheut hätte, und wieviel ähnlicher sie diesen gräßlichen Touristen gewesen sein muß.«

»Wirklich? Wieso meinst du?« Er füllte die Gläser.

»Ach ...« Sie machte eine Bewegung mit dem Messer, mit dem sie den Fisch gesäubert hatte. »Es ist die ›Chef-für-einen-Tag‹-Haltung, wenn du verstehst, was ich meine. Wahrscheinlich haben die meisten dieser Leute zu Hause einen entsetzlichen Beruf, wo sie den ganzen Tag vor dem Direktor oder dem Besitzer oder sonst jemandem katzbuckeln müssen, aber solange sie hier sind, geben sie die Befehle und werfen mit Trinkgeldern um sich, und alles rennt, um ihnen zu gehorchen. So etwas muß Ingrid genossen haben. Du hast sie nie kennengelernt, oder?«

»Nein. Aber ich habe natürlich von ihr gehört.«

»Na ja, ich kenne sie auch nicht, aber ich habe eine sehr klare Vorstellung von ihr.« Sie legte das Messer hin, nahm ihr Glas und setzte sich auf ihre Seite des Schlafsacks, sie schaute ihn nicht an – sie schaute nichts an, was sich im Hier und Jetzt befand, sondern starrte ausdruckslos an die Höhlenwand.

»Und ich habe die ganze Zeit überlegt, welches Schicksal wohl für sie das richtige gewesen wäre. Möchtest du hören, was ich denke?«

»Ja, natürlich.« Auch er setzte sich und schlang die Finger um die Knie.

»Ich nehme an, sie wäre gerne in ein Land voll kleiner Leute gekommen, die sie herumkommandieren konnte, vielleicht Erben einer dekadenten Zivilisation. Kleine *braune* Menschen vielleicht – entschuldige, Gene!«

»Hat nichts mit mir zu tun. Sprich weiter!«

Sie runzelte die Stirn. »Na ja, weißt du, ich glaube, es hätte ihr gefallen, wenn sie vom König willkommengeheißen worden wäre. Wenn man sie auf einen Thron gesetzt, mit Girlanden behängt und ihr Fleisch, Butter und Reis dargebracht hätte. Aber irgendwann hätte das Leben in Lamagu angefangen, sie zu langweilen ...

Komisch! Es ist fast so, als könne der Ort, von dem ich spreche, wirklich existieren. Ich wollte ihn gar nicht Lamagu nennen, aber so heißt er. Ich meine, mir ist, als hieße er so.«

»Sprich weiter!« drängte er und griff erneut nach dem Wein.

»Nun ja, wie ich schon sagte, sie langweilte sich, weil sie nicht einmal Befehle geben mußte, sondern alles für sie getan wurde, ohne daß sie etwas zu sagen brauchte. Es genügte ihr nicht, jeden Morgen aufzustehen und die Dämmerung über ferne, schneebedeckte Berge hereinbrechen zu sehen, zuzuschauen, wie die Lilien in den Zierteichen aufgingen, um den Tag zu begrüßen, zahllose Teller voller unbekannter Leckerbissen zu genießen, die üppigsten Seidenkleider und Juwelen anzulegen und durch die Stadt zu gehen, um sich wilde Tiere anzusehen oder bei einem Tempelfest der Musik zu lauschen. Es genügte nicht. Sie brauchte jemanden, dem sie sagen konnte, was er tun sollte, und dem sie zusehen konnte, wie er es tat.

Und so begann sie eines Morgens ganz routinemäßig alles zu kritisieren, was man für sie tat. Sie fand an allem etwas auszusetzen, ganz gleich, was es war – sie verlangte vom Koch, daß er ihr unmögliche Köstlichkeiten zum Frühstück brachte, befahl dem Schneider, ihre Kleider zu ändern, rief nach Spielleuten und beschloß, ihnen ihre Lieblingshymne beizubringen. Sie verspottete sie auch, weil sie sie nicht schon kannten, und weil sie nichts von der Religion wußten, in der ihre Familie sie erzogen hatte, und die sie nur ausübte, wenn es ihr paßte.

Später dann, in den Straßen von Lamagu, auf den breiten Alleen, wo die Händler mit ihren Kunden feilschten, und in den Gassen, wo die Zinnschmiede und die Schuhmacher in winzigen, vorne offenen Läden ihr Handwerk ausübten, wo über den Läden Leute schliefen – in Räumen und auf Rattanbetten, wenn es kühl war, oder auf den Dächern, wenn es heiß war und man monatelang nicht auf Regen hoffen durfte – überall nahm sie sich willkürlich irgendwelche Passanten vor und schalt sie aus, weil sie so waren, wie sie waren. Sie befahl ihnen, ihre Kleidung zu ändern, ihre Ernährung, ihr Heim und sogar ihre ältesten Traditionen.

All das nahmen die Leute von Lamagu hin. Und sie nahmen es nicht nur hin, sie begrüßten es sogar. Sie langweilten sich schon so lange, daß sie sich mit der ständigen Eintönigkeit abgefunden hatten. Natürlich hielten sie Ingrid für verrückt, aber es war eine faszinierende Verrücktheit. Ohne daß sie es verlangen brauchte, nahm der König die Kette ab, die das Zeichen seines Amtes war, so wie eine Krone, beugte das Knie und bat Ingrid, sie anzulegen.

Und das tat sie auch, obwohl sie sich schon halb bewußt war, daß das ihre Pläne untergrub.

Was konnte sie jetzt in der Stadt noch radikal verändern? Nun, man hatte Probleme mit dem Wasser. Entweder gab es nicht genug davon, im Sommer, oder zuviel, wenn die Regenzeit kam. Folglich verfügte sie den Bau riesiger Speicher, die untereinander mit Kanälen verbunden waren, hie und da gab es einen sanften Wasserfall, mit Treppen daneben, wo eine Familie hinkommen und ihre Töpfe und Krüge füllen konnte. Das verstanden die Menschen; es war nicht nur praktisch, es bescherte ihnen auch bei Nacht den beruhigenden Klang herabstürzenden Wassers als Ersatz für das Schrillen der Heimchen, die sie bisher in Käfigen gehalten hatten, was Ingrid aber untersagt hatte. Die Leute machten sich mit Feuereifer an die Arbeit, und sehr bald war das System vollendet.

Und dann kamen andere, summende Insekten und machten Musik in der Nacht, ganz nach dem Geschmack der Leute, denn sie hatten auch in den Tempeln, die Ingrid in Museen umgewandelt hatte, auf summenden Instrumenten gespielt.

Nach der Regenzeit, die Speicher arbeiteten einwandfrei, und hoch in den Bergen lagerte genügend Wasser, um den Bedarf der Stadt auch im längsten und heißesten Sommer zu decken – sie war also zufrieden – da begannen die Leute sich auf einmal so zu verhalten, wie sie es sich schon lange gewünscht hatte. Sie kamen zu ihr und baten sie, sie möge ihnen sagen, was sie tun sollten. Entzückt über diese Umkehrung der Situation, gegen die sie aufbegehrt hatte, erteilte sie Befehle über Befehle und immer und immer neue Befehle, und die Leute gingen weg, und sie saß glücklich auf dem Thron, der einst dem König gehört hatte und wartete auf die Berichte über die Wirkung, die sie erzielt hatte.

Es kamen keine, aber eines der neuen, summenden Insekten stach sie in den Knöchel, und sie erschlug es.

Nach Sonnenuntergang ging sie schließlich hinaus, um zu sehen, warum man sie alleinließ, ohne Essen, Trinken oder Bedienung, und da sah sie, daß Lamagu voller Leichen war. Und nicht lange danach war auch sie eine davon.«

Stacy schüttelte sich, schien von weit herzukommen und blickte sich um. Gene hatte den kleinen Butankocher und auch die Lampe angezündet und hielt ihr einen Teller hin, auf dem ein gebratener, appetitlich mit wildem Thymian gewürzter Fisch, ein Kanten Brot und mit Zitrone, Öl und Salz angerichtete Tomatenscheiben lagen.

»Das wollte ich doch . . .«, begann sie, dann nahm sie friedfertig den Teller und begann zu essen.

Nach einer Weile sagte sie: »Hast du zugehört?«

»Ich kann dir versichern, daß mir kein Wort entgangen ist. Iß auf! Es ist spät, und allmählich wird es kalt.«

Bald danach, als sie sich im Dunkeln an ihn kuschelte, fiel ihr noch etwas ein, was sie hatte sagen wollen.

»Du glaubst nicht, daß Hank und Linda uns erkannt haben, oder?«

»Das bezweifle ich sehr. Sind sie dir so vorgekommen, als würden sie sich für die Nachrichten interessieren?«

»Nein, wohl nicht. Aber es könnte doch sein, daß sie ihren Freunden von uns erzählen?«

»Sehr wahrscheinlich. Aber wenn ihre Freunde auch so sind wie sie, brauchen wir uns keine Sorgen zu machen.«

»Ja, du hast recht ... Gene, ich glaube, ich bin hier ein bißchen glücklich. Laß uns ein Weilchen bleiben!«

Er schlug alle seine Vorbehalte in den Wind und antwortete: »In Ordnung.«

Und fragte sich dabei, wann er es wohl bereuen würde.

3

Der GEGENSTAND besteht aus einer Hand voll Patronenhülsen aus einem Automatikgewehr.
Sie erzählen von einer schon lange in Vergessenheit geratenen, schlechten menschlichen Angewohnheit: dem Krieg.

Der MONAT ist Juni.

Der NAME ist Cedric.

Das dreißig Meter lange Räumboot R 34 – grau wie die See im Morgenlicht vor der Dämmerung an diesem schönen Junimorgen – pflügte mit stetiger Reisegeschwindigkeit von achtzehn Stundenkilometern nach Norden. Die diensthabende Decksmannschaft stand nervös neben den beiden Flakgeschützen, gähnte und fluchte, weil sie nicht fähig war, ihre Erschöpfung mit reiner Willenskraft zu überwinden. Aber das Schiff war jetzt weit von jedem Kampfgebiet entfernt, auch wenn in der Dunkelheit ein paar Flugzeuge vorübergebrummt waren.

Mit schmerzenden Augen, an der Grenze der von Kaffee und Benzedrin künstlich hochgehaltenen Widerstandsfähigkeit angelangt, betrachtete Leutnant Kreutzer die Insel, der sie sich jetzt näherten, und identifizierte sie mit Hilfe der Karte, die vor ihm auf dem Kartentisch der engen Brücke ausgebreitet war. Ihr Name war offenbar Oragalia. Er sah auf die Uhr und machte einen Eintrag im Log.

Da ertönte hinter ihm eine vertraute, aber nicht willkommene Stimme, und Graumann bemächtigte sich, ohne um Erlaubnis zu fragen, seines Feldstechers –

Graumann, der so stolz darauf war, daß er eine der zahllosen, nicht von der Marine, sondern von der Partei erfundenen Uniformen mit den vielen, unverständlichen Rangabzeichen tragen durfte, der so betont sein rechtes Bein nachschleppte und es sich so angewöhnt hatte, auf seine ›Verletzung aus dem Großen Krieg‹ zu verweisen. In seiner üblichen, wichtigtuerischen Art sagte er: »Das sieht interessant aus. Wo sind wir der Karte nach? – Ach, Sie haben es schon eingetragen?« – Es klang, als wäre er enttäuscht, weil er sich nicht darüber beklagen konnte, daß diese Aufgabe vernachlässigt worden war. »Drehen Sie doch freundlicherweise kurz bei, damit ich mir die Sache ansehen kann!«

Kreutzer schluckte die Worte hinunter, die ihm auf der Zunge brannten, und gab seinem Bootsmann, der am Steuer stand, müde ein Zeichen. Das Rumpeln der beiden Diesel wurde zu einem schwachen Pochen, als die Sonne über den Horizont blinzelte und wieder Farbe in die Welt strömte.

»Hmmm!« äußerte Graumann etwa eine halbe Minute später. »Diese Südbucht bietet gewisse Möglichkeiten. Nehmen Sie mal das Glas, Herr Leutnant, und sehen Sie, ob Sie mich da widerlegen können. Angenommen, wir stationieren auf diesem Überhang einen Ausguck, am besten noch mit einem Radargerät?« Er hielt inne, um gebührend zur Geltung kommen zu lassen, wie gut er den aktuellen, technischen Jargon beherrschte. »Dann könnten wir den Eingang zu dieser Höhle befestigen und sie als Magazin verwenden – wenn sie groß genug ist, und wenn nicht, vergrößern wir sie –, auf diesen Landzungen zwei Geschützstellungen anlegen und einige von den Einheimischen verpflichten, einen Wall aus Felsbrocken zu bauen, um den Zugang vom Strand her zu versperren. Finden Sie nicht, daß das ein ausgezeichnet zu verteidigender Beobachtungsposten wäre?«

Insgeheim verfluchte Kreutzer den Mann. Er konnte

das Argument tatsächlich nicht widerlegen; die Karte bestätigte, daß man mit einem Außenposten auf Oragalia in der Tat die Zufahrtswege zu dieser Ecke des Landes, das seit kurzem die neueste Errungenschaft des Dritten Reiches war, kontrollieren konnte.

Solch landgestützte Überlegungen waren ihm jedoch fremd. Er mochte das offene Wasser lieben, jagte, wenn nötig, über ein Viertel des Erdballs, um seine Beute zu suchen. Er hatte gehofft, zu einer U-Boot-Gruppe versetzt zu werden. Aber jeder Mann im Reich mußte seine Pflicht tun, und aufgrund eines komplizierten Systems untereinander verknüpfter Hierarchien war Graumann sein Vorgesetzter. Kreutzer beherrschte sich und sagte nur: »Wenn es dem Feind gelingt, sich neu zu formieren, was unwahrscheinlich ist, könnte er in dieser Gegend durchaus eine Gegenoffensive organisieren. Ich muß jedoch sagen ...«

»Was?« Graumann war sofort gekränkt.

»Na ja, nach unserem Erfolg auf Kreta könnte er versucht sein, unserem Beispiel zu folgen, und in diesem Fall wären Verteidigungsstellungen an der Küste ...«

»Wir haben in dem gesamten Gebiet die Luftüberlegenheit! Gar keine Chance.« Graumann wandte sich an den Bootsmann. »Ich sehe auf diesem Strand eine Hütte und etwas, das aussieht wie ein Gemüsegarten. Das heißt, daß in der Nähe eine größere Ansiedlung ist, und der Karte entnehme ich, daß sie an der Ostküste liegt. Signalisieren Sie, daß wir uns dorthin begeben. Wir werden dort landen und den Einheimischen Gelegenheit geben, ihre neuen Herren kennenzulernen.«

»Jawohl«, brummte der Bootsmann und befahl halbe Kraft voraus. Als die Diesel wieder auf die frühere Tourenzahl gingen, wandte sich Graumann erneut dem Kommandanten zu.

»Es muß doch ein bemerkenswertes Erlebnis sein, Herr Leutnant, als rechtmäßiger Eroberer eines dekadenten Volkes aufzutreten, und genau das werden wir jetzt gleich tun. Behalten Sie in Erinnerung, was durchaus ein einmaliges Ereignis für uns beide sein könnte. Die Geschwindigkeit, mit der das Reich expandiert, hat zur Folge, daß sich ein solches Ereignis nicht oft wiederholen wird, sicher nicht über unsere eigene Generation hinaus, es sei denn im Weltraum. Sind Sie nicht meiner Ansicht?«

»Evgenos! Evgenos! Wach auf!«

Die Leute von Oragalia lehnten den dunkelhäutigen Fremdling ab, weil die Adoptivtochter der reichsten Familie der Insel ihn jedem ihrer anderen Verehrer vorgezogen und ihr altes, bequemes Leben gegen ein Dasein wie das des elendsten Bauern eingetauscht hatte, mit einer Hütte als Unterkunft, einer Höhle, in der die beiden ihre wenigen Werkzeuge und Nahrungsmittel wie Mehl, Öl und getrockneten Fisch aufbewahrten, und einem winzigen Fleckchen versalzten Bodens, wo sie sich ihren Lebensunterhalt zusammenkratzten. Die Männer der Insel, besonders ihr Ziehvater, hatten andere Pläne mit ihr gehabt. Weil jedoch nach der Besetzung Griechenlands so viele gesunde, junge Männer zu den Waffen gerufen worden waren, um an Orten mit unbekannten Namen zu sterben, hatten die Bootsbesitzer in letzter Zeit begonnen, sich an Evgenos zu wenden, wenn sie bei Nacht Hilfe brauchten – und sie bezahlten ihn gut. Starke Arme zum Einholen der Netze waren zu kostbar, um sie zu verschwenden. An diesem Morgen hatte er sich erst schlafengelegt, als der Hahn krähte. Nun wurde er geweckt, fast ehe er noch eingeschlafen war, jedenfalls kam es ihm so vor.

Fluchend öffnete er die Augen und entdeckte, daß es in Wirklichkeit heller Tag war. Unter dem schrägen Dach der Hütte, die er aus Abfällen und Treibgut gebaut hatte, als man verlangte, er solle beweisen, daß er sie ernähren konnte, rüttelte ihn Anastasia an den Schultern.

»Was ist los?« fragte er und setzte sich auf der rohen Pritsche auf.

Er war so erschöpft nach Hause gekommen, daß er sich, bis auf die Stiefel, voll angekleidet schlafengelegt hatte.

»Vor dem Hafen liegt ein Kriegsschiff, ein deutsches Kriegsschiff, zweimal so groß wie die Kaik von Kaloyiannis! Sie haben einen Trupp an Land geschickt. Die haben Gewehre und Maschinengewehre. Alle sollen sich mittags auf dem Platz versammeln!«

Evgenos war jetzt völlig wach, stand auf, rieb sich die Augen und schätzte die Zeit am Winkel der Schatten vor der schiefen Tür. »Hast du das Schiff selbst gesehen?« wollte er wissen.

»Nein, Xanthe ist gekommen, um mich zu warnen« – damit war ihre Ziehschwester gemeint, deren Mann sich vor Monaten zu seinem Truppenteil gemeldet hatte, und seither verschollen war. Es war Anastasia gelungen, wieder ein gutes Verhältnis zu Xanthe aufzubauen, obwohl der Rest der Familie, die sie aufgenommen hatte, als sie Waise wurde, ihr grollte. »Aber es ist eine schreckliche Nachricht! Ich habe Angst!«

»Haben wir nicht seit dem Fall Kretas etwas dergleichen erwartet? Und es hätte noch schlimmer kommen können. Sie hätten uns aus der Luft mit Granaten oder Bomben bewerfen können.«

»Wie kannst du so etwas sagen?« schrie Anastasia.

»Weil es keinen Sinn hat, anders zu reden. Außerdem kann es hier nicht viel geben, was sie brauchen können. Verglichen mit einigen anderen ist das hier eine sehr arme Insel.«

Sie zögerte und hielt den Blick gesenkt.

»Vielleicht wollen sie unser Land?« sagte sie schließlich.

»Wie meinst du das?«

»Mein Onkel sagt, diese Bucht könnte einen guten Stützpunkt abgeben. Er sagt, unsere eigene Armee hätte sie schon befestigen sollen. Du hast doch oft genug gehört, wie er sich darüber ausgelassen hat, oder?«

»Ach, der!« Rhodakis, ihr Nennonkel, war früher Polizist auf der Insel gewesen, und man hatte ihn aus dem Ruhestand zurückgeholt, als sein Nachfolger Befehl bekam, sich seinem Regiment anzuschließen. Er neigte dazu, sich über Themen zu verbreiten, von denen er so gut wie nichts verstand. »In diesem Fall wären wir bestimmt mit Bomben und Granaten beworfen worden! Hol mir bitte einen Schluck Wasser und etwas zu essen, damit mein Magen Ruhe gibt! Er knurrt so, daß ich meine eigenen Gedanken nicht hören kann.«

Schweigend brachte sie ihm in einem großen, vom Sand verkratzten, aber noch heilen Einmachglas, das sie gefunden hatten, als sie den Boden für ihren kärglichen Anbau umgruben, das Wasser, und dazu eine mit Olivenöl angefeuchtete Brotrinde. Während sie ihm beim Essen zusah, bemerkte sie: »Wir sollten uns beeilen, wenn wir bis Mittag auf dem Platz sein wollen.«

»Geh nur voraus! Und suche dort nicht nach mir.«

»Aber jedermann muß ...«

»Jedermann muß«, unterbrach er sie, »herausfinden, was sie für Pläne haben, und selbst Pläne machen, um ihnen entgegenzuwirken.«

»Evgenos, so etwas darfst du nicht sagen!«

»Eure Regierung ist besiegt! Na schön! Wollen eure Leute, daß sie auf ewig besiegt bleiben? Es gibt noch andere Länder, die gegen die Deutschen kämpfen. Der Krieg ist noch lange nicht vorbei.«

»Für uns schon!«

»Für deine rückgratlose Familie vielleicht. Für mich nicht.«

»Aber selbst wenn du dich versteckst, werden sie dich bestimmt erwischen, und dann werden sie dich bestrafen – und ... und was wird dann aus mir?«

Er wandte sich ab, um das leere Glas wegzustellen und zuckte die Achseln. »Wäre dir wirklich jemand lieber gewesen, der sich weigert, gegen fremde Eindringlinge aufzustehen? Solche Männer hättest du dir genügend aussuchen können. Aber du hast mich gewählt.«

Sie nahm seine Hand und blickte ihm gerade in die Augen. »Ich weiß«, sagte sie. »Und du hast mich gewählt. Aber es geht nicht mehr nur um dich und mich.«

Einen Augenblick lang begriff er nicht. Dann fiel ihm die Kinnlade herunter. Als sie sah, daß er verstanden hatte, nickte sie ernst.

»Es ist jetzt sicher. Ich trage dein Kind.«

Einen Augenblick lang herrschte Schweigen. Endlich sagte er mit grimmiger Miene: »Ein Grund mehr, Widerstand zu leisten. Möchtest du, daß es in einer Welt aufwächst, wo man es lehrt, daß es nicht mehr wert ist als ein Tier? Genau das werden die Nazis nämlich sagen. Sie werden es wie einen Mischlingshund behandeln.«

»Aber was können wir denn gegen Soldaten mit Maschinengewehren ausrichten, ganz zu schweigen von einem Kriegsschiff?«

»Etwas! Selbst wenn wir nur dafür sorgen, daß sie keine Nacht ruhig schlafen können, solange sie hier sind. Und jetzt lauf ins Dorf! Wenn jemand fragt, wo ich bin, dann sag, du weißt es nicht – sag, ich konnte nicht schlafen und bin früh weggegangen, oder irgendwas! Aber vergiß nicht, was ich dir gesagt habe: *Suche nicht nach mir!*«

»Wenn du nicht da bist, wird dich sicher jemand anzeigen, der uns haßt ...«

»Ich habe nicht gesagt, daß ich nicht da sein werde«, antwortete er in gequältem Tonfall. »Ich habe nur gesagt, du sollst nicht nach mir suchen. Und jetzt geh!«

Er umarmte sie flüchtig und ging ans Meer, um sich hastig frisch zu machen.

»Ihr habt nichts zu befürchten, wenn wir die Insel mit einer Garnison belegen! Im allgemeinen dürft ihr eure

Arbeit wie gewohnt fortsetzen, wenn auch unter besserer Verwaltung!«

Mürrisch, aber zur festgesetzten Zeit hatten sich die Bürger auf dem Stadtplatz gegenüber dem winzigen Hafen, mit der Kirche auf der einen und der Taverne auf der anderen Seite eingefunden.

»Sollte sich natürlich jemand weigern, unseren Anweisungen Folge zu leisten, so wird das als Hochverrat angesehen!«

Kreutzer hatte zehn Mann von seiner dreißigköpfigen Besatzung dazu abgestellt, mit Gewehren und Maschinenpistolen den Platz zu umzingeln, aber diese Vorsichtsmaßnahmen schienen überflüssig, denn die Leute wirkten wie eingeschüchterte Hunde. Es gab einen Fahnenmast auf der primitiven Hafenmole, die den einzigen Hafen von Oragalia schützte, und auf der hauptsächlich Sturmwarnungen geflaggt wurden; nun flatterte dort die Ersatzfahne der R 34, ein schwarzes Kreuz auf weißem Grund, in der Mitte das Hakenkreuz, das offizielle Zeichen der Eroberung.

Und die Inselbewohner hatten Graumanns Befehl, stillzustehen und den Hut abzunehmen, während sie gehißt wurde, pflichtschuldigst befolgt. Vielleicht war an der Theorie der Herrenrasse doch etwas dran. Kreutzer selbst hatte sich nie so als Herr gefühlt ... aber das kam vielleicht daher, daß er Seemann war, und die See war noch nie völlig gezähmt worden.

Graumann war jedoch in seinem Element, er hatte den ganzen Vormittag damit verbracht, diese neuen Untertanen des Reichs zu verhören.

Auf griechisch, der Sprache, die er auch jetzt verwendete.

»Hochverrat im doppelten Sinne noch dazu – auch ein Verrat an unserem ruhmreichen, arischen Erbe, dem Erbe, das mich dafür begeistert hat, eure Sprache und eure Kultur zu studieren!«

Das war ein weiterer Stachel in Kreutzers Fleisch,

denn er mußte sich an seinen ältesten und rangniedrigsten Matrosen wenden und sich alles übersetzen lassen; der war ein ebenso überzeugter Rassist wie Graumann und glaubte ebenso fest an die deutsche Wiedergeburt, die er mit den deutschen Ursprüngen der modernen, griechischen Königsfamilie in Verbindung brachte; das ging so weit, daß er, obwohl er wegen seiner Geburt in Thessaloniki nicht einmal zum Fähnrich befördert werden konnte, sich bei Kriegsausbruch bereitwillig von der Handelsmarine hierher hatte versetzen lassen. Er war in der Lage, die Rede einigermaßen wiederzugeben, gestand aber, sie sei so gespickt mit archaischen, klassischen Wendungen, daß er hin und wieder raten müsse, was wohl gemeint sein könne.

Kreutzer hatte jedoch wenig Mühe, die Lücken zu füllen.

»Leider wurde im Lauf der Jahrhunderte das nordische Blut eurer Ahnen verunreinigt, besonders durch Juden und andere semitische Untermenschen! Aber man wird Schritte unternehmen, um alle Volksgruppen rassisch zu säubern, die jetzt unter dem Schutz des Reiches stehen!«

Eine große, gutaussehende, aber offenbar verängstigte junge Frau, die ziemlich abseits von der Menge stand, reagierte mit einem sichtbaren Schauder auf diese letzte Bemerkung, während eine Gruppe von älteren Leuten, die viel näher bei Graumann und seinen Begleitern standen, ernste Blicke tauschten und sich zunickten. Kreutzer war nun aufmerksam geworden und hörte bewußt zu.

»Zu diesem Thema wurde mir gesagt, daß sich vor kurzem ein Neger bei euch niedergelassen hat. Ich weiß nicht, wer er ist oder was ihn hierhergeführt hat, aber ich stelle fest, daß er sich auffällig macht, indem er diesem Treffen fernbleibt. Man sagte mir, er sei nicht beliebt, nur wenige von euch wollen mit ihm verkehren – bis auf eine schändliche Ausnahme!«

Kreutzer fragte sich, ob Graumann damit wohl die junge Frau meinte, die ihm schon aufgefallen war. Ihrem gespannten Ausdruck und den Blicken nach zu urteilen, die sie von allen Seiten trafen, schien es wahrscheinlich, wenn auch überraschend. Kreutzer sah Schwierigkeiten voraus. Er konnte sich nur zu deutlich vorstellen, wie seine Matrosen auf die Anwesenheit einer Frau reagieren würden, die so schamlos war, sich einem Neger hinzugeben.

»Ich will daher ausnahmsweise die Erklärung akzeptieren, daß ihm niemand etwas von dieser Versammlung gesagt hat. Morgen um die gleiche Zeit findet wieder eine statt. Wenn er dann nicht anwesend ist, werden wir an seiner ... ah ... Gemahlin – ein Exempel statuieren. Das ist im Augenblick alles, aber ich habe die Absicht, heute nachmittag die Insel vollständig zu inspizieren, und dazu brauche ich einen Führer. Sorgt dafür, daß einer bereitsteht.«

Die Menge begann sich zu zerstreuen, und Graumann wandte sich mit einem dünnen Lächeln an Kreutzer.

»Ich glaube, sie haben begriffen, oder?« murmelte er.

»Ich bin ganz sicher«, antwortete der Leutnant zerstreut und sah sich nach der jungen Frau um. Aber es war ihr irgendwie gelungen, zu verschwinden.

Wenn Evgenos ein Gewehr oder auch nur Pfeil und Bogen gehabt hätte, hätte er Graumann während seiner Rede erschießen können – und hätte das auch nur zu gerne getan. Eine Wand der Kirche bestand aus gewachsenem Fels, dort konnte man im Schutz des Gestrüpps aufs Dach klettern und von oben den ganzen Platz überblicken. Evgenos hatte die Ohren gespitzt und alles gehört. Jetzt schlich er davon und überlegte verzweifelt, wie er seine Prahlereien in bezug auf Widerstand einlösen sollte. Es hatte keinen Sinn, sich Gedanken zu machen, wer ihn denunziert hatte; dafür kamen zwanzig oder mehr Kandidaten in Frage.

Aber gab es einen, der sich vielleicht schämte, weil das geschehen war? Möglicherweise Kaloyiannis, dem das größte Fischerboot gehörte und der Evgenos als erster angeheuert hatte. Er hatte gehofft, sein eigener Sohn würde Anastasia heiraten, deshalb hatten sie nicht gerade viel füreinander übrig, aber er war ein wilderer, zuverlässigerer Patriot als der geschwätzige alte Rhodakis. Wenn die Inselbewohner ihre Arbeit wirklich wie gewohnt weiterführen durften, würden die Fischer heute nacht wie üblich ausfahren. Wahrscheinlich würden die Kaiks vor dem Auslaufen durchsucht werden, aber es waren zu viele, als daß der Feind sie alle die ganze Nacht über unter Kontrolle behalten konnte; außerdem konnten sie ja behaupten, das Geräusch der Dieselmotoren verscheuche die Fische. Angenommen, ein verzweifelter Mann würde dann dem Rudergänger ein Messer an die Kehle halten und ihm befehlen, an die Südspitze der Insel zu fahren, Anastasia abzuholen und Kurs zu nehmen auf – nun, wohin? Ach, irgendwohin! Möglicherweise Malta oder Alexandria, obwohl das in beiden Fällen eine lange, gefährliche Reise wäre. Auf jeden Fall mußte man es versuchen!

»Hier leben also dieser Nigger und seine Frau«, sagte Graumann und grub mit der Spitze seines staubigen Stiefels eine der kränklichen Tomatenpflanzen aus, die in einer Reihe vor der Hütte standen. »Wie passend. Wie die Tiere, und genau das sind sie ja auch.«

Er drehte sich um und begutachtete die Aussicht auf das Meer.

»Genau wie ich es mir dachte: ein ausgezeichneter Platz für unsere ständige Garnison. Sind Sie nicht auch der Meinung, Herr Leutnant?«

Schwitzend, durstig, mit wunden Füßen, aber nicht bereit, sich in Graumanns Gegenwart irgendeine Schwäche anmerken zu lassen, nickte Kreutzer. »Obwohl die Felsen weniger brüchig sind, als man hätte erwarten können. Ihr Steinwall macht vielleicht ziemlich umfangreiche Sprengungen erforderlich.«

Diesen Einwand tat Graumann mit einer Handbewegung ab. »Eine Kleinigkeit! Wir können eine Schiffsladung Beton anfordern und ihn entweder hier gießen oder vorgefertigte Pfeiler anliefern lassen. Aber das wird sicher das Glanzlicht meines nächsten Berichts.«

»Vermutlich sollte ich hier Wachen postieren, für den Fall, daß der Schwarze zurückkommt.«

»O ja, nehmen Sie den Burschen dazu, der Griechisch spricht! Und ich möchte einen Köder ausgelegt haben. Spüren Sie seine Frau auf und sorgen Sie dafür, daß sie bei Sonnenuntergang hier ist! Erzählen Sie herum, daß sie weder Essen noch Wasser hat! Da wir gerade beim Essen sind, wir könnten doch die Vorräte da oben in der Höhle requirieren. Wahrscheinlich sind sie von abscheulicher Qualität, aber Kleinvieh macht auch Mist.«

Anastasia saß im Dunkeln und wiegte sich hin und her, ihre Augen waren trocken, weil sie den Männern, die sie gefangengenommen hatten, nicht die Genugtuung geben wollte, sie weinen zu hören. Es waren zwei: ein untersetzter, etwa fünfzigjähriger, mit ergrauendem Haar und vielen Falten, der andere etwa halb so alt. Der erste hatte eine Pistole und der andere eine Art Maschinengewehr, wie sie es bisher nur auf Bildern sah.

Sie hatten sie weder gefesselt noch geknebelt. Vielleicht hofften sie, sie würde versuchen, Evgenos durch Schreien zu warnen und ihn damit noch eher in die Falle locken, zu der sie der Köder war. Sie lagen draußen im Freien, oben auf den beiden Landzungen, einer sicherte den Pfad vom Dorf her, der andere den Strand. Sie schienen beide ziemlich ruhig zu sein, so, als wäre ihre Beute tatsächlich ein Tier und nicht ein Mensch.

Genau das glaubten sie ja, davor hatte Evgenos sie gewarnt. Nun hatte sie die Wahrheit mit eigenen Ohren gehört. Sie preßte die Hand auf ihren Bauch, der sich noch kaum wölbte von dem neuen Leben, das er trug, und unterdrückte ein Stöhnen der Verzweiflung über das Schicksal, das ihrem Erstgeborenen bevorstand.

War da draußen ein Geräusch? Sie war schon auf den Beinen, aber dann hielt sie sich zurück. Einen Augenblick lang stand sie da und zitterte. Gerade als sie halb überzeugt war, es sich nur eingebildet zu haben, hörte sie, fast nicht mehr wahrnehmbar, eine Stimme ... und erkannte, wem sie gehörte.

»Guten Abend! Sind Sie nicht der Matrose, der Griechisch spricht? Ja? Es muß langweilig sein für Sie hier draußen. Alle Ihre Freunde sind damit beschäftigt, die Fischerboote zu untersuchen, ehe sie in See stechen. Von dem Schwarzen übrigens keine Spur – der hält sich sicher gut versteckt, weil er weiß, wie froh wir sein werden, wenn wir ihn von hinten sehen, den Bastard! Schauen Sie, ich habe eine Flasche Wein mitgebracht. Möchten Sie nicht einen Schluck?«

Ein Flüstern kam als Antwort, zu leise, als daß sie es hätte verstehen können. Anastasia biß sich auf die Unterlippe und ballte die Fäuste so fest, daß sich die Nägel schmerzhaft in ihre Handflächen gruben.

»Ach, kommen Sie! Rufen Sie Ihren Kameraden rüber! Der Nigger traut sich nicht, sich sehen zu lassen. Ich wette, ihm liegt nicht so viel an der Frau, daß er riskiert, von Ihnen eine Kugel auf den Pelz gebrannt zu kriegen.«

Pause; dann zögernd ein Wort des Dankes; der zum Deutschen gewordene griechische Matrose übersetzte leise seinem Gefährten, was gesagt worden war. Einen Augenblick später waren eilige Schritte zu hören.

Was im Namen des Allmächtigen ging da vor?

Jeder der Wächter hatte eine starke Taschenlampe, und Anastasia hatte entsetzliche Angst, sie könnten sie einschalten. Aber sie hielten sich streng genug an ihre Vorschriften, um das nicht zu tun, und alle drei Männer kamen im Dunkeln zusammen.

»Hier, Sie als erster! Sie sind schließlich mein Landsmann!«

Und etwa so lange danach, wie man brauchte, um eine Flasche an die Lippen zu heben: splitterndes Glas, ein Schrei, ein dumpfer Schlag und das Geräusch eines heftigen Kampfes. Anastasia konnte sich nicht mehr beherrschen. Sie stürzte aus der Hütte.

Auf den Felsen unterhalb der östlichen Landzunge lag der ältere Ex-Grieche und stöhnte vor Schmerzen. Über ihm kämpften zwei Männer miteinander, einer versuchte, seine Waffe zum Einsatz zu bringen, sein Gegner hielt ihn in einem Ringergriff verzweifelt umklammert – und im Halbdunkel waren beide Gesichter hell.

Sie schrie überrascht auf. Das war richtig. Der Deutsche war einen kostbaren Sekundenbruchteil lang abgelenkt. Evgenos ließ ihn los, trat zurück und riß ein Bein herum. Überrumpelt stürzte der jüngere Wächter neben seinen Gefährten. Evgenos sprang ihm nach und landete mit beiden Füßen auf seiner Brust. Der andere stieß einen gurgelnden Laut aus, Blut spritzte ihm dunkel aus Nase und Mund.

Der Sieger verlor keine Zeit. Ohne das Gleichgewicht zu verlieren, zog er ein Messer und stieß es seinen beiden Opfern in die Kehle.

»Alles in Ordnung, Anastasia?« keuchte er. »Wenn sie dir wehgetan haben, tut es mir leid, daß sie so schnell sterben durften.«

»J-ja!« brachte sie mühsam heraus.

»Dann hilf mir, sie zum Wasser zu schleppen und sie schwimmen zu lassen! Die Spuren können wir hinterher verwischen!«

»Wie ... wie bist du ...?« Die Worte blieben ihr in der Kehle stecken.

Er wandte ihr sein Gesicht zu. Auch jetzt erkannte sie ihn fast nicht.

»Wie ich weiß geworden bin? Ich habe mich mit

Xanthes Sonntags-Make-up angemalt. Da sie ja nach einem Schwarzen suchten ... Oder wolltest du wissen, wer mir geholfen hat? Kaloyiannis. Ich war ziemlich sicher, daß er seine Abneigung gegen mich hinunterschlucken würde, er schämt sich nämlich, weil man es den Deutschen so leicht macht, die Inseln zu besetzen. Er hat versprochen, sobald er kann mit seinem Kaik herüberzukommen und uns abzuholen. Aber vorher müssen wir die da loswerden.«

Nachdem das erledigt war, versteckten sie sich, naß und zitternd, nicht in der Hütte oder in der Höhle, sondern weiter oben im Gestrüpp, von wo aus sie sowohl nach dem Boot wie nach irgendwelchen Anzeichen einer Patrouille Ausschau halten konnten, die kam, um die Falle zu kontrollieren. Aber diese Gefahr war nicht groß; Graumann wollte sicher nicht, daß seine Beute verscheucht wurde.

Dann endlich, den Kopf auf die Schulter dieses gewalttätigen Fremden gelegt, den sie überhaupt nicht zu kennen schien, auch nicht, nachdem er seine bleiche Maske abgewischt hatte – um im Dunkeln weniger leicht entdeckt zu werden, wie er wehmütig erklärte –, brach Anastasia zusammen. Er wartete, bis sich das trockene, stoßweise Schluchzen beruhigte.

Irgendwann beschloß er, sie abzulenken, indem er ihr eine Geschichte erzählte, wie er es auch in der Vergangenheit manchmal getan hatte, etwa damals, als sie sich für ihn und niemand sonst entschieden hatte, aber immer noch in schrecklicher Angst davor lebte, wie ihre Pflegefamilie und ihre Freunde sich nun verhalten würden.

»Weißt du, diese Eindringlinge erinnern mich an Cedric.«

»Was?« Sie wandte sich ihm zu, ließ aber den Kopf gesenkt.

»Er war nicht nur intelligent, sondern hochbegabt. Er war ein Wunderkind gewesen und hatte sich an

Schmeicheleien gewöhnt. Wenn man ihn einen Intelligenztest machen ließ, wurde er vor der Zeit fertig, ging hinaus und sagte, er langweile sich. Er kam volle zwei Jahre vor seinen Altersgenossen auf die Universität und erwartete, auch dort alle zu Begeisterungsstürmen hinzureißen.

Ganz so klappte es nicht. Ja, er war ein heller Kopf – aber das waren alle anderen auch, und einige verfügten über Erfahrungen und Kenntnisse, die ihm abgingen. Er war nichts Besonderes mehr.

Darüber grübelte er nach, es war seine erste, große Enttäuschung, und allmählich wurde er verbittert.

Irgendwann gelangte sein Unterbewußtsein zu einer Schlußfolgerung, die er nie laut zum Ausdruck brachte. Er erinnerte sich, wie ihm seine Eltern während seiner ganzen Kindheit versprochen hatten, die Welt sei für ihn wie eine Auster, und nun glaubte er, er hätte sie betrogen. Natürlich hatten sie ihm versichert, alles, was er lernte, sei richtig, alles, was in Büchern stünde, sei richtig, es sei sein Recht, über Wissen – mit anderen Worten: totales Wissen – zu verfügen.

Und daraus leitete er ab, daß es einen Grund haben müsse, wenn er im Alter von fünfundzwanzig Jahren noch nicht weltberühmt war – wie es jemand mit seinen Anlagen doch hätte sein müssen. Zuerst bildete er sich ein, es gebe auf der Universität oder in seinem Forschungsgebiet Rivalen, die ihn hinter seinem Rücken verleumdeten oder in anderer Weise gegen ihn intrigierten, aber dafür konnte er keine Beweise finden, und er war ehrlich genug, das auch zuzugeben. Schließlich entwickelte er ganz allein von neuem den Gedanken, jemand habe ihn verwünscht. Du weißt vermutlich, daß das ein Standardbegriff in der Theorie der Magie ist. Aber er erweiterte ihn. Er hegte einen Verdacht gegen den Kosmos.«

»Ach, aber du sagtest doch, daß er diesen Gedanken nie aussprach!« Endlich hob sie den Kopf.

»Das ist richtig. Er fürchtete, verspottet zu werden. Als er nun zu seiner Reise aufbrach, suchte er einen Ort, wo das, was er zu Hause geheimhalten mußte, als selbstverständlich hingenommen wurde.«

»Und hat er ihn gefunden?« – das klang schläfrig.

»Ja, natürlich. In diesem unendlichen Universum muß es für jeden einen Platz geben, und Cedric fand den seinen.

Für kurze Zeit nach seiner Ankunft glaubte er sich im siebenten Himmel. Er befand sich unter Wissenschaftlern, aber als er anfing, über die Naturgesetze zu sprechen, reagierten sie erstaunt; für sie gab es keine Gesetze als solche, sondern nur gute oder schlechte Chancen.

Sie verstanden Prinzipien wie die von Heisenberg eindeutig besser als er, und so äußerte er, obwohl er weiter ständig auf der Hut blieb, vorsichtig seine eigene Theorie. Allem Anschein nach fanden seine Zuhörer sie durchaus vertretbar. Er hatte noch nie so aufgeschlossene Leute kennengelernt. Sie stellten ihm alle Einrichtungen zur Verfügung, um die er bat, und die waren besser als das, woran er gewöhnt war. Er konzipierte einen größeren Vortrag, den er auf einem wissenschaftlichen Kongreß halten wollte, und inzwischen ging er daran, eine Gruppe von Anhängern um sich zu scharen, die sich bereiterklärten, seinen wichtigsten Grundsatz zu akzeptieren: ›Das Universum hat es auf uns abgesehen.‹ Sie wollte er bei seinem ersten, öffentlichen Auftreten ins Publikum setzen.

In dieser Art machte er eine ganze Weile weiter. Seine Studenten waren fasziniert von seinen Argumenten, und viele ließen sich verführen; Reporter kamen, um ihn zu interviewen, und sie zitierten ihn auch richtig. Eine größere Stiftung erklärte sich nach einem einzigen Spendenaufruf bereit, ihn finanziell zu unterstützen. Endlich war Cedrics Name berühmt.

Als es dann so weit war und er vor dem Kongreß

sprechen sollte, zog er seine besten Kleider an, schüttelte zahllose Hände und stieg aufs Rednerpult. Man hatte Dias vorbereitet; er kommentierte eines nach dem anderen und zog auch Notizen seiner Experimente heran.

Erst als er seine Rede zur Hälfte gehalten hatte, wurde ihm bewußt, daß einige seiner Hörer angefangen hatten zu lachen. Er sprach weiter und kam sogar bis zum Ende, trotz der Wogen der Heiterkeit, die nun über ihn hereinbrachen. Ein letzter Funke Hoffnung blieb ihm noch, als das Gejohle von Applaus übertönt wurde und er sah, wie sich der Vorsitzende des Kongresses erhob, um ihm die Hand zu reichen. Er glaubte immer noch, sogar in diesem letzten Augenblick, daß er seine Hörer überzeugt habe und daß sie seine Ansichten übernähmen.

Aber dann sagte der Vorsitzende in aller Aufrichtigkeit: ›Sir, Sie haben uns besser unterhalten als jeder andere Redner, an den ich mich erinnern kann. Diese Vorstellung, das Universum sei von einer zielbewußten Böswilligkeit motiviert, hat zu so vielen guten Witzen geführt, die man auf Parties erzählen kann, daß wir alle in Ihrer Schuld stehen. Wann können wir mit einer ähnlich genialen, ernsthaften Arbeit rechnen?‹

In diesem Augenblick begriff Cedric, daß er die ganze Zeit recht gehabt hatte. Das Universum war nicht nur bösartig, es war auch fähig, ihn zu überlisten, ihn und alle anderen.«

Trotz ihrer nassen Kleider und der unbequemen Haltung war Anastasia neben ihm eingenickt. Er stieß sie sanft an.

»Nicht einschlafen – das darfst du nicht! Wir müssen nach dem Boot Ausschau halten.«

»Kaloyiannis kommt so spät«, flüsterte sie, immer noch mit geschlossenen Lidern. »Er hätte schon lange hier sein müssen.«

»Wir müssen weiter warten«, beharrte er, aber schon überwältigte ihn selbst die Müdigkeit, und er schlief ein.

»Nun, jetzt können wir ihn wegen Mordes verhaften«, sagte Graumann. »Und Kaloyiannis als Helfershelfer. Ich sagte doch – nicht wahr? –, daß es dumm sei, die Fischereiflotte heute nacht auslaufen zu lassen, auch wenn die Inselbewohner ohne den Fang vielleicht hungern müssen. Wissen Sie, was Ihnen abgeht, Herr Leutnant? Sie spüren noch nicht die unerbittliche Logik des Reichs in Ihren Knochen.«

4

Der GEGENSTAND ist ein Einmachglas mit einem Drahtverschlußbügel am Deckel.
Er erinnert an ein vergangenes Zeitalter des Überflusses.

Der MONAT ist Juli.

Der NAME ist Shanti.

Die Dampfjacht ›Medea‹ war im Vergleich zu anderen ihrer Art klein – bei weitem nicht so groß wie zum Beispiel die in Amerika von Commodore Vanderbilt und anderen gebauten Schiffe –, aber sie war mit höchstem Luxus eingerichtet; sogar die Flagge an ihrem Heck war aus Seide. Teak, Mahagoni, Blattgold und Marmor gab es in ihren Kabinen im Überfluß, und unterhalb des Hauptdecks lagen überall dicke Teppiche, um den Lärm der ultramodernen Maschinen zu schlucken.

Vor kurzer Zeit hatten diese Maschinen jedoch allmählich aufgehört, sich zu drehen, und man hatte die Ankerketten rasseln hören.

Während der Besitzer der Jacht, Lord Arthur Fenton, auf den unvermeidlichen Bericht des Kapitäns und des Ingenieurs wartete und dabei geistesabwesend die Rauchfahne anstarrte, die jetzt ganz gerade aus dem Schlot der ›Medea‹ aufstieg, sagte er träge: »Wissen Sie, Osman, alter Junge, manchmal gibt es Zeiten, da finde ich, es war vielleicht gar keine so gute Idee, auf Ihren Vorschlag einzugehen und nach Konstantinopel zu fahren. Jedenfalls nicht zu dieser Jahreszeit.«

Er war ein schlanker Mann mit braunem Haar, noch keine dreißig, mittelgroß, und trug einen leichten Leinenanzug von makellosem Londoner Schnitt. Er lag ausgestreckt auf einer Chaiselongue im Schatten eines Sonnensegels auf dem Achterdeck; es war ein glühendheißer Julitag, und die Thermometer zeigten über dreißig Grad an. Zwischen ihm und dem Mann, den er angesprochen hatte und der auf einer ebensolchen Chaiselongue lag, stand ein kleiner Tisch mit einer Schachtel ägyptischer Zigaretten in schwach grau gestreiftem Papier, einer Flasche Whisky, einem doppelkugelförmigen Sodasiphon in einem Drahtnetz und einem Vorrat an Gläsern. Sein Diener, der Tompkins hieß, saß schwitzend in diskreter Entfernung und war ständig auf dem Sprung, um die Getränke nachzufüllen.

Osman Effendi, der ungefähr im gleichen Alter war, ebensogut gekleidet, aber etwas kleiner und dunkelhäutiger, mit einem dicken, schwarzen Schnurrbart auf der Unterlippe und einem Fez auf dem Kopf, der nicht einmal, wenn er sich hinlegte, seine Lage veränderte, bedeutete seinem eigenen Diener Mustapha, ihm eine neue Zigarette zu geben; er rauchte pausenlos. Während ihm die Zigarette angezündet wurde, suchte er verzweifelt nach einer Antwort. Er hatte Lord Arthur in Monte Carlo kennengelernt und war überglücklich gewesen, seine Bekanntschaft machen zu können, denn der Lord war offenkundig sehr reich, und es würde für Osman in der Zukunft unermeßlich nützlich sein, wenn er Beziehungen zu wohlhabenden Leuten in der reichsten Nation der Welt hatte. Nachdem es für die Riviera nicht die richtige Jahreszeit war und sich kaum Angehörige der Gesellschaft dort aufhielten, die Unterhaltung versprachen, hatte Osman tatsächlich diese Kreuzfahrt vorgeschlagen und so lange das Lob seiner Heimatstadt gesungen, bis der Engländer zustimmte. Aber es lief nicht alles so reibungslos, wie man gewünscht hätte ... Er beschloß also, es sei am sichersten, zu versuchen, die Bemerkung mit einem Scherz abzubiegen.

»Na ja, vielleicht sind bei dieser Hitze sogar Ihre ausgezeichneten britischen Maschinen zu der Ansicht gelangt, daß wir Mittelmeertypen recht haben, wenn wir Siesta halten!«

»Das werden wir bald erfahren«, knurrte Lord Arthur. »Da kommen Wilson und MacAlister.«

Sobald der Kapitän der Jacht an der Seite seines Arbeitgebers angekommen war, stand er ruckartig still und salutierte im Stil der Marine. Hinter ihm stand mit finsterem Gesicht der kleine, schottische Ingenieur und wischte sich mit einem schmutzigen Fetzen den Schweiß von der Stirn.

»Ich fürchte, wir haben Schwierigkeiten, Mylord«, sagte Wilson.

»Kann man es reparieren? Und wenn ja, wie schnell?«

»MacAlister sagt, es kann fünf oder sechs Stunden dauern.«

»Tatsächlich?« Eine Augenbraue ging hoch. »Was ist kaputt?«

Der Ingenieur trat vor. »Das Öl, das wir in Italien gekauft haben«, antwortete er knapp. »Ein Wellenlager hat sich festgefressen. Wir müssen es ausbauen, und ...«

Aber Lord Arthur winkte schon ab, er wollte keine Erklärungen hören. Er sagte: »Sehen Sie nur zu, daß wir, so schnell es geht, wieder weiterfahren können.«

»Ja, natürlich, Mylord«, stimmte Wilson zu.

Als sie fort waren, erhob sich Lord Arthur und begann erregt auf- und abzumarschieren. »Das ist ja ein Ding!« sagte er gereizt, obwohl in seiner Stimme nichts davon zu hören gewesen war, als er mit seinen Untergebenen gesprochen hatte. »Ich sehe einen langweiligen Tag voraus. Sie nicht?«

Und er winkte Tompkins, ihm einen neuen Chota Peg zu mischen.

Gekränkt, denn es war keineswegs seine Schuld, wenn das Öl, das der Ingenieur in Italien gekauft hatte, von so schlechter Qualität war, starrte Osman um sich und kniff in der grellen Sonne die Augen zusammen. Sie hatten vor der Südspitze einer der zahllosen Inseln

Anker geworfen, die es in diesem Teil der Welt gab. Als er sie erblickte, hatte er eine plötzliche Eingebung.

»Es ist fast Zeit zum Lunch, nicht wahr? Vielleicht könnten wir an Land gehen und ein Picknick halten!«

Er war sehr stolz auf seine Kenntnis der britischen Kultur.

Lord Arthurs Stimmung heiterte sich auf. »Man könnte sich dabei zumindest die Zeit vertreiben. Das heißt, wenn es einen anständigen Strand gibt. Tompkins, holen Sie ein Teleskop!«

Es wurde sofort gebracht. Der Lord musterte die Insel und sagte schließlich: »Nun ja. Das könnte man wohl tun. Ich sehe jedoch eine Art Hütte und davor steht eine Frau und starrt zu uns her. Ich hoffe aber, daß nicht zu viele andere Leute in der Gegend sind. Ihr Volk ist in Griechenland nicht allzu beliebt, soviel ich weiß, und man hat schließlich nicht den Wunsch, einen Aufstand zu provozieren.«

Ach, diese taktlosen Engländer! – Aber Osman hielt seine Zunge im Zaum. Er sagte nur: »In gewisser Hinsicht waren wir ebenso froh, von ihnen abgeschlossen zu sein wie sie von uns. Sie sollten einige von den diebischen, betrügerischen Händlern kennenlernen, die man hier heranzieht. Auf jeden Fall ist das jetzt Geschichte, nicht wahr? Und ich kann Ihnen aus langer Erfahrung versichern, daß sie sich der Macht des Geldes ebenso leicht beugen wie allen anderen.«

Lord Arthur beachtete ihn nicht, er hatte immer noch das Teleskop am Auge. »Gütiger Himmel!« hauchte er. »Dieser Kerl – Hier, sehen Sie selbst!«

Osman stellte das Glas scharf und stützte sich, wegen der leichten Kräuselwellen, gegen eine der Stangen des Sonnensegels. Er sah die Frau deutlich: jung, mit recht guter Figur – soweit man das unter ihrem groben, braunen, knöchellangen Kleid sehen konnte, ein Korsett trug sie aber wahrscheinlich nicht – und langem, unordentlichem, dunklem Haar. An ihrer Seite stand jetzt, den Arm schützend um sie gelegt, ein magerer Mann in einem schäbigen Hemd und an einem Knie zerrissenen Seemannshosen. Beide waren barfuß.

Zuerst begriff Osman nicht, was seinen Gefährten so erstaunt hatte; für ihn sahen die beiden nicht anders aus als andere Bauern. Dann verstand er: natürlich, der Mann war nicht nur sonnengebräunt, sondern schwarz. Da er sein ganzes Leben lang an den Anblick von Negersklaven und Eunuchen gewöhnt war, war ihm das nicht sofort aufgefallen.

Achselzuckend gab er das Teleskop zurück.

»Der Mann wirkt kräftig und gesund. Wenn wir ein paar Münzen klimpern lassen, hilft er zweifellos nur zu gerne, unsere Sachen an Land zu tragen. Seiner Frau sollte man jedoch keine Beachtung schenken.«

»Dazu bin ich auch nicht geneigt«, sagte Lord Arthur zimperlich. »Aber solange es dort nicht nach ihren Abwässern riecht ... Tompkins, sagen Sie den Stewards, sie sollen einen Korb herrichten.«

»Wer ist das?« flüsterte Anastasia. »Was wollen sie bei uns?«

»Ich glaube, sie haben angehalten, weil sie mußten. Schau, aus dem Schlot kommt kein Rauch mehr!«

Evgenos kannte sich mit so etwas wie Dampfschiffen aus, ja, er war sogar schon auf einigen gefahren, aber sie hatte bisher erst eines gesehen, und das aus größerer Entfernung. Zitternd sah sie zu, wie ein Boot beladen, heruntergelassen und ans Ufer gerudert wurde.

»Ich gehe ihnen entgegen«, beschloß Evgenos.

»Warte!« Sie packte ihn am Arm. »Einer von ihnen trägt einen Fez!« Die letzten Türken, die auf Oragalia geherrscht hatten, waren schon lange vor ihrer Geburt hingeschlachtet worden, aber ihre Pflegeeltern hatten ihr viele Geschichten von ihrer Grausamkeit erzählt.

»Ja, aber dort weht die Fahne des Landes, das Griechenland zu seiner Freiheit verholfen hat.« Evgenos deutete zum Heck der Jacht. »Wir müssen sie mit Stolz begrüßen. Alle beide.«

»Schön.« Aber sie blieb in der Nähe der Hütte.

Das Boot lief im seichten Wasser, noch ein Stück vom trockenen Land entfernt, auf Grund. Auf einen Befehl hin, den Evgenos nicht verstand, zog einer der Passagiere seine Schuhe aus, krempelte die Hosenbeine hoch und watete an Land. In gebrochenem Griechisch sagte er: »Das sein englischer Lord mit seine Freund. Wollen hier Essen verzehren. Du helfen, werden bezahlt. Kommen mit mir!«

Evgenos war erschrocken. Er sagte: »Aber wir haben nichts, was wir einem Lord anbieten können! Wir haben für uns selbst kaum genug!«

Der Mann lächelte herablassend. »Nein, nein! Wir bringen eigenes Essen für sie. Du helfen tragen, ja? Dir nichts wegnehmen. Hier, sehen?«

Und er reichte ihm zwei glänzende, neue Münzen.

Evgenos nahm sie unsicher – sie waren soviel wert, wie er für einen Monat Gelegenheitsarbeit bei den Fischern bekam – und nachdem er hineingebissen hatte, verstaute er sie in seiner Backe, weil er sonst nichts hatte, wo er sie hätte aufbewahren können. Dann watete er zum Boot.

»Du nehmen Lord auf Schultern«, befahl man ihm, und der Lord, der glücklicherweise ziemlich leicht war, kletterte lachend über die Seitenwand des Bootes und wurde an Land getragen. Als nächster kam sein Freund mit dem Fez, aber er war nicht die letzte Traglast. Gemeinsam mit den beiden Matrosen, die gerudert hatten, dem Mann, der zuerst an Land gekommen war und einem weiteren Diener mußte Evgenos nun eine Ladung nach der anderen bringen: zuerst Stangen und eine Rolle Segeltuch, daraus wurde ein schattenspendender Baldachin gebaut; dann Klappstühle; ein Klapptisch; dann ein riesiger Weidenkorb, der außer Geschirr und Besteck noch etwas Rundes, Glänzendes aus Messing enthielt, das eine blaßblaue Flamme abgab, wenn man ein brennendes Streichholz daran hielt; danach folgte noch ein offenbar unerschöpflicher Vorrat an Essen und Weinflaschen.

Evgenos spürte, wie seine Augen vor Staunen rund wurden, und alle lachten leise. Verlegen rief er Anastasia zu: »Hier, diese Leute wollen uns nichts Böses.«

Sie kam schüchtern zu ihnen herunter, und er erklärte ihr, was es mit dem englischen Lord auf sich hatte. Vor diesem machte sie einen unbeholfenen Knicks, und er redete sie recht freundlich in einer Sprache an, von der sie erriet, daß es Griechisch sein sollte, obwohl die Aussprache ungewohnt war. Aber sobald sie den Mann mit dem Fez ansah, füllten sich ihre Augen mit Haß und Argwohn.

Bald hatten es sich die Besucher in ihrer luxuriösen Umgebung bequem gemacht und aßen und tranken, und Evgenos sagte sich, daß es an der Zeit sei, sich zurückzuziehen. Er ging, gefolgt von Anastasia, zur Hütte und zeigte ihr das Geld, das er bekommen hatte, und sie stimmte ihm zu, daß sich seine Mühe dafür gelohnt habe. Dann beschäftigte sie sich wieder mit ihrem Gemüsegarten, während er auf seinem Felsen saß, darauf wartete, daß seine Hosen trockneten und – nicht ohne Neid – zu der Picknickgesellschaft hinübersah.

»Mein Griechisch hat nicht viel Eindruck gemacht, wie?« sagte Lord Arthur. »Ihr Diener Mustapha hat sich besser geschlagen! Ist noch Champagner in der Flasche?«

Tompkins schoß heran und schenkte nach.

»Natürlich«, fuhr er fort, »kann man auch nicht erwarten, in einem solchen Winkel die Sprache von Sokrates und Plato zu finden. Sieht so öde aus wie im finstersten Teil der Highlands, nur gibt es nicht soviel Wasser. Was meinen Sie, wovon diese Leute überleben? Leben kann man es ja eigentlich nicht nennen, wie?«

Osman zuckte die Achseln; solche Dinge scherten ihn wenig. »Ich nehme an, sie ernähren sich vom Fischen«, sagte er nach einer Pause und machte Mustapha ein Zeichen, ihm noch eine Zigarette anzuzünden.

»So wie dieser Neger uns anstarrt«, murmelte Lord Arthur, »möchte man meinen, er hätte uns für den nächsten Fang in Aussicht genommen ... Fertig?«

»Was? Ach so – ja. Und vielen Dank: der eingemachte Fasan war ausnehmend köstlich.«

»Freut mich, daß er Ihnen geschmeckt hat. Habe ihn persönlich letztes Jahr in Ardnacraish geschossen. Ich muß zugeben, daß ich nicht sicher war, ob er die Hitze vertragen hatte, aber unser Koch da oben ist wirklich phantastisch ... Sie wollen bestimmt keine Orange? Nein? Wie wäre es mit einem Schluck Brandy?«

»Ja, mit Vergnügen!«

»Tompkins!«

Eine Weile herrschte angenehm gesättigtes Schweigen. Irgendwann wurde Lort Arthur jedoch dann unruhig.

»Er starrt uns immer noch an, wissen Sie. Und wenn diese großen Augen Rüssel wären, hätte er uns schon eingesaugt.«

»Ich versichere Ihnen, mein Bester, Sie brauchen sich keinerlei Sorgen zu machen. Er würde es nicht wagen, irgend etwas zu probieren. Erstens ist er uns schon zahlenmäßig unterlegen, und dann hat uns Ihr Ingenieur versichert, daß wir noch vor Einbruch der Nacht von hier wegkommen. Außerdem ist da noch etwas zu bedenken. Sie sagten, mein Volk sei hier unbeliebt; nun, für seinesgleichen gilt das noch viel mehr, und ich staune ohnehin, daß er eine Frau gefunden hat. Möglicherweise hat sie ... ah ... hat sie sich in Schande gebracht und wurde von ihrer Familie verstoßen, und er war der einzige Mann, der bereit war, sie aufzunehmen. Wissen Sie, sie sind nicht so wählerisch wie zivilisierte Menschen.«

»Und was glauben Sie, wie er überhaupt hierher kam?«

»Arthur, manchmal verstehe ich Sie nicht. Was in aller Welt finden Sie denn an solch bedeutungslosen Kreaturen interessant?«

Lord Arthur reckte sich und gähnte. »Wenn sich sonst keine Ablenkung bietet, kann einem alles interessant vorkommen. Und – um Sie selbst zu zitieren – ist da noch etwas zu bedenken.«

»Was denn zum Beispiel?«

»Nun, bei allem schuldigen Respekt, Ihr Reich ist im Niedergang begriffen, und das unsere im Aufstieg. Könnte das nicht etwas mit der Tatsache zu tun haben, daß sich Ihre Beys und Paschas und so weiter zu wenig für das Leben der Menschen interessieren, über die sie herrschen? Vergleichen Sie doch einmal unsere Leistungen in Indien mit den Ihren, sagen wir, in Rumelia ...«

Lord Arthur war wieder betrunken. In großer Gesellschaft konnte er in diesem Zustand oft sehr unterhaltend sein; auf dieser Kreuzfahrt hatte Osman jedoch erfahren müssen, daß er, wenn sie nur zu zweit waren, beleidigend werden konnte, wenn auch auf die freundlichste Art, die man sich denken konnte. Er sagte hastig: »Sie könnten sie ja herunterrufen und sie fragen. Ich persönlich habe den Verdacht, daß er uns nur deshalb so anstarrt, weil er in seinem ganzen Leben noch keine anständige Mahlzeit bekommen hat und sich fragt, was wohl aus dem wird, was wir übriglassen.«

»Sie haben recht! Verdammt, Sie müssen recht haben! Nun, wenn du in Rom bist ...« Lord Arthur sprang auf und winkte. Mit gräßlicher Aussprache – wenn auch grammatikalisch korrekt – rief er dem schwarzen Mann und seiner Frau, die jetzt müde von der Arbeit neben ihm saß, auf altgriechisch etwas zu. Sie blickten ihn verständnislos an, bis Mustapha zu Hilfe kam.

»Lord wollen euch auch Essen geben!«

Daraufhin kamen sie Hand in Hand heran, aber ohne sich zu beeilen. Osman beobachtete sie und zupfte den Engländer am Ärmel.

»Wissen Sie, sie sind wahrscheinlich nicht an Tische und Stühle gewöhnt.«

»Hmm! Das mag sein!« Lord Arthur blickte sich um und entdeckte ein rechteckiges Holzbrett, das die Wellen zufällig in einem Spalt an der Felsküste eingeklemmt hatten. Er zeigte darauf.

»Vielleicht würden sie sich wohler fühlen, wenn sie darauf essen würden, was meinen Sie? Schön! Tompkins, holen Sie das Brett, ja?«

Sein Diener eilte gehorsam hin, aber als er zurückkam, drehte er das Brett hin und her und starrte es neugierig an.

»Was ist los, Mann?« wollte Lord Arthur wissen.

»Da ist eine Art Gemälde darauf, Sir«, antwortete Tompkins und hielt eine Seite hoch, damit sein Herr sie begutachten konnte.

Lord Arthur warf einen Blick darauf, und Osman sagte nervös: »Oh, das ist ein religiöses Abbild, nicht wahr?« Er sprach mit dem ganzen Abscheu des guten Moslems, dem es verboten ist, Bildnisse zum Zwecke der Anbetung zu verfertigen.

»Ach ja!« Lord Arthur klemmte sich ein Monokel ins rechte Auge und untersuchte die verwitterten Farbspuren, die auf dem Brett noch vorhanden waren. »Sieht aus wie eine primitive Darstellung der Jungfrau mit dem Kind. Faszinierend, diese primitive Kunst, finden Sie nicht? Aber ich verstehe, was Sie meinen. Es würde sie vielleicht kränken, wenn wir verlangten, daß sie es als Tisch benützen, oder? Na schön! Vermutlich sind sie gewöhnt, vom nackten Boden zu essen ... es ist ohnehin zu spät. Da kommen sie schon. Sie werden sich eben damit abfinden müssen.«

Mit einer gewissen Würde verneigte sich der Schwarze, nahm die Einladung, sich in den Schatten zu setzen, an – die Frau jedoch kniete nieder, und sie bemerkten erstmals, daß sie schwanger war –, und als man ihm das übriggebliebene Essen gab, sorgte er dafür, daß sie die besten Bissen bekam.

»Hmm! Gar nicht so unkultiviert«, stellte Lord Arthur wohlwollend fest. »Von ihren Tischmanieren halte ich nicht sehr viel, aber schließlich haben meine eigenen Vorfahren auch mit den Fingern gegessen, glaube ich, ehe man aus Italien die Gabeln einführte. Tompkins, machen Sie keinen Champagner mehr auf, aber ich glaube, wir können eine Flasche Bordeaux entbehren, wenn die türkischen Weine wirklich so gut sind, wie Osman Effendi behauptet. Ich hätte übrigens auch wirklich nichts gegen einen Schluck davon einzuwenden!«

Die beiden Gäste tranken feierlich auf sein Wohl.

»Da haben wir doch die edlen Wilden!« rief Lord Arthur aus. »Ob das wohl natürlich ist, angeboren, ischtinktiv, oder ...« Er unterbrach sich, als er merkte, daß er gerade über ein tückisches Wort gestolpert war. Er lehnte sich zurück und wandte sich an Mustapha, der außer Griechisch und Türkisch auch ein wenig Englisch und Französisch verstand.

»He, du! Frag ihn, wie er heißt und wie er hierhergekommen ist!«

Evgenos antwortete zuerst nur zögernd; dann löste ihm der Wein die Zunge, und er gestand, er sei als Sklave geboren und habe seine Eltern nie gekannt. Ein wenig prahlerisch erläuterte er, er sei nicht freigelassen worden, sondern entlaufen, wollte aber, mit vielen nervösen Blicken zu Osman hinüber nicht sagen, wer sein Besitzer gewesen war.

»Das ist ja toll!« schrie Lord Arthur verwegen und winkte Tompkins, er solle die Gläser nachfüllen. »In England haben wir die Sklaven abgeschafft! Land der Freien und so weiter, Sie wissen schon!«

Nachdem ihr alles aus dem Geschäft rausgeholt habt,

was zu holen war, merkte Osman im stillen an. In Anbetracht der Stimmung seines Gastgebers wagte er nicht, den Gedanken laut zu äußern.

Manchmal fragte er sich jedoch, ob er den richtigen Weg gewählt hatte, als er sich nach dem Westen orientierte. Die Streitigkeiten, die er immer hatte ertragen müssen, wenn er seinen Vater besuchte ... Aber hier war noch jemand, wenn auch von sehr niedrigem Stand, der offenbar keinerlei Bedenken gehabt hatte, eine ähnliche Entscheidung zu treffen. Der Wein hatte auch seiner Frau Anastasia Mut verliehen, und als Evgenos ihre Beziehung erklären wollte und dabei ins Stocken geriet, ergriff sie erstmals das Wort.

»Ich bin Waise. Dies ist eine kleine Insel. Es gibt nur wenige Männer. Alle sind meine Vettern. Der Handel geht nicht gut. Die Familien, die das Land besitzen, haben keinen Schwung mehr. Mein Onkel, der mich adoptiert hat, dachte hauptsächlich daran, seinem Besitz noch mehr Land anzugliedern. Ich wollte den Gatten nicht, den er für mich aussuchte. Zu viele Frauen heiraten ihre Vettern, weil es sonst niemanden gibt. Es stört mich nicht, daß Evgenos ein Fremder ist. Er ist kräftig, und jeder weiß, wie schwer er arbeiten kann. Eines Tages werden sie ihn akzeptieren, weil wir jetzt schon gute Nahrung auf dem Land anbauen, das die anderen verlassen haben. Mein Onkel ist vielleicht zornig auf mich, bis er stirbt, aber seine Tochter mag ich noch immer. Ihr Mann behandelt sie schlecht, und jetzt ist sie eifersüchtig auf mein Glück, aber darüber wird sie hinwegkommen. Sogar meine Tante sagt jetzt, daß ich vielleicht doch richtig gehandelt habe.«

Lord Arthur pickte sich eine Bemerkung aus der lückenhaften Übersetzung heraus, die ihm Mustapha zu liefern vermochte, und brach in schallendes Gelächter aus.

»Deine Kusine ist eifersüchtig auf dein Glück, was? Erstaunlich! Nun, man wird nicht fragen, was das für ein Glück ist! Wie, Osman?« – und dabei versetzte er seinem Begleiter einen Rippenstoß.

Der schwieg weiter, weniger, weil er von der Hitze, vom Wein und vom Brandy schläfrig wurde, sondern weil man ihm von klein auf beigebracht hatte, niemals über das zu sprechen, was sich im ›Haremlīk‹, dem ›rechtmäßigen‹ Teil des Hauses, abspielte.

Genau in diesem Augenblick heulte jedoch die Dampfsirene der Jacht auf, und alle blickten hinüber. Eine graue Rauchwolke stieg nun wieder aus dem Schlot, und auf dem Vordeck gab ein Matrose mit farbigen Flaggen Signale.

»Na, das hat MacAlister gut gemacht!« rief Lord Arthur. »Ich müßte ihn ja inzwischen so weit kennen, um zu wissen, daß er, wenn er eine Stunde meint, sicherheitshalber zwei sagt. Verdammter Pessimist! Wir wollen aufräumen und an Bord gehen!«

»Verzeihung, Mylord«, wagte sich Tompkins vor, »aber wieviel von den Lebensmitteln soll mitgenommen werden? Das eingemachte Fleisch wird nicht lange halten, nachdem es jetzt offen ist, und ein Teil des Obstes ...«

»Ach ja!« – mit großer Geste. »Das kann der Nigger haben! Und eine Flasche Wein dazu, vorausgesetzt, er trägt mich zum Boot zurück, ohne daß ich nasse Füße bekomme.« Er lachte.

Als die Dampfjacht abfuhr und dabei den Rauch im Sonnenuntergang wie eine riesige Fahne hinter sich herzog, half Evgenos Anastasia, die Reste einzusammeln und sie in die Hütte zu tragen.

»Ich sagte dir doch, sie würden uns nichts tun«, schalt er, den Mund voll englischem Schinken und Essigfrüchten und altbackenem, aber weißem Brot.

»Aber sie hatten Angst, wir könnten ihnen etwas tun«, murmelte sie und lehnte die Ikone der Jungfrau mit Kind, die das Meer an Land gespült hatte und die sie als besonderen Schatz betrachtete, gegen den Mittelpfosten ihrer Hütte.

»Warum sollten wir? Wie konnten sie das denken?«

»Weil sie sich in ihrem Luxus so unsicher fühlen.«

»Aber hier, sie haben uns als Geschenk Leckerbissen zurückgelassen, wie ich sie noch nie gekostet habe! Allein die Gläser, in denen die Essigfrüchte waren, sind schon feiner als ...«

Sie winkte ihm, er solle schweigen, ergriff die Weinflasche und nahm einen tiefen Zug.

»Ihr Selbstvertrauen ist Illusion. Es hängt nur davon ab, wie gründlich wir uns einschüchtern lassen, wie zum Beispiel ich beim Anblick des roten Fez. Ich schäme mich. Es erinnert mich an Shanti.«

Gesättigt und zufrieden legte er sich in der lauen Abendluft zurück und lauschte ihrer Geschichte, während es dunkel wurde.

»Shanti war ein weiches, anspruchsloses Wesen, das aus ganz anderen Gründen ausgewählt worden war als Cedric. Ihre Kultur und die ihrer Eltern bestärkten sie darin, sich passiv zu verhalten. Sie erwartete, daß die Welt sie gut behandelte, aber als die Welt das nicht tat, war sie zwar durchaus imstande, sich zu beklagen, hatte aber nicht die leiseste Ahnung, was sie tun sollte. Sie hatte jedoch Hoffnungen, und die wurden letztlich – in gewissem Sinne – auch erfüllt.

Der Ort, an den sie kam, war genau das, was sie sich immer erträumt hatte. Es war eine wohlwollende, gastfreundliche Welt, in der niemand zu arbeiten brauchte. Das Klima war angenehm, und die Menschen brauchten keine Kleidung, aber es gab viele Arten von Schmuck und Zierat. Wenn man Hunger verspürte, brauchte man nur nach abgefallenen Früchten und Nüssen zu suchen, oder nach den Schalentieren, die es am Meer im Überfluß gab. Es gab auch Tiere, die so zahm waren, daß sie sich anscheinend fast freuten, wenn man sie aufforderte, sich schlachten zu lassen, aber sie wurden nur ganz zeremoniell an bestimmten Festtagen getötet, auf die sich jedermann schon Monate im voraus freute; bei diesen Gelegenheiten wurde auch ein süßes, berauschendes Getränk serviert, und alle waren lustig und vergnügt. Selbst ein Gewitter mit seinen Blitzen sorgte für Unterhaltung. In der Musik dieser Leute wurde auch häufig der Donner nachgeahmt, denn wenn ein Wolkenbruch ein oder zwei Häuser wegspülte, dann empfand man es ebenfalls als Abwechslung und als Anlaß für ein Fest, ein paar Bäume zu fällen und aus miteinander verflochtenen Blättern neue Dächer und Wände zu machen. Außerdem füllte der Regen die Trinkwasserbecken.

Es gab auch noch andere Vergnügungen. Shanti war für viele Männer attraktiv, und deren Frauen hatten dagegen auch nichts einzuwenden. Einige von ihnen wollten sogar selbst ausprobieren, worüber sich ihre Männer so lobend geäußert hatten, und sie erklärten sich gleichermaßen befriedigt. Nach kurzer Zeit war sie berühmt, soweit man dort überhaupt berühmt sein konnte, und man richtete ihr zu Ehren ein großes Festmahl aus.«

Anastasia hielt inne und griff wieder nach dem Wein, und er drängte: »Erzähle den Rest!«

»Es gab keinen Rest«, sagte sie. »Das war Anfang und Ende, und es wiederholte sich ohne Ende immer wieder.«

5

Der GEGENSTAND ist ein verzogenes, blau, silbern, golden und rot bemaltes Brett.
Er verkörpert einen Glauben, der verworfen wurde.

Der MONAT ist August.

Der NAME ist Giacomo.

In der heißen Augustnacht hatte Anastasia das dünne, grobe Laken von sich geworfen, das sie mit Evgenos teilte. Mit der Dämmerung kam ein ganz schwaches Lüftchen, und von der Veränderung in der Temperatur erwachte sie. Sie streckte sich wohlig und wollte gewohnheitsmäßig nach ihrer Decke greifen, aber mitten in der Bewegung hielt sie inne und prüfte schnüffelnd die Luft.

»Evgenos!« rief sie plötzlich. »Schnell!«

Und sie sprang auf und griff nach ihrem zerlumpten Kleid.

Er kam langsamer zu sich, aber als er einmal wach war, nahm auch er wahr, was sie so aufgeregt hatte. Schwach, aber unverkennbar, war ein köstlicher Duft in die Hütte gezogen, die sie ihr Zuhause nannten, so als ob der Strand, die Insel, ja, sogar das Meer mit stark duftenden Blumen bepflanzt worden wären. Mit einem Murmeln des Erstaunens zog er seine Hosen an.

»Was glaubst du, was das sein kann?« fragte er.

Sie redeten etwas Verrücktes über eine Vision von Heiligen und Engeln daher. Nur im Himmel konnte es einen so köstlichen Duft geben!

Er war zwar zynischer, aber verwirrt genug, um sich einzubilden, sie könne vielleicht recht haben, schob die

Fetzen beiseite, die in der Türöffnung hingen und trat blinzelnd in das Licht des neuen Tages hinaus.

Keine Heiligen. Keine Engel. Nichts Übernatürliches. Aber trotzdem bemerkenswert. Gleich vor der Küste lag eines der größten Schiffe, die diese Gewässer befuhren: eine venezianische Galeere, die auf und unter Deck mit den aromatischsten Gewürzen beladen war, die der Orient zu bieten hatte – Muskat, Zimt, Pfeffer, Kaneel, Nelken ... Wie viele Tonnen sie insgesamt geladen hatte, konnte er nicht schätzen, aber es genügte, um die Luft Meilen im Umkreis mit den Düften zu schwängern.

Zuerst regte sich an Bord überhaupt nichts. Diese Brise, dieser Zephyr, war nicht einmal kräftig genug, um den Doppelstander zu bewegen, der vom Großmast wehte, geschweige denn das Segel, das unter der Quersaling aufgegeit war. Der Warpanker war heruntergelassen und die Ruder eingezogen, was darauf hindeutete, daß die Ruderer erschöpft waren. Evgenos schoß durch den Kopf, das Schiff sei vielleicht von der Pest heimgesucht, in diesem Falle wäre es eine entsetzliche Erscheinung gewesen. Wenn andererseits die Mannschaft nur unter Müdigkeit und Durst litt, und er mit Schläuchen voll gutem Süßwasser von der Quelle jenseits der Landzunge hinausschwamm ...

Die Träume von Rettung und Belohnung zerschlugen sich einen Augenblick später. Drei Gestalten erschienen an Deck, rieben sich den Schlaf aus den Augen und erblickten kurz darauf ihn und Anastasia. Sie winkten. Anastasia winkte heftig zurück. Man hörte, wie Befehle gerufen wurden, und das Schiff erwachte langsam zum Leben.

Nach einer Weile wurde ein Beiboot zu Wasser gelassen, und drei Leute – möglicherweise die gleichen drei, aber das konnte Evgenos aus dieser Entfernung nicht mit Sicherheit sagen – kamen an Land, zwei ruderten, und der dritte saß im Heck und benützte ein weiteres Ruder zum Steuern.

»Wie wunderbar!« hauchte Anastasia. »Sie müssen sehr reich sein. Vielleicht können wir ihnen für viel Geld etwas verkaufen!«

Evgenos sagte mit mehr Zynismus: »Die meisten reichen Leute werden dadurch reich, daß sie sich nehmen, was sie wollen, ohne dafür zu bezahlen. Das ist der Lauf der Welt.«

Er wünschte, er besäße eine Waffe, zum Zeichen, daß er entschlossen war, sich selbst, die Frau, die er errungen hatte, und auf die er so stolz war, und dieses Stück unfruchtbaren Bodens, der ihnen ihren kärglichen Lebensunterhalt gab, gegen jedermann zu verteidigen. Einen Augenblick lang dachte er an das Schwert, das er beim mühsamen Umgraben gefunden hatte ... aber wenn auch der Griff und der Fingerschutz unversehrt waren, die Klinge war nur noch ein rostiger Stummel. Was konnte er sonst noch verwenden, wenn es nötig wurde?

Als er sich umschaute, fiel sein Blick auf den auf einer Seite angespitzten, hölzernen Pfosten, mit dem sie Furchen in den staubigen, versalzten Boden zogen, der zwischen ihrem Zuhause und dem Strand lag. Außer seinem Fischermesser war das die beste Waffe, die sie besaßen. Er nahm den Pfosten in die Hand und versuchte, sich ganz lässig darauf zu stützen, als wäre er nicht mehr als ein Stock, um ein lahmes Bein zu entlasten.

Anastasia wollte ans Wasser hinunterstürzen und die Fremden begrüßen. Er hielt sie mit der Hand zurück. »Warte, bis wir sehen, wie sie sich verhalten! Warte, bis wir hören, was sie zu sagen haben!«

»Aber es sind Fremde! Du kannst gar nicht verstehen, was sie sagen!«

»Ich war schon an Orten, von denen du noch nicht einmal gehört hast, das weißt du. Ein wenig von der ›lingua franca‹ habe ich aufgeschnappt, und weiß glaube ich, gerade noch genug.«

Sie gab nach und gehorchte.

Das Beiboot lief auf die Sandbank. Einer der Ruderer sprang heraus: ein magerer Junge mit salzverkrusteten Hosen und einem Hemd, aus dem ein Ärmel herausgerissen war. Er zog ein abgesplittertes Brett heraus und legte es über den Bug und über einen Felsen, auf den man treten konnte, ohne naß zu werden. Der Mann im Heck verstaute sein Steuerruder, kam vorsichtig nach vorne und balancierte geschickt über die Planke an Land. Man konnte annehmen, daß er der Kapitän der Galeere war. Auch er war mager, mittelgroß, und hatte eine Adlernase und einen dichten, schwarzen Bart. Eine weiche, braune Samtmütze überschattete seine durchdringenden Augen. Wie seine übrige Kleidung – ein graues Hemd, das einmal weiß gewesen war, ein pflaumenfarbenes Samtwams, an dem auf der rechten Seite der Flor abgewetzt war, schwarze Hosen, die in weiten Stiefeln mit umgeschlagenen Schäften steckten – war sie zweifellos einmal schön und kostbar gewesen, aber jetzt wirkte die ganze Aufmachung fleckig und schäbig.

Evgenos behielt seine maskenhaft starre Miene bei und bemühte sich, wie ein dummer Bauer auszusehen. Aber er fühlte sich schrecklich wirr im Kopf, so als habe er zuviel Wein getrunken. Jedesmal, wenn er sich die Neuankömmlinge genau ansah, war es ihm, als sähe er, verschwommen und verzerrt, mehr als einen von ihnen.

Dann tat der Fremde etwas, das ihn völlig überrumpelte. Sein Gesicht verzog sich zu einem breiten Grinsen, und er kam mit ausgestreckten Armen auf sie zu.

»Gene! Stacy!« rief er aus. »Wie geht es euch?«

Verwirrt wichen sie zurück, Anastasia griff nach Evgenos' freier Hand und drückte seine Finger so fest, daß es fast schmerzte.

Denn niemand konnte, wenn er sie nicht auf ihrer mit

Moos und stacheligem Farn ausgestopften Pritsche belauscht hatte, die Kosenamen kennen, mit denen sie sich anredeten! Evgenos umklammerte den zugespitzten Pfosten noch fester, er wußte nicht, ob es klug war, sich jetzt widerspenstig zu zeigen, schämte sich aber, es nicht zu tun.

Auf jeden Fall redete dieser Fremde in einer Sprache, die er irgendwie verstehen konnte. Er selbst hatte Mühe, Worte zu bilden – Anastasia und er hatten meistens nicht viel zu reden, denn auf Oragalia gab es keine Neuigkeiten, nur Klatsch und Gerüchte – als er sagte: »Wer seid Ihr? Was wollt Ihr?«

Nun war es am Kapitän, überrumpelt zu sein. Er ließ seine Hand sinken und sagte unsicher: »Aber – ihr erinnert euch doch sicher an mich? Stacy!«

Mit großen Augen schüttelte Anastasia den Kopf. Eine Strähne ihres glatten, fettigen Haars fiel ihr über ein Auge. Hastig strich sie sie zurück. Sie hätte nicht hier draußen sein dürfen, bei fremden Männern, wo sie doch nur ein Kleid trug und nichts hatte, um den Kopf zu bedecken. Aber sie war jetzt zu verängstigt, als daß sie es gewagt hätte, wegzugehen und nach einem Schal zu suchen.

»Schaut!« Der Gesichtsausdruck des Kapitäns war ja recht freundlich, aber seine Stimme klang sehr verwirrt, als er näherkam: »Ihr müßt mich doch kennen, aber sicher! Ich bin *********!«

Wenn das, was dann kam, ein Name war, dann war es einer, den sie nicht wiederholen, nicht einmal aufnehmen konnten. Er war voll falscher Laute, Laute, an denen sie nie versucht hatten, sich die Zunge abzubrechen. Es war, als würden sie ebenso doppelt hören, wie sie doppelt sahen, wenn sie die Besucher anblickten – aber beide Male stimmte der Vergleich nicht. Evgenos kämpfte mit aller Kraft gegen dieses schwindelerregende Gefühl an.

»Was wollt Ihr?« fragte er wieder. »Wasser für Eure

Mannschaft? Wir können Euch zu trinken geben, wenn Ihr uns dann in Frieden laßt, aber wir haben nichts, was sich zu stehlen lohnen würde!«

Der Kapitän stand einen Augenblick lang unschlüssig da und blickte seine Begleiter an; sie hatten inzwischen das Beiboot vertäut und waren zu ihm getreten. Der zweite Ruderer war groß und stämmig, sein Gesicht war voller Narben, und er hatte ein schmutziges Tuch um den rechten Unterarm gebunden, das Tuch hatte braune Flecken wie von getrocknetem Blut.

»Was hältst du davon, #####?« fragte der Kapitän. Wieder war Evgenos' Gehör von dem Namen überfordert. Als der Junge, an den die Frage gerichtet war, den Kopf schüttelte, beschloß er, ihn bei sich ›Gerippe‹ zu nennen, und den Stämmigen ›Narbengesicht‹.

»Du +++++?« Diesmal wandte sich der Kapitän an den letzteren.

»Wir müssen noch viel mehr Fragen stellen«, polterte Narbengesicht.

»Ich mag diese Leute nicht!« flüsterte Anastasia. »Tu etwas, damit sie weggehen!«

Ebenso leise gab Evgenos zurück: »Weit entfernt von Heiligen und Engeln, nicht wahr? Aber wie kann ich sie vertreiben? Ich kann ihnen nur erklären, daß es hier nichts gibt, was sie interessieren könnte ...« Und lauter fügte er hinzu: »Habt Ihr nicht gehört, wie ich sagte, daß es sich nicht lohnt, uns zu berauben?«

»Wir haben nicht einmal für uns selbst genug zu essen«, stimmte Anastasia laut ein. »Wir wissen nicht, wie wir es schaffen sollen, wenn das Baby kommt!« Und sie legte ihre Hand dramatisch auf die immer größer werdende Wölbung ihres Bauches.

»Ach ja! Das ist einer der Gründe, warum ich hergekommen bin.« Der Kapitän fiel in einen beschwichtigenden Tonfall: »Glaubt ihr nicht, es wäre besser, wenn euer Baby in einem /Krankenhaus/ geboren würde, wo es /steril/ zugeht und ausgebildetes Personal zur Hand ist, als in eurer Höhle? Was ist mit einer /Amnioszentese/? Was ist mit eurer /Rhesusunverträglichkeit/? Man hat euch doch gesagt, daß ihr /rhesusunverträglich/ seid; das könnt ihr nicht vergessen haben! Natürlich, als /Primipara/ ist dein System noch nicht sensibilisiert, aber trotzdem gehst du ein schreckliches Risiko ein, ganz zu schweigen von der Gefahr des /Downsyndroms/, wenn du dein erstes Kind in so fortgeschrittenem Alter bekommst ... ach, zum Teufel! Es hat keinen Sinn, nicht wahr? Ich kann mich nicht verständlich machen.«

Er wandte sich entmutigt ab. Nach einer Pause schlug Gerippe vor: »Wie wäre es, wenn wir es auf einem niedrigeren Niveau versuchen? Sie haben doch offenbar Angst, daß wir gekommen sind, um sie zu berauben. Aber von dieser Vorstellung können wir sie leicht befreien.«

»Ja, natürlich!« stimmte Narbengesicht zu. »Wir können eine Ladung Proviant heranschaffen, Dinge, wie sie sie sicher seit Monaten nicht gesehen haben, und auf diese Weise ihre Aufmerksamkeit gewinnen. Wie wäre es?«

Verwirrt schauten Evgenos und Anastasia einen der Eindringlinge nach dem anderen an, bemühten sich, zu verstehen, was gesprochen wurde, und scheiterten.

»Einen Versuch ist es wert«, stimmte der Kapitän zu. »Also, los!«

Sofort machten Gerippe und Narbengesicht das Beiboot wieder flott und ruderten eilig zur Galeere zurück, deren Mannschaft jetzt völlig wach war und sich mit den üblichen Tätigkeiten beschäftigte, wie die Takelage zu überprüfen und die Decks zu schrubben.

»Gene! Stacy! Wollen wir uns setzen?« schlug der Kapitän vor und ließ seinen Worten Taten folgen, indem er sein Hinterteil vorsichtig auf einen flachen Felsen senkte.

»Woher kennt er unsere geheimen Namen?« flüsterte Anastasia, machte aber keine Anstalten, es ihm gleichzutun.

»Ich weiß es nicht«, antwortete Evgenos grimmig, er kämpfte immer noch gegen den Drang an, zwei oder zwanzig Leute zu sehen und zu hören, wo nur einer war. »Heilige und Engel, hm? Ich könnte sie eher für Teufel halten! Hol die Ikone!«

Sie hatten eine über ihrer Pritsche hängen, das einzige Hochzeitsgeschenk – die meisten Inselbewohner waren über die Hochzeit verärgert gewesen – das vielleicht noch bis einige Zeit nach der Geburt ihres ersten Kindes halten würde; ansonsten hatten sie nur kleine Stoffstücke, eingelegtes Gemüse, Salzfisch, Krüge mit Öl und ähnliche Dinge erhalten, die kleinsten Geschenke, mit denen die Spender durchzukommen glaubten. Die Ikone war mit billigen Farben auf eine arg verzogene Holzplatte gemalt, aber sie war in der Kirche geweiht worden, wie es sich ziemte, und trug das mächtige Bild, die Jungfrau mit dem Kind, in Blau, Rot, Weiß und Gold.

Da Anastasia die Angewohnheit hatte, sie jeden Morgen und jeden Abend zu küssen, war die Farbe in der Mitte schon stark abgegangen.

Sie beeilte sich, die Schnur loszumachen, mit der das Bild an seinem natürlichen Haken befestigt war, einem Aststumpf an dem Baumstamm, den Evgenos als Mittelpfosten der Hütte verwendet hatte (als er gefällt wurde, hatte es Streit gegeben, weil einige Leute behaupteten, er stehe außerhalb der Grenzen des herrenlosen Grundstücks, auf dem sie sich niedergelassen hatten – aber der Baum brachte keinen Ertrag, es war kein Ölbaum und er trug auch keine Nüsse, also war er kein großer Verlust).

Sie rannte zurück und trug dabei die Ikone vor sich her wie einen Schild, denn Evgenos hatte sie mit seiner Bemerkung über Teufel so erschüttert, daß sie offenbar erwartete, der Kapitän müsse nun mit einem Aufschrei verschwinden.

Die einzige Reaktion, die dieser zeigte, war jedoch, daß er ihr die Ikone abnahm und sie sich genau ansah. »Darauf seid ihr wohl sehr stolz«, bemerkte er und reichte sie lächelnd zurück. »Und das mit Recht. Sie muß sehr alt sein. Ich bin natürlich kein Experte, aber für mich sieht sie aus wie ein großartiges Beispiel traditioneller Volkskunst. Bei einer Versteigerung in °°°°°° könnte sie durchaus Tausende bringen.«

Wo?

Wieder glitt ein Name an ihren Ohren vorbei. Völlig ratlos, den Tränen nahe, drückte Anastasia die Ikone an die Brust und eilte zurück, um sie an ihren gewohnten Platz zu hängen.

Evgenos hatte inzwischen jedoch eingesehen, daß keine unmittelbare Gefahr drohte. Er legte den Pfosten, mit dem er sich hatte verteidigen wollen, beiseite und setzte sich vorsichtig auf einen anderen, flachen Felsen, dem Kapitän gegenüber. Dann sagte er: »Wie kommt es, daß Ihr uns zu kennen scheint? Ich kenne Euch nicht.«

Von den zahllosen anderen, die er sehen konnte, wann immer er den Kapitän anschaute, erwähnte er nichts.

»Bist du sicher? Glaubst du nicht, es könnte dir wieder einfallen, wenn wir ein Weilchen warten?«

»Aber wo haben wir uns kennengelernt? Ich kann mich nicht erinnern!«

Mit ernster Miene beugte sich der Kapitän vor, den Ellbogen auf das Knie und das Kinn in die Hand gestützt.

»Das ist recht offensichtlich«, sagte er stirnrunzelnd. »Die Frage bleibt: Warum nicht? Wie konnte dich das, was du erlebt hast, auf mentaler Ebene so tief berühren, obwohl du und auch Stacy bei eurer Rückkehr körperlich einen völlig normalen Eindruck gemacht habt. *Das* ist es, was wir nicht begreifen.«

»Rückkehr woher?« schrie Evgenos. »Wo bin ich denn gewesen?«

»Wenn ich dir das sagen könnte«, bemerkte der Kapitän sachlich, »brauchten wir nicht in Rätseln zu sprechen, oder? Aber du und Stacy, ihr wart dort, und ich nicht. Wißt ihr denn nicht, wie sehr wir euch beide bewundern? Ihr gehört bestimmt zu den tapfersten Menschen in der Geschichte. Ihr habt gewußt, wie schlecht eure Chancen standen und seid trotzdem hingegangen und habt euch freiwillig gemeldet, weil euch eure Gattung wichtiger war als ihr euch selbst. Wenn nur ...«

Evgenos saß stumm da und ließ die unverständlichen Worte an sich vorbeirauschen. Er hatte nie etwas Bewundernswerteres getan, als auf diese Insel zu fliehen und hier Zuflucht zu suchen. Sein Gedächtnis versicherte ihm, daß dies die Wahrheit war.

Aber er war natürlich Anastasia begegnet und hatte sie für sich gewonnen ...

Andererseits waren diese Leute nicht hier, weil sie es auf Frauen oder sonst etwas abgesehen hatten. Ja, sie schienen ihnen eher etwas bringen als etwas wegnehmen zu wollen. In der Ferne war das Beiboot mit einer Fracht beladen worden, die er nicht deutlich erkennen konnte, und Gerippe und Narbengesicht legten sich wieder in die Riemen. Inzwischen kam Anastasia zurückgelaufen und fiel neben ihm auf die Knie, als könne er ihr Schutz und Zuflucht bieten, und er preßte heraus. »Ihr habt nicht zu Ende gesprochen.«

»Ach ja. Ich wollte folgendes sagen: wenn es nur eine Möglichkeit gäbe, Berichte zu bekommen, ohne lebende Beobachter zu schicken! Oder wenn wir irgendein Trainingsprogramm entwickeln könnten, um die Leute auf das vorzubereiten, was ihnen begegnen wird. Aber wir können uns einfach keine /Maschinen/ ausdenken, die in gleicher Weise reagieren. Unsere Gehirne arbeiten nicht so wie /Computer/. Du weißt, daß wir seit zehn

Jahren eine Belohnung aussetzen, zehn Millionen plus die Zusicherung weltweiter Berühmtheit für jeden, der eine /Maschine/ entwirft, die in der Lage ist, die /Schnittstelle/ zu passieren und mit entschlüsselbaren Daten zurückzukehren. Offen gestanden, ich glaube nicht, daß sich jemand die Belohnung verdienen wird, der die Reise nicht schon gemacht hat. – Ach! Ich sehe, das Frühstück ist unterwegs. Hoffentlich seid ihr hungrig.«

Wann war einer von ihnen schon einmal nicht hungrig gewesen?

Aber Evgenos hielt den Mund und ließ sich überreden, beim Ausladen des Beiboots zu helfen. Die Fracht bestand, wie sich herausstellte, aus Speisen, die so fremd und faszinierend waren wie der Duft, der Anastasia und ihn geweckt hatte.

Freundlich und großzügig reichte der Kapitän niedrige Pokale aus einem Stoff herum, der sich wärmer anfühlte als Glas oder Keramik, die Behälter waren durchgehend gefärbt, jeder in einer anderen Farbe. Diese Pokale füllte Gerippe mit einer dampfenden, dunkelbraunen Flüssigkeit, von der sie, als sie sie tranken, wach und lebendig wurden. Dann folgte Brot; obwohl es kühl war, war es so feucht und schwammig, als käme es eben frisch aus dem Ofen. Dazu gab es rosa-braune Röllchen aus gehacktem Fleisch, köstlich gewürzt, Eingemachtes, das süßer schmeckte als alles, was Evgenos, soweit er sich erinnern konnte, je gekostet hatte, seltsame, leuchtendrote Früchte mit gelben Körnchen und noch mehr und mehr ...

»Das ist eine /Tomate/«, erklärte der Kapitän. »Was ihr da trinkt, ist /Kaffee/ und – nun, Brot kennt ihr ja offensichtlich, aber das sind /Frankfurter/, die Sauce ist /Mango Chutney/, und das ist eine /Paprikaschote/, und das ist ...«

Es hatte keinen Sinn. Die Wand zwischen ihnen blieb. Evgenos merkte, daß er und Anastasia irgendwie auf diese unbekannten, wenn auch willkommenen Speisen reagieren sollten, deren Namen er hörte und sofort wieder vergaß, aber als er sich vorstellen wollte, daß sie irgendwie mit seiner Vergangenheit in Verbindung stehen könnten, gelang ihm das nicht. Er schaute Anastasia an – und sah, daß sie ebenso ratlos war, auch wenn sie gierig aß. Im Gegensatz dazu zeigten die anderen drei, Narbengesicht, Gerippe und der Kapitän, wenig Appetit, sie waren nur damit beschäftigt, mehr und immer mehr von den Sachen herbeizuschaffen, die sie mitgebracht hatten, weil sie hofften ... – was? Was suchten sie wohl auf Oragalia, auf dieser Insel, die vom Rest der Welt vergessen worden war? Sie konnten nicht hoffen, hier einen neuen Markt für ihre exotischen Waren zu finden. Wer konnte sich auf diesem von Armut geschlagenen Hügelchen aus Fels und Sand schon leisten, ihre Preise zu bezahlen?

Gesättigt und rülpsend winkte Evgenos ab, als man ihm erneut etwas anbot. Von einem solchen Festessen hatte er niemals auch nur geträumt, geschweige denn davon, daß es ganz unvermittelt auf sein eigenes Fleckchen Salzboden hingezaubert werden könnte!

Die besten Gelage im kleinen Dorf der Insel, bei denen die Leute miteinander wetteiferten, damit die Nachbarn sie für ihre Geschicklichkeit beim Trocknen von Fischen, bei der Herstellung von Öl und Wein oder beim Einlegen von Zwiebeln bewunderten, verblaßten neben diesem Mahl zur Bedeutungslosigkeit ... und die Gastgeber betrachteten es offensichtlich als nichts Besonderes, wenn man danach urteilte, wie sie die Überreste ins Meer warfen. Einen Augenblick lang war er zornig: aus dem, was da verschwendet wurde, hätten er und Anastasia noch zwei Mahlzeiten machen können!

Dann faßte er sich. Er war den Besuchern zumindest Höflichkeit schuldig, wenn schon nichts sonst. Er wandte sich an den Kapitän und war erleichtert, als er ihn jetzt nur noch allein sah.

»Wollt Ihr mir nicht sagen, wann und wo Ihr glaubt, mich kennengelernt zu haben, Herr?«

»Nicht nur dich«, antwortete der andere. »Stacy ebenfalls.«

»Das ist unmöglich!« platzte Anastasia heraus. »Ich habe mein ganzes Leben auf dieser Insel verbracht! Die einzigen Leute, die ich jemals kennengelernt habe, wurden hier geboren, genau wie ich, oder kamen, wie Ihr, übers Meer. Und ich habe nie zuvor ein Schiff wie das Eure gesehen, und vor allem, habe ich Euch nie gesehen! Es sei denn ...«

Ihr kam ein entsetzlicher Gedanke. Sie fuhr Evgenos an.

»Es sei denn, du hattest eine andere Frau, ehe du hierherkamst, und die war mir so ähnlich, daß dieser Mann uns verwechselt hat!«

»Jetzt redest du dummes Zeug!« begann der Kapitän und erhob sich. Aber auch Anastasia stand auf, nur schneller.

»Ich kenne Euch nicht!« schrie sie. »Ich will Euch und die Welt nicht kennen, aus der Ihr kommt! Ich habe Euch nicht hierher eingeladen, und ich will nichts, als daß Ihr wieder fortgeht!«

Sie brach in Tränen aus, drehte sich auf dem Absatz um und flüchtete in den Schutz der Höhle oberhalb ihrer Hütte.

Evgenos geriet ihretwegen sofort in Wut, er hob seinen Pfosten und wollte den Kapitän niederschlagen, aber Narbengesicht legte ihm eine Hand auf den Arm und riet ihm, es zu lassen. Gerippe sagte: »Wir vergeuden wirklich unsere Zeit. Es ist genauso, wie ich es die ganze Zeit vorausgesagt habe: mit der direkten Methode kann man sie nur noch tiefer in die /Realitätsflucht/ treiben.«

»Aber wir können sie doch nicht einfach verkommen lassen!« rief der Kapitän aus. »Noch dazu jetzt, wo sie schwanger ist!«

»Es ist ja noch Zeit«, gab Gerippe zurück. »Und wenn außer dem Wasser nichts bricht – Entschuldigung, schlechter Witz – müssen wir einfach in größtmöglichem Umfang intervenieren. Bis dahin besteht keine besondere Eile.«

»Keine Eile! Bist du verrückt?« Der Kapitän trat einen halben Schritt zurück.

»Es gibt Fälle«, sagte Narbengesicht ernst, »wo Eile selbstzerstörerisch wirkt. Wir wissen buchstäblich nicht, was eigentlich vorgeht. Es könnte sogar sein, daß dies die Strafe ist, die der Kosmos so überheblichen Geschöpfen wie uns auferlegt.«

»Steck dir deinen /mystischen/ Unsinn an den Hut!« fuhr der Kapitän auf.

»Wenn wir nicht nur an die Grenzen der Realität gehen, sondern weit darüber hinaus, dann gibt es keine Trennung zwischen /Wissenschaft/ und /Mystizismus/.«

Mit einem entschuldigenden Lächeln ließ Narbengesicht Evgenos' Arm los.

»Gut gesagt«, stimmte der Junge zu, dem Evgenos den Spitznamen ›Gerippe‹ gegeben hatte und wandte sich ab. »Mach's gut, Gene! Entschuldige dich in unserem Namen bei Stacy. Wir wollten sie nicht so aus der Fassung bringen.«

Evgenos wollte gerade verlangen, sie sollten hierbleiben und sich verständlich ausdrücken, als er in plötzlicher Verwunderung dachte: Junge? Und dann erkannte er, daß Gerippe gar kein Junge war, sondern eine Frau, die sich nur als Mann verkleidet hatte.

Er war so über alle Maßen verwirrt, daß er froh war, als sie gingen.

Wie immer zog die Hitze des Landes zwei Stunden nach Mittag kühlere Luft vom Meer herein. Dadurch und durch das von den Rudern der Galeere aufgewühlte Wasser verteilte sich der dichte, aromatische Dunst, den ihre Fracht verströmt hatte. Als er völlig verschwunden war, verspürten Anastasia und Evgenos ein unbestimmtes Bedauern oder eine gewisse Leere.

Aber wenigstens waren sie einmal nicht hungrig. Von den Resten, die die Besucher zurückgelassen hatten, konnten sie tagelang zehren, auch wenn sie einiges aus den Untiefen bergen mußten und es vom Salzwasser durchweicht war.

»Diese Leute ...«, murmelte Gene, als es dunkel wurde.

»Ja?«

»War es nicht seltsam, daß sie glaubten, wir würden sie von früher kennen?«

»Hah!« gab sie sarkastisch zurück. »Manche Leute sind so eitel, daß sie glauben, man müßte sie überall kennen!«

Er ließ ein leises, trockenes Lachen hören. »Ja, das ist ein Teil davon, glaube ich. Und doch ...«

»Was?« Sie zog sich gähnend aus, bereit, sich auf dem primitiven Bett auszustrecken, und sagte noch: »Bist du nicht müde?«

»Ja – ja sehr müde.« Ohne aufzustehen begann er, sich das Hemd vom Leibe zu ziehen, aber es lag noch über seinen Knien, als er weitersprach.

»Trotzdem kann das nicht die ganze Geschichte sein. Es ist ja ganz offensichtlich, daß man die Menschen mit der Hoffnung auf Gewinn zu langen Reisen verlocken kann, und wer wüßte nicht eine Ladung Gewürze zu schätzen wie die, nach der heute unsere ganze Insel gerochen hat.«

»Damit hätte man unser Land hundertmal kaufen und wieder verkaufen können!« rief sie aus, als sie sich hinlegte.

»Ja, vielleicht sogar tausendmal.« Aber solch gewaltige Zahlen waren ihnen beiden fremd. Er sprach weiter.

»Aber was soll man von Leuten halten, die nur um

des Reisens willen reisen – um sich morgen oder nächstes Jahr in einem Land wiederzufinden, in das niemand, den sie kennen oder von dem sie auch nur gehört haben, je einen Fuß gesetzt hat? Leute, die auch das Risiko eingehen, ausgestoßen zu werden, weil sie so versessen darauf sind, an Orte zu kommen, wo alles anders ist als zu Hause!«

»Sie haben vermutlich den Verstand verloren!« erwiderte Stacy unter Gähnen.

»Nein! Nein!« Gene erwärmte sich für das Thema und fuhr mit seinen schwieligen Händen auf dem rauhen, rissigen Gewebe seines Hemds hin und her, hin und her. »War Giacomo zum Beispiel verrückt?«

»Vielleicht.«

»Bist du verrückt? Oder ich?«

»Vielleicht.«

»Aber ich *fühle* mich nicht verrückt!«

»Wie fühlt man sich, wenn man verrückt ist? Ich schätze, man fühlt sich ganz normal dabei.«

Er dachte eine Weile über diese Worte nach und fragte sich auch, warum sich eine Frau wohl wie ein Junge anziehen sollte. Schließlich sagte er: »Wenn nicht, könnte man es vermutlich erkennen ... Aber damit erklärt man Leute wie Giacomo immer noch nicht.«

»Sag mir, warum nicht!«

»Weil er chronisch unzufrieden war. Er behauptete, die einzige Welt, die seinen rastlosen Geist zufriedenstellen könne, sei eine, wo von einem Tag auf den nächsten nie etwas gleich bliebe. Er erklärte, er habe Leute herzlich satt, die sich wie sein Vater in staubigen Büchereien und grauen Museen abmühten, um den Kosmos auf einen Eintrag in einem Katalog zu reduzieren. Er träumte von einem Universum, in dem es immer neue Herausforderungen anzunehmen, neue Reiche zu erforschen gab; wo Leute wie er ständig auf Reisen ins Unbekannte gehen konnten und der Fluch derjenigen waren, die zu Hause blieben in einer langweiligen, öden, berechenbaren Umgebung und sich mit Studien und Analysen beschäftigten. Er sagte immer: ›Ihr habt also massenweise Frösche seziert! Habt ihr je herausbekommen, wie man einen Frosch baut, der sich wie ein Frosch benimmt, oder gab es nur immer mehr Haufen von faulem Fleisch, die man wegwerfen mußte?‹

Für ihn war daher die Reise der Ehrgeiz seines Lebens. Er brach voll Freude auf und fand auch sein Ziel. An dem Ort, an den er kam, galt der Grundsatz, daß das Morgen anders war als das Heute. Als die Menschen erfuhren, daß er von Beruf Forschungsreisender war, finanzierten sie ihm voll Eifer seine Expedition. Und er zog aus, mit gleichgesinnten Gefährten, und fand einen Dschungel, den noch niemand durchquert hatte, voll der erstaunlichsten, neuen Dinge: Relikte und Völkerstämme, und Tiere, die niemand je gesehen hatte! Er ertrug Entbehrungen, die schlimmer waren als er es sich je vorgestellt hatte; manchmal hungerte er, manchmal war er halb verdurstet, er verlor einen Gefährten nach dem anderen und machte die heldenhafteste Forschungsreise aller Zeiten, und als er an die Küste zurücktaumelte, war er von Parasiten geschwächt, sein Blick war starr, er war fast nackt, aber er drückte die kostbaren Unterlagen an sich, die er zusammengetragen hatte und war schließlich und endlich froh, daß er in die Stadt zurückkehren konnte, von der er aufgebrochen war und die er noch vor kurzem als öde und spießig verdammt hatte. Er war höchstens ein oder zwei Jahre fortgewesen und freute sich daher auf einen großartigen Empfang.

Aber schon am Hafen fühlte er sich betrogen. Es war zwar sicher die Stadt, zu der er seine Schiffskarte gelöst hatte, nur ... Hier waren zwar alte, bekannte Namen, aber die Schilder bezeichneten unbekannte Straßen; in der Telefonzelle, von der aus er eine Nummer anrufen wollte, die, wie sich herausstellte, gar nicht existierte, wurden andere Anweisungen gegeben. Die Autos und

Laster hatten die falsche Form und machten ein fremdes Geräusch, und die Kennzeichen auf ihren Zulassungsschildern kannte er auch nicht; die Mahlzeit, die er in einem Café bestellte, war in einer Weise zubereitet, die er nicht kannte, und als er dafür bezahlen wollte, wurde das Geld in seiner Tasche als grobe Fälschung zurückgewiesen. Was das Schlimmste war, die Polizisten, die der Inhaber herbeirief, kamen in Uniformen, wie er sie noch nie zuvor gesehen hatte. Erst als man ihn ins Gefängnis schleppte, begriff er die Wahrheit.«

»Ich verstehe nicht«, murmelte Stacy aus dem Schatten heraus.

»Nun, auf dieser Welt, die alle seine Herzenswünsche erfüllte, war nichts stabil, nichts blieb gleich. Wenn er nur da geblieben wäre, wo er sich zu Anfang befand, dann hätte er alle Vorteile der Veränderung genießen können, ohne schockiert in eine Stadt zurückkehren zu müssen, wo er und seine Mission zum Vergessen verdammt waren – oder verlacht wurden.«

Eine Weile herrschte Schweigen. Dann:

»Ich verstehe noch immer nicht, was du meinst, aber es war trotzdem eine hübsche Geschichte. Bitte, laß uns bis morgen die Fremden vergessen.« Stacy wälzte sich herum und breitete die Arme weit aus.

»Nichts lieber als das«, sagte Gene und umarmte sie. »Nur ...«

»Nur was?«

»Ich glaube, sie werden uns vielleicht nicht so leicht vergessen.«

»Wie meinst du das?« rief sie erschrocken, denn sie hatte gespürt, wie er erschauerte.

Eine kalte, ferne Angst hatte ihn erfaßt. Mühsam bannte er sie, und gleich darauf zeigte er Stacy, daß zumindest in dieser Nacht nicht mehr gesprochen zu werden brauchte.

6

Der GEGENSTAND ist der Griff eines rostigen Schwerts, die Klinge ist abgebrochen.
Er kennzeichnet das Scheitern einer Epoche der Sicherheit.

Der MONAT ist September.

Der NAME ist Hedwig.

Bis auf die ganz Jungen, die Kranken und die ganz Alten, und jene, die zu Hause bleiben mußten, um sie zu versorgen, hatte sich die gesamte Bevölkerung von Oragalia in der einzigen Kirche der Insel versammelt, um das Fest der Kreuzerhöhung zu begehen. Dazu gehörten auch einige, deren Gegenwart man übel vermerkte, aber der ›Papas‹ hatte den Klatschbasen geboten, ihre Zungen im Zaum zu halten, da es sich nicht schicke, zu dieser heiligen Zeit schlecht über seinen Nächsten zu sprechen.

Der triste Kirchenraum war, soweit es die Mittel erlaubten, mit Kalkfarben und Sommerblumensträußen verschönert worden. Von den Blumen angelockte Bienen summten einschläfernd, versuchten, den Weg nach draußen wiederzufinden, und manchmal brachten sie Kinder zum Schreien, die zwar alt waren, um zu wissen, daß sie stechen konnten, aber zu jung, um zu verstehen, daß sie, nicht nur wegen ihres Honigs, sondern als Symbol für den Schmerz, der sich in der süßen Sünde verbirgt, ein kostbares Geschenk des Pantokrators waren.

Im allgemeinen waren die Leute in heiterer Stimmung, denn es war ein guter Sommer gewesen. Weder die Menschen, noch das Vieh waren von einer Seuche befallen worden, Feigen- und Olivenbäume trugen reichlich Früchte, und der wilde Thymian auf den Berghängen duftete so stark, daß man ihn noch weit draußen auf dem Meer riechen konnte. Die meisten der Verheirateten – und die jungen Witwen – waren schlecht gekleidet, hatten tiefliegende Augen und eingefallene Wangen, weil sie früh die Zähne verloren hatten, aber trotzdem erhoben sie laut und fröhlich die Stimme, besonders bei den Responsorien auf die besonderen Fürbitten, die der ›Papas‹ für die Sicherheit und den Erfolg derjenigen sprach, die sich auf dem jüngsten Kreuzzug zur Befreiung des Heiligen Landes von der Herrschaft der Sarazenen befanden. Die Zukunft des Königreichs Jerusalem war in Gefahr, so ging das Gerücht, aber aus ganz Europa sammelten sich christliche Ritter, um ihm zu Hilfe zu eilen, und wenn sie den Feind besiegt hatten, würden die Schätze des Orients wieder in Strömen durch diesen Teil des Mittelmeers fließen. Ein Bruchteil dieses sagenhaften Reichtums würde doch sicher auch an der Küste einer so unbedeutenden Insel wie Oragalia angeschwemmt werden. Darum beteten sie inbrünstig.

Und dann brach die Welt draußen über sie herein, früher und anders, als sie es vom Herrn erfleht hatten.

Gerade als der Priester den Gottesdienst beenden wollte, wurde die niedrige Haupttür der Kirche, die geschlossen war, um das grelle Sonnenlicht abzuhalten, aufgestoßen; sie kreischte laut, denn sie hatte sich in den Angeln gesenkt und kratzte über die Pflastersteine. Alle Köpfe drehten sich nach hinten, um zu sehen, wer da so spät erst dem Ruf zum Gebet folgte.

Fünf Fremde. Bewaffnete Fremde. Bewaffnet und hochmütig.

Alle trugen tiefe Narben im Gesicht, von Kämpfen oder Krankheiten oder beidem, und einer war auf dem rechten Auge blind; alle hatten verbeulte Metallhelme auf dem Kopf; alle trugen Schilde und hatten Schwerter gezückt; alle trugen Kettenpanzer, die sie als Ritter auswiesen, und der erste, der eintrat, hatte auch Beinschienen und Panzerhandschuhe; alle bis auf einen hatten geschnitzte Holzkreuze an Lederriemen um den Hals hängen; und die Ausnahme, der Einäugige, der in der Tür stehenblieb, während seine Kameraden auf den Altar zugingen, trug eine Art Skapulier über seinem Panzer, weiß, aber stark verschmutzt, mit roten, auf Brust und Rücken aufgestickten Kreuzen.

Der Anführer, der mit dem fast vollständigen Panzer, starrte mißtrauisch in der kleinen Kirche herum. Dann beruhigte er sich, steckte seine Klinge in die Scheide – gab seinen Gefährten ein Zeichen, das gleiche zu tun – und stolzierte prahlerisch auf den Priester zu. Die Gemeinde wich an die Mauern zurück, Frauen und Kinder suchten hinter ihren Männern Schutz. In der plötzlichen Stille hörte man Schreie und Schläge vom Wasser her. Viele bangten um ihren kostbaren Besitz, zum Beispiel um Vieh, Boote, Fässer und Fischernetze, wagten aber in Gegenwart der Schwerter der Eindringlinge nicht, wegzulaufen, um nachzusehen, was passierte.

Der Ritter, der sich vor dem Papas aufgebaut hatte, redete ihn nun auf lateinisch an, er sprach laut und langsam, als habe er einen Idioten vor sich. Aber er konnte sich nur mit Mühe verständlich machen; der Priester war ein Einheimischer, fast noch ein Jüngling, und beherrschte selbst das Griechische Testament nur unvollkommen. Aber schließlich seufzte er und wandte sich an seine Gemeinde.

»Das ist der Sieur de Belmaison, ein großer Herr aus Frankreich«, verkündete er. »Er ist mit einer Kompanie Soldaten in zwei Schiffen gekommen. Sie sind auf dem Weg, um gegen die Sarazenen zu kämpfen. Widrige Winde haben sie vom Kurs abgetrieben. Es fehlt ihnen an Essen und Trinken. Wir müssen uns barmherzig zeigen, weil sie eine heilige Aufgabe zu erfüllen haben. Auch wenn sie bezüglich der Dreieinigkeit eine falsche Auffassung vertreten, sind sie doch Christen, und alle Christen müssen gegen die Vertreter des Bösen zusammenhalten.«

Der französische Herr stand mit mißtrauischem Gesicht daneben und musterte die Gemeinde. Sein Blick fiel auf eine junge Frau und blieb auf ihr haften. Obwohl sie offensichtlich ein Kind erwartete, hatte sie ein hübsches Gesicht und eine reine, klare Haut. Außerdem hielt sie sich abseits von den übrigen Leuten, so, als ob sie sich bei ihnen nicht willkommen fühlte. Von den übrigen, bis auf einen ... Und das war ein ungewöhnlicher Mann für diese Gegend! Wie weit war er von seiner Heimat entfernt? Was konnte denn einen Mohren nach Oragalia geführt haben, der schwärzer war als selbst die Sarazenen?

De Belmaison kam sofort zu dem Schluß, dieser Außenseiter müsse zumindest ein Spion sein, möglicherweise sogar ein Vertreter Satans, der in der Hoffnung hierhergekommen war, den Glauben dieser einfachen Bauern, der durch die falschen Lehren der Ostkirche schon so angeschlagen war, ganz zu zerrütten. Der Priester hatte übersetzt, was er bisher gesagt hatte, und den Brocken nach zu urteilen, die der Franzose verstanden hatte, hatte er es richtig wiedergegeben. Nun ergriff der Ritter wieder das Wort und betonte nicht nur die Verpflichtung der Inselbewohner, ihren Glaubensgenossen Barmherzigkeit zu erweisen, sondern warnte sie auch vor Muselmanen, Heiden und anderen Übeltätern.

Als diesmal die Übersetzung zu Ende war, reagierten die Inselbewohner auffallend stark. Überall wurde in grimmiger Zustimmung genickt, und viele böse Blicke trafen den Schwarzen und die Frau an seiner Seite. Ihre

Religion war also wohl stark genug, um den Verlockungen und Schmeicheleien dieses Kerls standhalten zu können, auch wenn sie ketzerisch war. Ausgezeichnet. Sein Schiffskaplan würde sich für die Angelegenheit jedoch sicher sehr interessieren.

»Nun, ihr könnt euch denken, was wir wollen«, fuhr er fort. »Es ist ewig lange her, seit wir Brot bekommen haben, das weicher war als die Felsen an eurer Küste, oder frisches Fleisch, oder Wein, der süßer war als Essig! Fangt an! Tut eure Christenpflicht! Oder ...« – und er machte seine Augen schmal und ließ seine Hand an den Schwertgriff wandern – »wir fühlen uns berechtigt, uns selbst zu bedienen!«

Bei diesen Worten ging ein Beben der Entrüstung durch die Reihen der Gläubigen. Jemand flüsterte so laut, daß alle es hören konnten: »Wollen wir wetten, daß sie das schon getan haben?«

Aber de Belmaison verstand das Griechische mit dem groben Akzent nicht, und der Papas verspürte keine Lust, ihm die Worte zu übersetzen.

Die Inselbewohner liefen eilig auseinander. Bald darauf quiekte es jedoch von draußen, danach folgten wütende Schreie. Dem Geräusch nach hatte jemand ein Schwein gefunden und es auf der Stelle geschlachtet. Einen Augenblick später wurden eine Gans und mehrere Hühner vom gleichen Schicksal ereilt. Anastasia wollte, wie üblich, so lange warten, bis die anderen alle fort waren, merkte aber mit Entsetzen, wie sehr sich de Belmaison für sie und ihren Mann interessierte und flüsterte Evgenos zu: »Werden sie uns auch wegnehmen, was wir haben?«

Sie waren arm, aber sie besaßen doch ein Dutzend Hühner und hatten Vorräte für den Winter eingelagert.

»Nicht, wenn ich es verhindern kann!« versprach Evgenos. »Laß uns nach Hause gehen, so schnell wir können!«

Und dann, das hatte er noch nie getan, nahm er sie bei der Hand und drängte die restlichen Gläubigen, die auf dem Weg zur Tür waren, beiseite.

Der einäugige Fremde stand neben der Tür und musterte die Vorübergehenden, sein Blick war so scharf, als könne er normal sehen. Die eingesunkene Augenhöhle über dem rechten Wangenknochen verlieh ihm ein finsteres, erschreckendes Aussehen; Eltern drehten die Gesichter ihrer Kinder vor diesem Anblick zur Seite. Auch Anastasia schreckte zurück und wollte sich hinter Evgenos verbergen. Aber zu ihrem und zu aller Erstaunen erschien auf seinem Gesicht ein halbes Lächeln, als sie vor ihm standen – ein halbes nur, denn was immer ihn sein Auge gekostet hatte, hatte auch die Muskeln des Mundwinkels auf dieser Seite verkürzt.

In schlechtem, aber verständlichem Griechisch sagte er: »Gesegnet sei euer Kind, meine jungen Freunde. Ich bin sicher, es wird groß, kräftig und schön sein.«

Anastasia unterdrückte einen entsetzten Aufschrei und floh Evgenos hinter sich herziehend, in den Sonnenschein hinaus. Obwohl alle den schwarzen Fremden verabscheuten, der die Gunst des hübschesten Mädchens der Insel gewonnen hatte, bekreuzigten sich auch die anderen, die es gehört hatten, oder machten das Zeichen der Hörner und stürzten hinter Anastasia her, die Kirche blieb – abgesehen vom ›Papas‹ – unumstritten im Besitz von de Belmaison und seinen Begleitern.

»Sie behaupten, im Dienste Christi zu stehen, und doch hat er so etwas über mein Kind gesagt«, wimmerte Anastasia, sobald sie sich in sicherer Entfernung vom Gebäude befanden.

»Ich weiß«, murmelte Evgenos grimmig, denn er hatte genug über die Gefahren des bösen Blicks gelernt, seit er hierhergekommen war. »Und sieh doch nur, was die anstellen!« Er deutete zum Ufer.

Obwohl die Einheimischen taten, was sie konnten, um es zu verhindern – und sie wurden für ihre Bemühungen ausgelacht oder mit der Waffe bedroht – hatten die Männer von den Schiffen, die in der Bucht vor Anker lagen, ein großes Feuer angezündet und dazu alles Brennbare verwendet, was sie finden konnten. Nicht nur den Vorrat des Dorfes an Treibholz hatten sie genommen, der auf einer Insel mit so wenigen Bäumen an sich schon kostbar war, diejenigen, die Keulen oder Äxte besaßen, hatten sich auch über die Fässer hergemacht, die für den Wein und das Öl dieses Jahres bestimmt waren, und sogar über den Rumpf des Bootes der Familie Kaloyiannis, das man mit soviel Mühe geborgen hatte, nachdem es beim letzten Sturm gegen einen Felsen geschmettert und an der Seite eingedrückt worden war.

Vier oder fünf von ihnen beschmutzten den Sand, als sie das geschlachtete Schwein an einer Stange aufhängten, um es ausbluten zu lassen. Noch während Evgenos und Anastasia voll Entsetzen zusahen, schlitzten sie ihm den Bauch auf und ließen die Eingeweide herausquellen, die sie achtlos liegen ließen. Waren sie denn wahnsinnig? Warum verschleuderten sie soviel gutes Essen? Furchtbar, an die Würste zu denken, die man daraus hätte machen können!

Es waren auch Hunde an Land gebracht worden; riesige, häßliche Bestien, die man sich mit Peitschen vom Leib halten mußte. Einer der Soldaten schlug mit der seinen teuflisch grinsend nach der Frau des Schweinebesitzers, die um den Abfall bettelte, und damit ihn auch alle verstanden, nahm er eine Handvoll Eingeweide und schleuderte sie fort, so weit er konnte. Sofort stürzten die Hunde hin und begannen sich darum zu balgen, was die Soldaten sehr zu belustigen schien. Die Frau hatte eine rote Peitschenstrieme über der Wange und wandte sich ab, noch lauter heulend als die Hunde.

Inzwischen wurden die Gans und die Hühner flüchtig gerupft und gesäubert, und dann auf allen den Stökken aufgespießt, die noch nicht im Feuer gelandet waren. Lachend und scherzend erschienen weitere Soldaten – insgesamt mußten sie fünfunddreißig oder vierzig sein, schätzte Evgenos – mit all den Weinfässern und Weinschläuchen, die sie hatten finden können. Sie standen sofort im Mittelpunkt der Aufmerksamkeit ihrer Kameraden, und der größte Teil der vom letzten Jahr noch verbliebenen Weinernte floß auf der Stelle entweder in ihre Kehlen oder auf den Boden: verloren war der Wein in jedem Fall.

Dann meldete jemand, man habe den Bäcker entdeckt, und in seinem Backofen liege nicht nur frisches Brot, sondern auch andere Speisen, die die wohlhabenderen Familien dorthin gebracht hatten, damit sie während des Gottesdienstes gekocht wurden. Zum höchsten Entsetzen der Zuschauer waren das Schwein und das Geflügel auf der Stelle vergessen, niemand drehte mehr die Spieße, und so verkohlten die Braten. Die Soldaten stürzten sich auf diese neue Entdeckung, sie leerten die irdenen Töpfe so schnell, daß sie sich beinahe verschluckten, dann zerschmetterten sie sie auf dem steinigen Boden. Sobald jemand sie aufhalten wollte, schlugen sie fluchend um sich in ihrem Rausch, manchmal nur mit den Fäusten, aber mehr als einmal auch mit Waffen. Der mittlere Kaloyiannis-Junge, tapferer oder wütender als die anderen, bekam zur Belohnung einen Schwerthieb über den Schenkel, der ihn zu Boden warf, und der Mann, der ihm den Schlag versetzt hatte, konnte nur mit Mühe davon abgehalten werden, noch einmal auf ihn einzuhacken.

Der Papas stand entgeistert in der Kirchentür und schrie de Belmaison an, warum dieser zuließe, daß seine Männer sich schlimmer benahmen als Heiden oder Muselmanen. Aber der französische Herr grinste nur, und er und drei seiner Begleiter ignorierten die Beschwerden des Priesters und ließen ihn stehen, um ihren Anteil an der Beute einzufordern, jeder befahl seinen Gefolgsleuten, ihm die erlesensten Speisen und Getränke zu bringen. Der Priester brach in Schluchzen aus, ohne sich zu schämen.

»Wie können Christen sich so benehmen!« schrie er.

Der Einäugige, der im Schatten der Kirchentür stehengeblieben war, trat blinzelnd ins Sonnenlicht und legte ihm tröstend die Hand auf den Arm. In seinem geschraubten Griechisch sagte er: »Ihre Hoffnung, gegen die Sarazenen zu kämpfen, wurde bisher enttäuscht. Vor einem Monat schon hätten wir das Heilige Land erreichen sollen. Wenn wir es zurückerobert haben, werdet ihr reichlich belohnt werden für das, was sie sich jetzt nehmen.«

Ein wenig beruhigt wischte sich der Papas die Tränen ab. Anastasia jedoch war immer noch verängstigt, weil der Einäugige, mit oder ohne Absicht, ihr ungeborenes Kind verwünscht haben konnte, und sie klammerte sich wimmernd an Evgenos' Arm.

»Ja, verdrücken wir uns«, murmelte dieser. »Diese Teufel werden sich jetzt jeden Augenblick daran erinnern, daß es hier auch Frauen gibt, und ich nehme an, daß sie darauf schon einige Zeit verzichten mußten. Natürlich werden sie sich statt dessen an Knaben gehalten haben, aber trotzdem ... Und einige davon haben abscheuliche Krankheiten. Wir gehen am besten nach Hause und hoffen wider alle Hoffnung, sie werden sich so betrinken, daß es ihnen gar nicht in den Sinn kommt, die ganze Insel zu erforschen, ehe sie abziehen.«

Anastasias Gesicht verzerrte sich vor Entsetzen, und trotz ihres Zustandes rannte sie in panischer Angst den ganzen Weg bis nach Hause vor ihm her.

Nachdem sie ihre Hühner in der Höhle oberhalb ihrer Hütte eingeschlossen und den Rest ihrer wenigen Habseligkeiten versteckt hatten, so gut es eben ging, warteten sie voll Spannung den ganzen Nachmittag lang, der sich unerträglich langsam hinschleppte. Abgesehen vom

Summen der Bienen und – als es Abend wurde – vom Schrillen der Zikaden, war fast kein Laut zu hören; und doch bildeten sie sich oft ein, sie vernähmen einen Schrei aus der Richtung des Dorfes oder ein schroffes, grausames Lachen, oder das Echo, wenn jene, die morgen fort sein würden, achtlos noch einen Topf oder eine Schüssel zerbrachen, ohne sich darum zu scheren, wie lange die Inselbewohner brauchen würden, um ihren mageren Besitz wieder instandzusetzen.

Nach Sonnenuntergang gestattete Evgenos zwar Anastasia, hineinzugehen und sich hinzulegen, aber er selbst ließ in seiner Wachsamkeit nicht nach. Bewaffnet mit einem dicken Olivenast, den er als Keule zu verwenden gedachte, saß er in der zunehmenden Dunkelheit und wagte schon, sich auszumalen, daß er, der nüchtern war, es mit jeder Anzahl vom Wein berauschter Soldaten aufnehmen könnte. Aber sein Magen knurrte, und der sauere Geschmack des Hungers war in seinem Mund, als er an die guten Speisen dachte, die die Eindringlinge hinuntergeschlungen oder weggeworfen hatten. Er hatte seit Wochen kein Fleisch mehr gehabt, das letztemal, als ihre älteste Henne zum Legen zu alt geworden war.

Es wurde sehr spät. Fast hätte er sich den Luxus gestattet, sich vorzustellen, daß sie hier, an der äußersten Südspitze von Oragalia das Schicksal vor den Räubereien der Kreuzfahrer verschonen würde, als er hörte, wie jemand auf dem steilen, steinigen Pfad ausrutschte, der über die Landzunge führte, danach folgte ein Fluch, und jemand lachte leise – aber das war zweifellos jemand anderer. Sie waren also mindestens zu zweit. Vorsichtig und lautlos kroch er, um sich zu verbergen, in ein Gebüsch, das so trocken war, daß er seine ganze Selbstbeherrschung aufbieten mußte, um keine Zweige abzubrechen. Es war fast Vollmond; er konnte weit sehen. Er würde gut gerüstet sein, wenn sie hierherkamen.

Er überlegte, ob er Anastasia wecken sollte, entschied sich aber dagegen. Besser, wenn sie den Schlaf der Erschöpfung schlief. Wenn es ihm natürlich nicht gelang, sie zu verteidigen ...

Aber gegen diese Vorstellung sträubte er sich.

Trotzdem schwand sein künstlich aufgebautes Selbstvertrauen, als er die Männer erblickte, die auf dem Weg zu ihm waren. Einer der beiden schien ein Riese zu sein, mit Schultern, so breit wie die Kirchentür. Dann erkannte er seinen Fehler. Es waren zwei Männer, beide von normaler Größe, sie stützten sich gegenseitig und schleppten gemeinsam einen plumpen, alten Weinkrug aus Keramik auf dem unebenen Weg daher. Schmerzhaft durchschoß ihn Erleichterung – aber sie verschwand sofort wieder, als ihm klarwurde: nicht zwei Männer kamen auf ihn zu, sondern drei.

Er suchte sich, soweit es ging, damit zu trösten, daß es sich eindeutig um gemeine Soldaten handelte. Sie hatten keine Schilde; daher besaßen sie wahrscheinlich auch keine Schwerter, wenn sie auch ohne Zweifel Keulen oder Messer hatten, und was sie an Panzerung trugen, war sicher nicht mehr als gepolstertes Leder. Ein gutgezielter Schlag auf den Kopf, mit aller Kraft, die er aufbringen konnte, und ...

Aber das war Wunschdenken. Er zwang sich zu höchster Konzentration und sah, daß er sie an sich vorbei dorthin weitergehen lassen mußte, wo Anastasia lag, um sie von hinten angreifen zu können. Ob sie nun betrunken oder nüchtern waren, es war zu riskant, sich ihnen von vorne entgegenzustellen.

Als sie auf gleicher Höhe mit ihm waren, hörte er sie in einer Sprache fluchen und schimpfen, die er nicht verstand, aber er konnte erraten, was zwei von ihnen zum dritten sagten: »Hoffentlich hat sich der weite Weg auch gelohnt!« Er hielt den Atem an und wartete, bis sie vorüber waren, dann schickte er sich an, hinunterzuspringen und seine behelfsmäßige Waffe zu schwingen.

Und genau in diesem Augenblick hörte er weitere eiligere Schritte, und eine scharfe Stimme ertönte. Es klang, als erteile sie einen Befehl.

Er war so verkrampft, daß er nicht imstande war, sich auszurechnen, was das alles für Folgen haben würde. Er konnte nur daran denken, daß er nun vier Männer gegen sich hatte, und die drei, die er eben hatte angreifen wollen, waren im Begriff, sich umzudrehen ...

›Ich hätte beten sollen, während ich wartete‹, dachte Evgenos bedauernd und stürmte brüllend los.

Außer dem Überraschungsmoment hatte er noch den Vorteil, daß er jeden Fußbreit Boden auf dieser Stelle der Insel kannte, aber trotzdem kam er zu spät, um die drei völlig zu überrumpeln. Wie es sich für gute Soldaten – was sie in der richtigen Situation durchaus sein mochten – geziemte, reagierten sie schnell und instinktiv, ohne auf das Alter des Kruges, den sie trugen, oder auf die noch wichtigere Tatsache, daß er noch halb voll war, Rücksicht zu nehmen. Der Krug fiel zu Boden und zerschellte, das verschaffte Evgenos zusätzlich eine kostbare Sekunde zum Zielen, denn die anderen kamen auf dem verschütteten Wein sofort ins Rutschen und hätten fast das Gleichgewicht verloren.

Durch diesen glücklichen Umstand hatte Evgenos genügend Zeit, dem nächststehenden Mann mit aller Kraft seinen Ast über den Kopf zu hauen und ihn bewußtlos zu schlagen, aber noch ehe sein Opfer auf dem Boden lag, stürmten die beiden anderen auf ihn los, und es war pures Glück, daß er beiden einen schmerzhaften Schlag versetzen konnte, ehe er bis an den Felsen zurückweichen mußte. Sein Atem rasselte in seiner Kehle; die Luft war schrecklich trocken und voller Staub.

Vom Pfad her kam ein Schrei, und er klang drohend. Evgenos hatte jedoch keine Zeit, darüber nachzudenken. Er mußte seine Keule hierhin und dorthin schwingen, dabei waren seine Hände so schlüpfrig vom Schweiß (wie war das möglich, wenn die Luft so trocken war?), daß er fürchtete, den Ast nicht mehr festhalten zu können. Ein oder zwei seiner Schläge trafen; die anderen saßen dicht genug, daß seine Gegner beiseitespringen und sich neu formieren mußten. Aber die Treffer schienen keinen Schaden anzurichten, bald würde einer der Soldaten ihn mit dem Messer erwischen, vielleicht am Arm oder an der Hand, und da kam wieder ein Schrei von hinten, laut und zornig diesmal und – daneben, ein Wunder! Alle Heiligen, steht mir bei! Ihr könnt nicht zulassen, daß diese Bestien Anastasia vergewaltigen! Das könnt ihr nicht! Aber jetzt gehen sie schon wieder auf mich los, und der eine, den ich niedergeschlagen habe, rappelt sich wieder auf, und dabei werde ich allmählich schon müde, weil es so lange her ist, daß ich meinen Bauch voll hatte mit so guten Sachen, wie sie uns heute gestohlen haben, und jetzt höre ich den anderen von hinten kommen, näher und immer näher – Jetzt habe ich dich, du Satansbrut!

Mitten auf die Backe, und ich habe gespürt, wie die Zähne brachen, jetzt stolpert er über seine eigenen Füße, aber da kommen die beiden anderen, gleichzeitig – Steht mir bei, St. Michael und St. Georg, Drachentöter! Denn wenn ihr es nicht tut ...

Allmächtiger Gott! Jetzt haben wir Anastasia aufgeweckt, ich sehe sie aus der Hütte kommen und ...

Die Welt drehte sich um ihn. Er war über einen losen Stein gestolpert, und gleichzeitig hatte ihn eine Keule an der rechten Schulter getroffen. Der Schlag fuhr ihm wie ein Blitz durch den Arm bis in die Fingerspitzen, und während er sich noch bemühte, damit fertigzuwerden, hörte er so dicht hinter sich einen Schrei, daß er überzeugt war, jetzt müsse er sterben. Irgendwie hatten sie ihn von dem Felsen weggelockt, der ihm anfangs Rückendeckung gegeben hatte, und dadurch bekam der vierte Angreifer freie Bahn ...

»Geh zur Seite!«

Er wurde grob weggestoßen und verlor das Gleichgewicht. Er stürzte längelang in den Schmutz, der jetzt zu Schlamm aufgewühlt war, der saure Gestank des verschütteten Weins, so stechend wie Erbrochenes, drang ihm in Nase und Lungen. Vor Entsetzen wimmernd, aber ohne seine Keule loszulassen, wälzte er sich herum und entdeckte, daß er am Ende alles falsch beurteilt hatte. Dieser Neuankömmling hatte nicht dasselbe Ziel wie die anderen. Außerdem hatte er ein Schwert und einen Schild und konnte Griechisch, auch wenn er jetzt eine andere Sprache sprach, und zwar in wütendem Ton.

Es war der einäugige Ritter.

Einen Augenblick lang schien es, als wollten sich ihm die drei Soldaten widersetzen, aber er hieb dem vordersten kräftig mit der Breitseite seines Schwerts über den Kopf und stieß ihm dann, ohne die Flut von Beschimpfungen zu unterbrechen, die Spitze unters Kinn. Da verloren sie den Mut. Sie gehorchten mißmutig, als er ihnen befahl, ins Dorf zurückzukehren, aber sie murrten und schimpften weiter, so lange man sie hören konnte.

»Herr!« Evgenos ließ sich auf ein Knie fallen. »Herr, ich verdanke Euch mein Leben! Und was Anastasia angeht ...« Sie war neben ihn getreten, als sie erkannt hatte, daß die Gefahr vorüber war, und er faßte ihre Hand. Aber die richtigen Worte wollten ihm nicht über die Lippen.

Der Einäugige stieß mit dem Fuß die Scherben des Weinkrugs beiseite, stieß sein Schwert in die Scheide und sagte: »Es war meine Christenpflicht, de Belmaisons Pläne zu vereiteln. Ach, steh auf, Mann! Du bist doch kein Vasall von mir!«

»Aber ich verdanke Euch mein Leben!« wiederholte Evgenos.

Der Mund des Ritters verzog sich zu einem spöttischen Grinsen, das von seinem ungepflegten Bart halb verdeckt wurde. »Nicht einmal da bin ich ganz sicher.

Du konntest dich offenbar ganz gut allein deiner Haut wehren. Ich muß sagen, auf dem Schlachtfeld hat es schon Augenblicke gegeben, da wäre ich froh gewesen, einen so tatkräftigen Junker wie dich zu haben!«

Anastasia zuckte zusammen, weil sie einen Augenblick lang dachte, er wolle Evgenos anwerben. Der Ritter bemerkte es und deutete ihre Reaktion richtig.

»Oh, keine Sorge. Ich habe mein eigenes Gefolge, und seine Disziplin ist besser als bei den Leuten von de Belmaison.«

»Dann hat er diese drei geschickt ...«

»Ja, richtig. Er hat seine niedrigen Gelüste nie unter Kontrolle. Deshalb bin ich ihnen nachgegangen, sobald ich entdeckte, welchen Auftrag sie erhalten hatten. Er hatte ihnen befohlen, ›das Weib des Mohren‹ ausfindig zu machen« – er nickte Anastasia zu – »und dich zu ihm zu schleppen, damit er sich mit dir vergnügen könnte. Er hat angedeutet, er hätte nichts dagegen, wenn sie sich unterwegs selbst an dir vergingen.«

Anastasia flüsterte entsetzt: »Und das sind die Leute, die das Heilige Land befreien wollen?«

»Ich glaube nicht, daß sie es tun werden«, entgegnete der Ritter, und seine Stimme klang plötzlich müde. Er stellte seinen Schild mit der Spitze auf den Boden und stützte sich darauf. »Aber ihr dürft uns nicht alle nach den Taten von einigen wenigen beurteilen: besonders nicht nach de Belmaison. Er gehört keinem Ritterorden an, er hat keinen Schwur geleistet, nur einen Treueid an seinen König, und zwischen ihm und seinem primitiven Bauerngefolge besteht kein großer Unterschied. Ich selbst ... Ach, aber es genügt, das Richtige getan zu haben. Ich sage euch gute Nacht.«

»Herr, wartet doch bitte!« Anastasia stürzte nach vorne. »Ich möchte wissen, wer Ihr seid und warum Ihr uns geholfen habt, wenn auch nur, um Euch auf immer in meine Gebete einzuschließen!«

»Ja! Ja!« rief Evgenos eifrig und stand auf.

Der Ritter ließ ein trauriges und spöttisches Lachen hören. »Da hat sich der Wind aber gedreht! Heute mittag hast du dir noch eingebildet, ich hätte dein Kind mit dem bösen Blick belegt – ist es nicht so?«

»Ich bitte Euer Gnaden um Vergebung!« rief Anastasia.

»Mach dir deshalb keine Sorgen. Ich wußte nicht, welche Vorstellungen in eurem Volk herrschen, sonst hätte ich mich nicht erdreistet ... nun gut, ich will dir so aufrichtig antworten, wie ich kann, aber mein Name spielt keine Rolle. Ich habe meine Ländereien und meine Familie vor langer Zeit verloren. Es suchte uns eine Seuche heim. Trotzdem, um meines Ordens willen sage ich euch dies:

Der Ritterorden der Hospitaliter wurde gegründet, um diejenigen zu pflegen, die im Dienste des Kreuzes verwundet werden. Er ist nicht mehr das, was er einst war, und es gibt viele, die den bindenden Schwur entweihen, den sie geleistet haben. Du kannst mich in deinen Gebeten als einen – und womöglich als den einzigen – bezeichnen, der dazu nie und nimmer bereit ist!«

Damit nahm er seinen Schild und schritt davon. Evgenos wollte ihm nachlaufen, aber Anastasia hielt ihn zurück.

»Du hast gehört, was er sagte! Es beschämt ihn, wenn er eingestehen muß, wie tief seine Kameraden sinken können. Zwinge ihn nicht, noch einmal an sie zu denken. Preise lieber Gott, daß doch noch einige rechtschaffene Menschen auf Erden weilen!«

Später:

»Gene?« flüsterte sie in die Dunkelheit.

»Oh, ich schlafe nicht, Stacy. Auch wenn es schon Mitternacht sein muß. Ich glaube nicht, daß ich einschlafen kann. Das Bild von de Belmaison will mir nicht aus dem Kopf – selbstgefällig, selbstgerecht, bereit, die schlimmsten Ausschreitungen zu dulden, weil er so völlig davon überzeugt ist, einer gerechten Strafe zu dienen.«

»Nein, du solltest lieber an den einäugigen Mann denken, und auch an Hedwig.«

»An ihn ja, natürlich – aber warum, um Himmels willen, an sie?«

»Weil er es richtig verstanden hat, und sie hat es falsch verstanden!«

»Ich kann dir nicht ganz folgen.«

»Ach, du kennst doch Hedwig ... nein, so meine ich es nicht. Ich meine: du hast von ihr gehört.«

»Ja, aber ...«

»Ich will es dir erklären. Sie war jemand, der sich aufopferte, nicht wahr? Sie war der aufopfernde Typ par excellence und betrachtete sich selbst als den Inbegriff des Altruismus. Aber das war nicht ganz der Eindruck, den andere Leute von ihr hatten, die von ihrem Ehrgeiz erfaßt wurden wie Blätter, die im Sog eines schnellen Wagens mitgerissen werden.«

Er brachte ein Lachen zustande. »Ach ja! Ganz richtig, ja! Aber was ist aus ihr geworden? Erzähle!«

»In der Welt, die sie fand, häuften sich alle Mißstände, die sie abschaffen wollte. Wenn nicht ein brutaler Herrscher die Unschuldigen versklavte, dann wütete eine Seuche; gab es nicht eine Hungersnot, dann eben gierige Steuereinnehmer; wo keine Dürre war, war der Krieg mit seinen zahllosen Opfern, besonders Kindern. Sie war in ihrem Element, und sie schwelgte darin!

Unverzüglich begann sie, Reformen zu organisieren, und Horden von Menschen strömten herbei, um ihre Projekte zu unterstützen. Als Besucherin, die von weither kam, hatte sie natürlich automatisch einen leichteren Stand. Nimm zum Vergleich einen Künstler, der aus dem Ausland einwandert; denke zum Beispiel daran, wie viele Komponisten und Musiker in fremde Länder gehen mußten, um Anerkennung zu finden

Und in gewissem Sinne war sie ja auch eine Künstlerin – auf jeden Fall eine Spezialistin – und hier fand sie mehr Stoff für ihre Arbeit vor, als sie je zu träumen gewagt hatte. Lange Zeit war sie glücklich. Sie war überglücklich.«

»Aber was wurde schließlich aus ihr?« murmelte Gene schläfrig.

»Ich glaube, das kannst du erraten! Komm schon! Du hast gesagt, du könntest heute nacht wahrscheinlich nicht schlafen.«

Er wälzte sich mit geschlossenen Augen herum. »Ich kann mich ja auch getäuscht haben ... Hm – ja! Hedwig! Wie du sagtest, ist sie in die Welt gekommen, von der sie immer geträumt hat.«

»Und ...?« Sie gab ihm einen ermunternden Stoß.

»Oh! Bestimmt würde es ihr nie an etwas fehlen, wofür sie sich aufopfern konnte. Immer würde es morgen in den Nachrichten noch größere Mißstände geben als die, an deren Beseitigung sie heute arbeitete. Hältst du das für ihr Schicksal?«

»Es wurde noch schlimmer«, gab Stacy zurück. »Ja, sie hat eigentlich insofern gesiegt, als sie die Welt von den Übeln säuberte, die sie bei ihrer Ankunft vorfand. Aber letztlich sah sie sich gezwungen, nach allen anderen noch ein weiteres Projekt anzufangen: eine Kampagne zugunsten der Menschen, die sie mit ihrer Begeisterung angesteckt hatte; die ihrem Beispiel gefolgt waren und dann feststellen mußten, daß sie alles verloren hatten, woran sie hingen – ihr Zuhause, ihre Familie, ihre Lieben, ihre Erbstücke und anderen, teuren Besitz. Zu diesem Zweck mußte sie natürlich weitere Helfer anwerben, oder vielleicht sollte man sie eher Anbeter nennen, die nun ihrerseits beklagten, was sie auf ihr Geheiß hin hatten aufgeben müssen. Endlich dämmerte es ihr, daß das eine Kampagne ohne Ende war. Sie, die sich so konsequent aufgeopfert hatte, hatte keine Rücksicht auf die anderen Menschen genommen, die sie bei ihren Leistungen verbrauchte. Ihr Gewissen protestierte, aber das änderte nichts an den Tatsachen: sie hatte sich eine Schuld aufgeladen, die sie niemals würde zurückzahlen können ... Gene? *Gene?*«

Aber er schlief bereits. Und einen Augenblick später schlief auch sie.

7

Der GEGENSTAND besteht aus den Scherben eines Kruges, der einstmals Wein enthielt.
Er kann niemals wieder ganz werden.

Der MONAT ist Oktober.

Der NAME ist Pedro.

Nikodemos, dem man wegen des Erfolges, von dem seine Unternehmungen gewöhnlich begleitet waren, den Spitznamen ›Chrysocheiros‹ – ›von der goldenen Hand‹ – verliehen hatte, war wütend auf sich selbst und mehr noch auf Gott. Die übliche Kombination aus Glück und Urteilsvermögen hatte ihn diesmal völlig im Stich gelassen. Dies hätte die gewinnträchtigste Reise werden sollen, die er je unternommen hatte, und jetzt drohte sie zu einer ausgesprochenen Katastrophe zu werden.

Um die in diesem Jahr ungewöhnlich zeitig einsetzenden Frühjahrswinde zu nützen – sie waren genau bei Tag-und-Nacht-Gleiche umgesprungen, anstatt sich zu verzögern – hatte eine Handvoll kühner oder habgieriger indischer Händler schon Wochen vor dem normalen Termin die Segel gesetzt, fest entschlossen, vor ihren Konkurrenten Ägypten zu erreichen. Gold, Perlen und kostbare Steine konnten in Muße verkauft werden, aber wer als erster mit verderblicher Saisonware wie Parfüm, Weihrauch, Gewürzen und Farbstoffen eintraf, konnte sicher sein, die höchsten Preise zu erzielen. Das war ein Grundsatz, den Nikodemos wohl verstand. Seine Agenten am Roten Meer hatten Daueranweisung, in jedem Jahr sofort zu kaufen, sobald die Händler sich zeigten, vorausgesetzt, die Ware war von guter Qualität, und dann die Güter so schnell wie möglich über Land nach Alexandria zu schicken. Wenn man die erste Schiffsladung indischer Luxusgüter in diesem Winter, zusätzlich zu den normalen, ägyptischen Exporten an Leinen, Keramik- und Glaswaren und Papyrus – nicht, daß die Nachfrage nach Papyrus noch sehr groß gewesen wäre – nach Konstantinopel brachte, bedeutete das einen riesigen Gewinn. Obwohl der Stern der Stadt im Sinken begriffen war, waren ihre Bewohner entschlossen, lieber aus diesem Leben das Beste zu machen, als sich auf die Verheißung eines künftigen Paradieses zu verlassen.

Dieses Jahr hatte die frühe Ankunft der indischen Waren jedoch sogar Nikodemos unvorbereitet getroffen. An dem Tag, als er aus dem Süden die Meldung erhielt, lag sein bestes Schiff noch im Hafen und wurde neu kalfatert und aufgetakelt, und abgesehen von seinem afrikanischen Kapitän, der Porias genannt wurde, weil nur ein Barbar seinen richtigen Namen aussprechen konnte, verdiente sich die Besatzung, die regelmäßig bei ihm anheuerte, ihr Brot noch größtenteils im Touristengewerbe. Die wenigen, wohlhabenden Familien, die es sich leisten konnten, den Sommer über Verwandte auf Kreta oder Zypern zu besuchen, zogen, wie Nikodemos selbst ja auch, Seeleute mit viel Erfahrung vor.

Es wurden hektische Befehle gegeben, es wurden Botschaften losgeschickt, obwohl nur wenig Hoffnung bestand, daß sie ihre Empfänger erreichten, und es wurde mit viel Bargeld herumgeworfen, aber damit erreichte Nikodemos, daß er mit seinem Schiff lange vor seinem Hauptkonkurrenten und geschworenem persönlichen Feind Kranes in See stechen konnte. Dieser war jedoch am Kai gestanden und hatte Beleidigungen gebrüllt, als alles zur Abfahrt bereitgemacht wurde.

»Mit was für einem Haufen Wasserratten du dich doch zufriedengeben mußt! Sie werden dir deine Fracht auffressen, ehe du einen Hafen errreichst, wo du sie verkaufen kannst! *Wenn* du einen Hafen erreichst, und ich wage es zu bezweifeln – schau dir deine Schoten an, und schau dir deine Segel an! Ha! Du wirst sinken, noch ehe du das Land nicht mehr sehen kannst!«

Äußerst gereizt hatte Nikodemos zurückgeschrien: »Ich würde nicht darauf wetten, wenn ich du wäre!«

»Wetten möchtest du? Sehr schön, ich steige ein! Ich habe ein festeres Schiff, das im Augenblick mit kostbarer Fracht beladen wird, und ich habe auch eine bessere Mannschaft. Selbst wenn wir einen Tag – nein, sagen wir, drei Tage – später aufbrechen als ihr, rechne ich noch immer damit, vor dir in Konstantinopel zu sein!«

»Niemals!«

»Ich setze meine gesamte Fracht und mein Schiff noch dazu, und die Leute hier am Hafen sind meine Zeugen! Bist du dabei?«

Und Nikodemos hatte tollkühn gebrüllt: »Ja, natürlich!«

Dann ließ Kranes die Falle zuschnappen. »Schön! Ich habe meinen Schreiber mitgebracht, und er hat unsere Worte aufgeschrieben, deine wie auch meine. Sobald du auf See bist, lasse ich Abschriften davon in ganz Alexandria verbreiten. Entweder bist du ein armer Mann, wenn du zurückkehrst, oder du wagst es erst gar nicht und mußt den Rest deines Lebens als Bankrotteur im Exil verbringen.«

Vor Schadenfreude glucksend wandte er sich ab, und Nikodemos gab Befehl, abzustoßen. Wutschnaubend!

Wegen Kranes' Arroganz, nicht wegen des Gewinns, der auf dem Spiel stand – das behauptete er jetzt jedenfalls gegenüber Porias – hatte er, nachdem sie wie üblich das Ostkap von Kreta gesichtet hatten, darauf bestanden, von dort aus auf einer unbekannten Route zwischen den tückischen Inseln im Norden weiterzufahren.

Ihr ›Periplus‹ riet davon ab, aber er verspottete ihn, und Porias gehorchte schweren Herzens. War es seine Schuld – so wollte Nikodemos nun vom Himmel wissen – war es seine Schuld, daß eine Stunde, nachdem sie Kreta hinter sich gelassen hatten, ein Sturm aufkam? Hatte er die Macht über das Wetter, oder Gott? Im letzteren Fall mußte Gott auf Kranes' Seite stehen, und das war absurd! Kranes war ein Trunkenbold, ein Wüstling und ein berüchtigter Betrüger!

Mit alledem konnte er ganz offensichtlich weder Porias noch sonst jemanden von der Besatzung beeindrucken, als sie etwa um die Mitte einer mondlosen Nacht feststellten, daß sie trotz des eingeholten Segels auf eine Insel zutrieben, die sich als konturloser, schwarzer Umriß vom Horizont abhob. Manchmal schien die Silhouette einem zusammengekauerten Tier zu ähneln, aber nie lange genug, als daß sie sich hätten klarwerden können, was für ein Tier es war.

Seekrank – er, der so stolz darauf war, sich auch im schlimmsten Sturm niemals übergeben zu haben – und voller Angst, nicht nur das Schiff und seine Fracht, sondern auch noch die Chance zu verlieren, eine verlorene Wette würdevoll auszubezahlen – er, der sich brüstete, noch bei jedem Handel seinen Verpflichtungen nachgekommen zu sein – klammerte sich Nikodemos in der wilden, nassen Dunkelheit an die Takelage und lästerte Gott.

Ein Felsen ragte auf. Schreie wurden laut, fast brach Panik aus, aber Porias trieb seine Männer mit peitschenden Worten an, und sie stießen sich mit Stangen davon weg. Eine Stange brach, und der Mann, der sie führte, ging mit einem lauten Schrei über Bord. Aber das Schiff überstand es und senkte einen Augenblick später seinen Bug gefahrlos in eine Sandbank. Wunderbarerweise blieb der Rumpf unbeschädigt.

Aber der Stoß war für die schon geschwächte Takelage zu stark, und als die Taue rissen, klang es, als knallten Peitschen. Sie schlängelten sich bis auf das Deck herunter, erfaßten zwei Mann von der Besatzung, einen um den Körper, den anderen am Bein, und rissen sie um. Der Mast neigte sich; der Wind riß ein Ende des Segels los, und die Rah kippte so weit nach Backbord, daß sie einen weiteren Mann heftig am Kopf traf. Porias brüllte weitere Befehle, und die Besatzung gehorchte mißmutig. Aber als wieder so etwas wie normale Verhältnisse eingekehrt waren und sie Gelegenheit zu einer Bestandsaufnahme hatten, stellten sie fest, daß sich ein Mann das Knie verrenkt und ein anderer den Arm ausgekugelt hatte, während der, den die Rah am Schädel getroffen hatte, den Verstand verloren hatte; er war zu nichts anderem fähig, als seinen Hals zu umklammern und mit gräßlich aufgerissenem Mund zu stöhnen.

»Was machen wir nun?« jammerte Nikodemos.

»Wir warten, bis es Tag wird, was sonst?« sagte Porias mit afrikanischer Verachtung, legte sich hin, wo er gerade stand, und schlief ein.

Mit Anastasia gingen seltsame, erschreckende Dinge vor. Evgenos war verwirrt und wünschte, die weisen Frauen von Oragalia um Rat fragen zu können – aber die meisten wollten nichts mit ihm zu tun haben. Hätten sie Anastasia nicht von Kindesbeinen an gekannt, sie hätten sie ebenso rundweg abgelehnt. Es hielt sich jedoch noch eine Spur von Mitgefühl für das Mädchen, das schon so früh zur Waise geworden war, und hin und wieder hinterlegte jemand am höchsten Punkt des Weges, der zur Bucht und zu der Hütte hinunterführte, wo sie ihr Leben fristeten, ein anonymes Geschenk: einen Brotlaib, ein paar Feigen, einen Fisch oder eine Knoblauchzwiebel – Bestechungsgeschenke, um sie zu bewegen, ihn fortzuschicken, damit man sie in die Gesellschaft der ehrbaren Witwen aufnehmen konnte. Es gab viele Witwen auf der Insel, die jünger waren als sie.

Heute abend würde kein Geschenk da sein, nicht, wenn der Wind über das Meer heulte und riesige Wellen den Strand heraufjagte. Warum hatte sie sich diesen Augenblick – ausgerechnet jetzt, und das in ihrem Zustand – ausgesucht, um auf der Landzunge herumzuklettern und nach Muscheln zu suchen, die sie roh aß, nachdem sie die Schalen mit den Zähnen aufgeknackt hatte, ohne sich darum zu kümmern, daß sie sie dabei beschädigte. In letzter Zeit hatte sie so oft über Zahnschmerzen geklagt!

Und kein Wunder. Es gab doch eine Redensart, daß Frauen mit ihren Zähnen für die Knochen der Babies bezahlen mußten.

Jetzt mußte er wieder in die stockfinstere Nacht hinaus, ihr gut zureden, damit sie zurückkam, und ihr, so gut er konnte, Beistand leisten gegen die schrecklichen Anforderungen des neuen Lebens, das da in ihrem Schoß heranwuchs ...

Resigniert und dankbar, daß es nicht regnete, kämpfte er sich durch den Sturm bis dorthin vor, wo sie saß und sich den Bauch vollschlug. Er ließ sich neben ihr auf die Knie fallen und fragte: »Was fehlt dir denn?«

»Ich habe Hunger«, lautete die mürrische Antwort. Dann fügte sie entschuldigend hinzu: »Es ist nicht *nur* Hunger. Ich habe auf etwas Besonderes Hunger – nicht auf Brot, nicht auf Obst, nicht auf Eier ... Ach, ich weiß nicht, was es ist!«

Ihm sank der Mut. Beim letztenmal hatte sie Ziegenkäse verlangt, und sie hatten keine eigene Ziege, also hatte er einen Tag lang für einen Herrn arbeiten müssen, der ihn haßte, und am Abend hatte er seinen Lohn nach Hause getragen: zwei Hände voll ›Feta‹. Und sie hatte ihn gekostet und dann abgelehnt, hatte gesagt, er sei nicht richtig.

Nicht richtig? Wie konnte Käse ›nicht richtig‹ sein? Er hatte gefunden, daß er ganz normal schmeckte. Aber schwangere Frauen waren ja bekannt für ihr unvernünftiges Verhalten ...

Plötzlich brach sie in Tränen aus und mußte die letzte Muschel ausspucken, die sie in den Mund genommen hatte. Er führte sie zurück zur Höhle, redete vage beruhigend auf sie ein und schmeckte Meersalz auf ihren Lippen, ehe sie trotz des brüllenden und heulenden Sturms auf dem feuchten, fauligen, weichen Seetang einschlief, den er gesammelt hatte, um daraus ein Bett zu machen.

Er jedoch lag noch eine ganze Weile wach und fragte sich, welcher Teufel ihn dazu verdammt hatte, an diese fremde Küste verschlagen zu werden. Aber obwohl er es sich verzweifelt wünschte, war ihm klar, daß er sie nicht mehr verlassen konnte. Er hatte sich eine Verantwortung aufgeladen. Natürlich war eine Geburt ein gefährliches Ereignis. Vielleicht starben Anastasia und das Kind dabei. Dann konnte er sich aussuchen, ob er verhungern oder fliehen wollte. Er schämte sich jedoch, weil er hoffte, daß so etwas eintreten könnte.

Irgendwann nickte auch er ein.

Und wurde von einem Ruf am Höhleneingang geweckt.

Er sprang sofort auf, war auf den Beinen, fast noch ehe er die Augen offen hatte, registrierte, daß der Sturm sich gelegt hatte und sah sich einem Fremden gegenüber, der so schwarz war wie er selbst; bestimmt kein Bewohner von Oragalia. Klein und untersetzt war er, und er trug einen vom Salz ganz steifen Leinenkittel, der mit Lederriemen gegürtet und eingefaßt war. Auch seine Füße steckten in Lederschuhen. Ein Anflug von Neid war das erste, was Evgenos spürte, als er zu sich kam.

Aber hinter dem Fremden stand ein dicker, schusseliger Bursche in noch teuerer Aufmachung, er hatte eine Borte an seiner Robe, die mit tyrischem Purpur gefärbt war. Die Farbe war jedoch stark verlaufen, ein Beweis, daß er sie von einem Verkäufer erstanden haben mußte, der billige Beizen verwendete.

Dieser Mann sagte: »Ist außer dir noch jemand hier? Ich muß sofort mein Schiff wieder flottbekommen!«

Auch Anastasia war jetzt wach. Als sie merkte, daß Fremde da waren, wimmerte sie und rollte sich in die dunkelste Ecke der Höhle.

»Ich bin Kapitän Porias«, sagte der Afrikaner. »Das ist mein Arbeitgeber, Nikodemos von Alexandria. Sag deiner Frau, sie soll sich beruhigen. Alles, was wir wollen, ist Hilfe, um unser Schiff von der Sandbank freizubekommen, auf der es festsitzt. Wir haben zu wenig Leute, weil uns letzte Nacht im Sturm ein Mann über Bord gegangen ist und drei weitere schwer verletzt wurden. Wir werden dich gut bezahlen. Aber ist außer dir und dem Mädchen noch jemand hier?«

»N-nein!« Bei der Aussicht auf Bezahlung fand Evgenos die Sprache wieder. »Aber ... hm ... ich werde tun, was ich kann. Was für ein Schiff?«

»Wisch dir die Augen aus, dann siehst du es deutlich genug!« war Porias' knappe Antwort.

Der Dicke plapperte etwas von Verspätung. Evgenos beachtete ihn nicht weiter und drängte sich an ihm vorbei ins Tageslicht.

Und da lag das Schiff; auf Grund gelaufen auf der Barre, die die südliche Bucht von Oragalia schützte und dafür gesorgt hatte, daß dieser Flecken salzigen Bodens niemals von jemandem beansprucht wurde, bis Evgenos und Anastasia dazu getrieben wurden, sich hier ihren Lebensunterhalt aus der Erde zu scharren. Evgenos sah mit geübtem Blick, daß das Schiff sich schon aus dem Sand hob, der es festhielt.

Er wollte lachten, wagte es aber nicht. Ja, hier war seine Chance, endgültig und für immer das Weite zu suchen! Wenn er diesen Fremden sagte, er würde ihnen helfen, aber der Preis dafür sei ein Platz in der Mannschaft ...

Hinter ihm erhob sich Anastasia. Er änderte seufzend seinen Entschluß. Er hatte sich sein Schicksal selbst bestimmt.

»Nach Mittag wird der Wind drehen«, sagte er matt. »Bis dahin müßtet ihr genügend Sand wegschaufeln können, um den Bug freizubekommen. Und jetzt laßt uns in Ruhe!«

»Nein! Warte!« Unberechenbar wie immer stand Anastasia an seiner Seite und strich das wadenlange, schwarze Kleid glatt, in dem sie geschlafen hatte, weil sie sonst nichts zum Anziehen besaß. Sie schob ihr dichtes, verfilztes Haar zurück und lächelte Porias und Nikodemos, ohne an ihre abgesplitterten Vorderzähne zu denken, so gekonnt zu wie eine Kokotte.

»Natürlich wird euch Evgenos helfen! Nicht wahr?« – ein bedeutungsvoller Blick. »Aber was für eine Fracht habt ihr denn auf eurem Schiff?«

»Möchtest du etwas kaufen?« Sofort regte sich Nikodemos' Händlerinstinkt.

Porias schnaubte und wandte sich ab, seine Haltung fragte deutlicher als Worte: Was können sich diese mit Armut geschlagenen Leute schon von deinem Zeug leisten?

Anastasia ging jedoch mit ausgestreckten Armen auf Nikodemos zu, ihre großen Augen standen voller Tränen und blickten ihn flehentlich an.

»Ja, das möchte ich! Ich möchte es so gerne.«

Sie hielt inne, erschreckt von der Macht ihrer Wünsche.

»Nun, was denn?« fuhr Nikodemos sie an. »Du brauchst nur zu fragen.«

»Etwas – eine Speise, die ich nicht nennen kann!«

»Der Herr sei uns gnädig.« Nikodemos warf einen Blick auf die Sonne. »Kranes ist inzwischen sicher schon weit draußen auf dem Meer und wird dem Sturm letzte Nacht ausgewichen sein – Porias, kannst du diese Leute zur Vernunft bringen? Wir müssen vielleicht einen Teil der Decksladung zurücklassen, um das Schiff leichter zu machen und flott zu bekommen. Glaubst du, sie wären damit zufrieden?«

»Und was sollen sie hier mit Leinenstoffen und Papyrus anfangen?« gab Porias mit finsterer Miene zurück.

»Das Leinen ist nur schwer, weil es letzte Nacht von einer Welle durchnäßt worden ist ...«

»Ich will kein Leinen!« schrie Anastasia. »Ich will auch kein ... was immer das andere ist, was du erwähnt hast! Ich will etwas zu essen für mein Baby. Ich möchte etwas, was ich spüre, aber ich weiß keinen Namen dafür!«

Stöhnend ballte sie die Fäuste vor dem Gesicht.

»Oh, um Gottes Himmels willen! Ich gebe deinem Mann als Lohn einen Krug indischen Pfeffer, was sagst du dazu? Ich möchte wetten, daß du so etwas noch nie gekostet hast! Oder einen Topf Honig, es heißt, der ist gut für schwangere Frauen! Solange er nur hart und ehrlich arbeitet und jetzt sofort mit uns kommt!« Nikodemos stapfte vor Zorn und Frustration auf und ab.

»Nimm den Honig«, riet ihr Evgenos seufzend und wandte sich ab, um nach seinen Kothurnen zu suchen.

»Nein, Honig haben wir ja selbst – auf der Insel gibt es viele Bienen! Ich möchte ...« Sie biß sich auf die Lippen und dachte nach. »Vielleicht möchte ich Pfeffer; ich weiß es nicht. Ist das etwas Gutes, Nahrhaftes, das den Bauch füllt und die Art von Hunger vertreibt, für die man keinen Namen hat?«

»Nein, es ist ein Gewürz, das den Mund füllt und den Geschmack von schlechtem Fleisch überdeckt!« fuhr Porias sie an. »Und ich kann mir vorstellen, daß du nicht viel Fleisch zu sehen bekommst, weder gutes noch schlechtes. Dein Mann hat recht – du solltest den Honig nehmen. Oder einen Krug Wein, oder ... Warte: Wir haben ägyptische Wasserhühner, im eigenen Fett eingelegt, eine Delikatesse!«

Anastasias Augen leuchteten auf. Aber Nikodemos fuhr dazwischen, ehe sie noch etwas sagen konnte.

»Die nicht! Die sind etwas ganz Besonderes und bringen sicher ...«

»Möchtest du dein Schiff wieder flottmachen?« fuhr Porias auf. »Oder willst du das Zeug behalten und es mit Verlust verkaufen, wenn wir Konstantinopel erreichen? Nicht, daß es dir dann noch gehört, wenn ich es mir überlege, jedenfalls nicht, wenn Kranes uns zuvorkommt. Du weißt, was er für ein Mensch ist! Er hat sicher Bewaffnete am Kai postiert, die unsere Fracht an sich reißen, und er hat die Hafenpolizei bestochen, um sicherzugehen, daß wir nicht versuchen, sie davon abzuhalten. Freust du dich schon darauf, den Winter im Gefängnis zu verbringen?«

»Na schön«, sagte Nikodemos mürrisch. »Aber nur einen Krug!«

»Und einen mit Honig und einen mit Wein!« beharrte Evgenos.

»Abgemacht!« sagte Porias sofort. »Du kannst es von meinem Anteil nehmen, wenn du willst, Nikodemos. Aber wenn du das tust, dann war das unsere letzte, gemeinsame Reise. Und jetzt bewegt euch, ja?«

Der Mann mit dem verrenkten Knie und der Mann mit dem ausgekugelten Arm waren von ihren Gefährten an Land getragen worden. Jetzt hockten sie im Schatten der Ballen und Bündel, die man vom Deck geholt hatte, um das Schiff leichter zu machen, und kümmerten sich um ihren Kameraden, der den Schlag auf den Kopf bekommen hatte. Der hatte sich eindeutig den Hals gebrochen; er lag mit geschlossenen Augen da und wand sich vor Schmerzen. Hin und wieder versuchte er, etwas zu sagen, brachte aber nichts heraus als ein Stöhnen.

Drei Mann von der Besatzung flickten die Taue und richteten den Mast wieder auf. Die übrigen standen knietief im Wasser, setzten müde alles ein, was ihnen in die Hände fiel – Stangen, Holzstücke, Keramikscherben – und bemühten sich, den Bug freizubekommen. Als Evgenos zu ihnen stieß, hielten sie inne und musterten ihn mürrisch.

»Da hast du eine Planke, die kannst du als Schaufel benützen«, sagte Porias und zeigte darauf. »Fang an!«

»Bring erst meinen Lohn an Land!« verlangte Evgenos.

»Was?« Porias ballte die Fäuste und trat einen Schritt näher. »Willst du sagen, daß du an meinem Wort zweifelst?«

»Nicht an deinem, an seinem«, sagte er mit einer Daumenbewegung zu Nikodemos hin, der davonrannte, um die beschädigten Waren zu begutachten.

»Du bist ein gerissener Hund, was?« sagte Porias widerwillig. »Scheinst mir wenigstens Menschenkenntnis zu besitzen ... Na schön. Ich suche das Zeug selbst heraus und stelle es dort drüben hin, in den Schatten dieses Felsens. Einverstanden?«

»Gut!« antwortete Evgenos. Er packte die Planke und machte sich eifrig ans Werk.

Trotz seiner hageren Gestalt und seines leeren Bauchs schien er in besserer Verfassung zu sein als die Seeleute und grub viel schneller als sie. Andererseits war das nicht verwunderlich, er hatte nicht die Hälfte der letzten Nacht im Rachen des Sturmes zu schuften brauchen. Die Sonne stieg in den Zenith, und er konnte nicht mehr sagen, ob er mehr vom Seewasser naß war als vom Schweiß. Aber der Bug des Schiffes kam frei.

»Durstig?«

Zu seiner Überraschung stand Porias mit einem Keramikgefäß voll Wasser an einer Seilschlinge vor ihm, er ging von einem zum anderen, und jeder durfte drei Mundvoll nehmen, nicht mehr und nicht weniger. Evgenos wischte sich den Schweiß aus den Augen, nachdem er seinen Anteil geschluckt hatte und sagte: »Wenn das leer ist, dann geh zu Anastasia. Sie soll dir unsere Quelle zeigen. Sie fließt am Ende des Sommers nur langsam, aber das Wasser ist gut.«

Die Aussicht auf genügend Wasser für die nächste Etappe der Reise heiterte die Seeleute auf, und sie betrachteten Evgenos mit weniger mißgünstigen Blikken.

Die Sonne senkte sich. Der Mast war wieder fest, und die Takelage war zwar voller Knoten, aber doch wieder verwendungsfähig. Evgenos hielt inne und wartete auf den ersten Hauch einer ablandigen Brise. Sobald sie kam, warf er seine Planke auf das Schiff und wandte sich an Porias.

»Entrollt euer Segel und holt alle Mann zum Schieben her. Jetzt wird es sich bewegen.«

Ehe der Kapitän gehorchte, betrachtete er ihn neugierig. Er sagte: »Du scheinst etwas von Schiffen und vom Meer zu verstehen. Hast du das auf dem Weg hierher gelernt?«

Einen Augenblick lang flackerte die Erinnerung an eine unendlich längere, seltsamere Reise auf, als sie Porias oder sein Herr jemals hätten unternehmen können. Aber er fand keine Worte, in die er seine Geschichte hätte fassen können, und außerdem hätte ihm ohnehin niemand geglaubt. Evgenos begnügte sich mit einem brummigen: »Ja.«

»Du warst also ... Nein, ich merke schon, du möchtest lieber nicht darüber sprechen. Dein Lohn liegt jedenfalls am Strand. Hoffentlich schmeckt es deinem Mädchen. Und wo ist mein Herr, in des Himmels Namen?«

»Er ist an Bord«, murrte jemand. »Sagte, er könne die Hitze nicht vertragen und müsse unter Deck gehen.«

»Deshalb müssen wir jetzt noch ein paar Talente mehr bewegen«, seufzte Porias. »Ich glaube, das wird meine letzte Reise mit ihm, ob er nun seine Wette gegen Kranes verliert oder nicht ... Also, Männer! Fertig jetzt, und los! Stemmt die Schultern gegen den Bug und schiebt!«

Und nach vielem Rutschen und Gleiten auf dem lokkeren Boden wuchteten sie das Schiff frei. Porias hängte sich mit vier Seeleuten an ein Tau, aus Angst, es könne abtreiben, und schrie Evgenos zu:

»Du hast wohl keine Lust, mit uns zu fahren, wie? Einen so tüchtigen Mann wie dich könnten wir noch brauchen.«

In der letzten Nacht hatte Evgenos von einer Chance geträumt, diese Insel zu verlassen, wo ihn offenbar alle haßten außer Anastasia ... und manchmal war er sich in letzter Zeit auch ihrer nicht mehr so ganz sicher gewesen. Aber wenn er diese Einladung annahm, konnte er sich auf eines ohne jeden Zweifel verlassen, wenn er zurückkam; man würde sie zur Witwe erklärt haben, auch wenn sie keine war. Selbst wenn sie und das Baby überlebten, würde man ihn völlig ächten. Und er war schon ein Ausgestoßener gewesen, ehe er den Weg nach Oragalia gefunden hatte ...

Würden ihn diese Männer als einen der ihren akzeptieren, würden sie zulassen, daß er in die Besatzung aufgenommen wurde? Eher war anzunehmen, daß sie froh sein würden, wenn sie ihn von hinten sahen, sobald die Reise vorüber war und sie keinen Bedarf mehr für seine Dienste hatten. Außerdem hatte er mitbekommen, daß Nikodemos in Gefahr war, sein Schiff und auch seine Fracht zu verlieren, wenn er zu spät in Konstantinopel eintraf. Dann saß er wieder auf dem trockenen, weiter von zu Hause entfernt denn je, und noch dazu in einer großen Stadt. Er hatte keine Erfahrungen mit Städten, aber man hatte ihn gewarnt, daß man sich in einer riesigen Menge einsamer fühlen konnte als ganz allein mitten in einer Wüste oder auf dem Ozean. Es war besser, auf Oragalia widerwillig geduldet zu sein als eine solch bittere Einsamkeit ertragen zu müssen.

Und dann war da noch Anastasia, und bald würde auch ein Kind da sein – sein erstes ...

Er rang sich ein Lächeln ab, schüttelte den Kopf und schrie zurück.

»Danke, Kapitän! Aber ich habe mir hier ein Leben geschaffen!« Die Doppeldeutigkeit dieses Ausdrucks erschreckte ihn einen Moment lang; er hatte sie nicht beabsichtigt. »Ich wünsche euch jedenfalls von jetzt an eine sichere Reise!«

»Das ist sehr freundlich! Ich bin dir dankbar!«

Die Männer hatten es eilig, an Bord zu klettern, sie trugen ihre verletzten Gefährten auf den Schultern durch die Untiefen. Nikomedos war wieder aufgetaucht und schrie, man solle die Waren verstauen, die am Ufer abgestellt worden waren, aber niemand schien ihn zu beachten.

Auch Evgenos nicht. Er wandte sich niedergeschlagen ab, um das eingelegte ägyptische Wasserhuhn, den Wein und den Honig mitzunehmen. Sein Kopf füllte sich mit traurigen Gedanken des Bedauerns: hätte er nicht mehr verlangen können? Viel mehr? Und hatte er schließlich doch richtig gehandelt, als er abgelehnt hatte, die Insel zu verlassen? Das Leben war hier in mancher Beziehung schwerer als auf See, und es gab auch Leute, die die großen Städte lobten, trotz ihrer Nachteile ...

Aber da kam ihm Anastasia schon entgegen. Ihre Augen wurden groß, als sie nicht das anschaute, was er in den Händen hatte, sondern die zurückgebliebene Fracht.

»Das haben sie alles hiergelassen? Oh, du kannst es ins Dorf bringen, und die Leute werden gut dafür bezahlen! Es sind Stoffe, nicht wahr?«

»Hast du Porias zur Quelle geführt?« fragte Evgenos und merkte plötzlich, wie müde ihn die Arbeit an diesem langen, heißen Vormittag gemacht hatte; vor allem freute er sich darauf, den Wein zu kosten.

»Ja!« Sie fuhr zusammen. »War das falsch?«

»Nein, ich habe es vorgeschlagen. Weißt du, diese Leute waren nicht böse. Sie hätten mich auch mit Schlägen zur Arbeit zwingen können, nicht? Dann hätte ich mich natürlich nicht halb so sehr angestrengt ... Was rede ich da? Laß uns nach Hause gehen! Ich bin furchtbar erhitzt und durstig, und außerdem halb verhungert.«

»Aber solltest du nicht gleich die Sachen zur Höhle bringen? Angenommen, jemand anders ...«

»Wer? Wer kommt denn jemals hierher, außer einigen von deinen Verwandten, ganz heimlich und bei Nacht?«

»Dann trage ich es hinauf.«

»Nein. Du arbeitest ohnehin zu schwer für eine Frau in deinem Zustand ...«

»Ich muß doch, oder? Wenn ich es nicht täte ...«

Er zwang sich, ruhig zu bleiben, unterbrach sie aber trotzdem.

»Ich bringe vor Sonnenuntergang alles zur Höhle hinauf, und später trage ich es ins Dorf und verkaufe es, genau wie du mir geraten hast. Aber es gibt ein paar Leute auf dieser Insel, die versuchen könnten, es zu stehlen, nicht wahr? Wir müssen vorsichtig sein, wieviel wir von dem, was wir besitzen, zugeben. Und ich bin im Moment zu müde, um Pläne zu machen.«

Einen Augenblick lang fürchtete er, sie würde ihm widersprechen; deshalb fügte er hastig hinzu: »Außerdem habe ich hier genau das, was du willst. Das hast du jedenfalls gesagt. Laß es uns kosten.«

Sie gab nach und nahm ihm einen Teil seiner Last ab.

Sobald die Siegel an den Krügen erbrochen waren, erfüllte der köstlichste Duft die unbewegte Luft der Höhle. Mit einem Freudenschrei zog Anastasia einen eingelegten Vogel nach dem anderen heraus und verschlang ihn. Weil sie nichts Besseres hatte, um die Vögel vor dem Sand zu schützen, legte sie sie auf einen Ziegel, den er gefunden hatte und auf dem eine Inschrift in einer Sprache eingekratzt war, die keiner von ihnen lesen konnte. Evgenos war zutiefst erleichtert, er ruhte sich aus und nahm nur winzige Portionen, bis sie beschloß, sich lieber an den Honig zu machen. Wie der Wein war er ungewöhnlich gut, viel schwerer als der auf Oragalia erzeugte.

Als sie dies entdeckte, beruhigte sie sich und stellte den Krug beiseite.

»Wenn ich mehr esse, wird mir übel werden«, seufzte sie. »Ich werde jeden Tag ein bißchen nehmen, aber nur ein bißchen, bis nichts mehr da ist. Es ist ja für unser Kind. Etwas so Süßes kann ihm nur guttun.«

Evgenos lehnte sich zufrieden gegen die Felswand. Die schwere Arbeit, der Wein und das gute Essen wirkten zusammen und machten ihn schläfrig. Sie beugte sich zu ihm und klopfte auf sein Knie.

»Die Sonne geht gleich unter, und du hast gesagt, du würdest die anderen Sachen heraufbringen!«

Er fügte sich, wenn auch brummig, zwang sich aufzustehen und ging fort, um sein Versprechen zu erfüllen.

Es waren insgesamt acht große Ballen, jeder so schwer, daß er ihn eben noch bewältigen konnte, weil sie immer noch vom Seewasser durchtränkt waren. Fünf Ballen enthielten feines Leinen, ein großer Schatz. In den anderen, so vermutete er, mochte Papyrus sein, und er rechnete nicht damit, daß dafür auf der Insel eine Nachfrage bestand. Aber vielleicht konnten der Priester oder der Anwalt etwas damit anfangen. Auf jeden Fall konnte er es nicht offen liegen lassen, sonst würde es bestimmt die Aufmerksamkeit künftiger Diebe auf sich ziehen.

Nachdem er die Ballen dort abgesetzt hatte, wo sie am schnellsten trocknen würden, kehrte er zu Anastasia zurück und fand sie eingeschlummert. Als er sie jedoch berührte, regte sie sich und sagte mit geschlossenen

Augen: »Weißt du, diese Männer haben mich an Pedro erinnert.«

Er gähnte, streckte sich, schickte sich an, sich in der zunehmenden Dunkelheit neben sie zu legen und sagte: »Wie meinst du das?«

»War er nicht Händler mit Leib und Seele, gab sich aber nicht zufrieden mit gewöhnlichen Waren? Schätzte er nicht immer das am höchsten, was wunderbar und fremd war, und erwartete er nicht, daß alle anderen der gleichen Meinung waren?«

»Sprich weiter!«

Schläfrig gehorchte sie.

»Die Welt, nach der er sich sehnte, muß also ein Ort voller Wunder gewesen sein, die so weit über unsere normalen Erfahrungen hinausgingen, daß sie nicht zu beschreiben sind. Gab es Speisen? Dann mußten sie Ambrosia übertreffen. Gab es Stoffe und Tuche? Dann mußten sie weicher sein als eine Morgenbrise und wärmer als die Sommersonne. Gab es Farben? Dann mußten es welche sein, wie sie noch keinen Regenbogen geziert hatten. Gab es Pelze? Dann mußten sie noch das Leben der Tiere in sich haben, von denen sie stammten, und den Körper dessen, der sie trägt, streicheln und sich ihm anpassen. Gab es Heilmittel? Dann durften sie nicht nur die gewöhnlichsten Krankheiten heilen, sondern mußten auch sofort soviel Fröhlichkeit und Kraft verleihen, wie es in der tristen Welt, die er zurückließ, nicht vermocht hatte!«

»Ja, so ein Ort würde Pedro gefallen. Er hat ihn also gefunden?«

»Es ist ... notwendig zu glauben, daß es so war.«

»Und zweifellos ...« – Evgenos wälzte sich herum, um sie zu umarmen, und leckte eine Mischung von Fett und Honig von ihrer Wange – »träumte er davon, dort ein Vermögen zu machen.«

»Nicht ein Vermögen. Tausend Vermögen. Diese Welt war so maßlos sonderbar. Voll Eifer ging er daran, einen Bericht nach Hause zu schicken – und es gelang ihm nicht einmal ein Entwurf. Gene, hörst du auch zu?«

»Ja, ja!« – das flüsterte er in ihr Haar. »Warum konnte er seinen Bericht nicht schreiben?«

»Diese Welt war wahrhaft fremdartig. Und deshalb war sie tatsächlich nicht zu beschreiben.«

8

Der GEGENSTAND ist eine kaum leserliche Inschrift auf einem roten Lehmziegel.
Er kennzeichnete das verzweifelte Bedürfnis eines Menschen, nicht vergessen zu werden.

Der MONAT ist November.

Der NAME ist Naruhiko.

Vor sieben Jahren hatte einer der arroganten, dünkelhaften Römer, die jetzt das Mittelmeer beherrschten, den Weg auf die ansonsten unbedeutende Insel Oragalia gefunden und beschlossen, sie in ein Landgut umzuwandeln, er rechnete sich aus, daß es sich selbst tragen könnte, wenn er moderne Anbaumethoden und ein Bewässerungssystem einführte. Er hatte auch vorgehabt, eine Villa im italienischen Stil zu bauen, mit einem Atrium in der Mitte und einem Springbrunnen, so schön wie die in Pompeji. Aber der Marmor und die Mosaiken, von denen er träumte, waren zu teuer, und er starb, ehe sein allzu ehrgeiziges Projekt vollendet werden konnte.

Das einzige, was von seinem Eingriffen übrigblieb, war ein Kanal, der frisches Wasser von den Quellen auf den Bergen zum winzigen Forum der Stadt herunterbrachte, die sich neben der östlichen Bucht entwickelt hatte. Dort floß das Wasser zuerst in einen Steintrog und diente zum Trinken und Kochen, und von morgens bis abends kamen die Bürger, um ihre Krüge und Schläuche zu füllen. Weiter unten lief es in ein breites Becken, und dort wurde das Vieh getränkt und die Wäsche gewaschen. Familien, die zwar reich genug waren, um ein oder zwei Sklaven zu besitzen, aber keine eigene

Wasserversorgung hatten, schickten diese Sklaven an den meisten Tagen hierher, und sie benahmen sich genauso herrisch wie ihre Besitzer und bestanden darauf, vor allen anderen Benützern an die Reihe zu kommen. Die Alternative war, die Kleidungsstücke im Seewasser zu schlagen und sie auf den Felsen am Ufer zum Trocknen auszulegen – eine Behandlung, bei der das Gewebe in kürzester Zeit verschlissen wurde – deshalb ließen die Ärmeren ihnen gewöhnlich den Vortritt und warteten, aber dann war das Becken mit Fett verschmutzt, und Klumpen von ausgegangenen Fasern verstopften den Abfluß, und sie mußten sich daranmachen und die Schweinerei mit bloßen Händen ausräumen. Manchmal kostete sie diese Verzögerung einen kostbaren halben Tag.

Die einzige von ihnen, die diese althergebrachte Kriecherei nicht mitmachte, war Anastasia. Sie, die wenig eigene Sachen zu waschen hatte, weil ihre Adoptivverwandtschaft in die Sklaverei verschleppt worden war, machte sich über die anderen Sklaven lustig, wenn sie mit der Wäsche jener Leute kam, die es sich leisten konnten – und es wagten – ihre Zeit zu mieten, sie drängte sich an den saubersten Teil des Beckens durch und gab dabei halblaut einen nicht abreißenden Strom von Beleidigungen von sich, Feiglinge betreffend, die sich kaufen und verkaufen ließen, anstatt wegzulaufen und sich ihren Unterhalt selbst zu verdienen.

So arm sie auch war, sogar nach den Vorstellungen dieser mit Armut geschlagenen Gemeinde, da sie schon bei ihrer Geburt elternlos war, ging sie doch nie in Lumpen, denn sie ließ sich oft mit abgelegten Kleidungsstücken bezahlen, die sie säuberlich ausbesserte; außerdem war sie schön, obwohl sie so mager war, sie hatte strahlende, dunkle Augen und langes, glattes Haar. Die Fremden, die gelegentlich kamen und sie bemerkten, wollten jedesmal wissen, warum sie weder verheiratet war, noch dem Haushalt einer wohlhabenden Familie angehörte, aber die Inselbewohner schämten sich, zu erklären, warum niemand wagte, sie anzurühren, und wichen der Frage aus. Obwohl das Forum vollstand mit primitiven Statuen von Göttern und Göttinnen, einheimischen wie von den Römern aufgezwungene, und obwohl die ganze Insel übersät war mit Altären und heiligen Stätten, hätte es für einen hochgestochenen Besucher aus Italien, vom griechischen Festland oder aus Kleinasien zu sehr nach Aberglauben ausgesehen, wenn man die Wahrheit eingestanden hätte. Also tat man sein bestes, um den unbestimmten Eindruck zu vermitteln, sie sei eine Hure, aber es sei klüger, sich nicht mit ihr einzulassen, weil sie an einer Krankheit litte, und dann wechselte man ostentativ das Thema.

Nichts davon stimmte. In Wirklichkeit war sie eine Hexe.

Schon lange, ehe ihr Onkel und ihre älteren Vettern in Sklaverei gerieten und sie zurückblieb und sich allein durchschlagen mußte, begehrte sie jeder Mann auf der Insel, ob Sklave oder frei, der nicht Knaben den Frauen vorzog. Einer der römischen Bauunternehmer, der vom zeitweiligen Herrn der Insel hergeholt worden war und wütend erkannte, daß er für die Arbeit, die er geleistet hatte, nicht bezahlt werden würde, hatte versucht, sich in anderer Form schadlos zu halten. Anastasias Onkel, der sie als Säugling adoptiert hatte, war ein geschickter Steinmetz und hatte seine beiden Söhne das gleiche Handwerk gelehrt. Ein reicherer Konkurrent, der annahm, ohne männliche Anverwandte, die sie beschützen konnten, wäre Anastasia eine leichte Beute für ihn selbst, hatte dem Römer den Vorschlag gemacht, die Steinmetze zu entführen und zu verkaufen, um seine Verluste wettzumachen, ein Angebot, auf das dieser nur zu gern einging.

Natürlich gab es keinen Richter, an den Anastasia sich hätte wenden können, abgesehen von der Tatsache, daß der Feind ihres Onkels – der immer noch vor Wut kochte, weil sie sein Angebot, sie bei sich aufzunehmen, mit einer Salve der schmutzigsten Beschimpfungen abgeschmettert hatte, die ihr in den Sinn kamen – nun der mächtigste Mann auf der Insel war, war auch keiner ihrer Verwandten offiziell römischer Bürger. Ihre Mutter und ihre Großeltern waren tot, und so wandte sie sich an ihre Vettern, von denen sie mehrere hatte. Sie wurde von ihnen auch ein wenig unterstützt, aber es waren kleine Landarbeiter, die kein gewinnbringendes Handwerk wie das ihres Onkels betrieben. Sie konnten ihr nicht mehr bieten als ein Existenzminimum, und auch das nur, wenn sie bereit war, die niedrigsten Arbeiten zu verrichten.

Eine Ausnahme gab es: ihre Großtante Phoebe, die zahnlos und vom Rheuma geplagt war und nicht ohne Stock gehen konnte. Aber ihr Geist war klar wie ein Sommerhimmel, und sie wußte noch viele der alten Zaubersprüche, mit denen man gegen Leute vorgehen konnte, die ein Verbrechen begangen hatten und glaubten, den Folgen entgehen zu können.

Der Konkurrent von Anastasias Onkel hatte auch einen Sohn, den er ebenfalls in die Steinmetzlehre gegeben hatte. Der Junge konnte sie jedoch nicht beenden; er war beim Meißeln von Steinsplittern geblendet worden.

Einige der jungen Männer auf der Insel hatten über soviel Ungeschicklichkeit gelacht und nichts unversucht gelassen, die begehrenswerte Jungfrau zu verführen. Der aufdringlichste von ihnen war jetzt selbst zum Gespött geworden, weil er auf einem Bergpfad ausgerutscht war und sich das Bein gebrochen hatte; seitdem mußte er seitwärts gehen wie eine Krabbe. Nach diesem Vorfall begannen die Leute, Anastasia zu meiden, und obwohl sie sehr höflich mit ihr sprachen, wenn sie ihr begegneten, schienen sie sich entschlossen zu haben, sie in Frieden zu lassen.

Als sie dann den Wilden zähmte – eine Tat, die an die ältesten Legenden erinnerte, die irgend jemand hier kannte – und beschloß, ein Kind von ihm zu tragen, um noch zu betonen, wie sehr sie alle anderen Freier verachtete, wandelte sich der Respekt zu Ehrfurcht. Einige gingen so weit, rundweg zu behaupten, eine der Alten und Starken sei zurückgekehrt, aber über diese Ansicht wurde viel gestritten.

Auf jeden Fall hatten jetzt, wo sie einen dicken Bauch hatte und daher in der Lage war, noch viel größere Zauberkräfte zu entwickeln als zuvor, selbst die größten Schürzenjäger der Insel aufgehört, sie zu belästigen.

Sie bedauerte es, daß Phoebe, die im vergangenen Winter gestorben war, es nicht mehr erlebt hatte, welche Frucht ihre Lehren getragen hatten.

»Ein Segel! Ein Segel!«

Der Schrei stieg von der südlichen Landzunge der Bucht auf, und sofort vergaßen alle ihre Arbeit und stürzten ans Ufer. Selbst Anastasia trocknete sich, nachdem sie die Kleider, die ihr ihre heutigen Arbeitgeber anvertraut hatten, ausgewrungen und ordentlich in den Korb gelegt hatte, die Hände an ihrem Wollumhang und ließ sich dazu herab, sich der Menge anzuschließen, obwohl sie entsetzt wie immer feststellte, wie viele Mütter ihre Kinder warnten, sich von ihr fernzuhalten. Als ob sie jemals einem Kind etwas zuleide tun würde, das zu klein war, um zu wissen, was Bosheit bedeutete. Einige von diesen Müttern andererseits ...

Aber Phoebe hatte ihr eingeschärft, sie dürfe ihre Zauberkräfte niemals dazu verwenden, Unschuldigen oder jenen zu schaden, die nicht die Kraft hatten, ihr eigenes Schicksal zu beherrschen. Ob die Götter nun existierten oder nicht, sicher war, daß die Magie existierte, und ihre Gesetze waren so, daß sie auf jeden zurückschlugen, der sich ihrer bediente, ohne Gerechtigkeit oder guten Willen auf seiner Seite zu haben. Anastasia lächelte die Kinder, die zu ihr hinschauten, strahlend an, und einige wenige wagten es dann auch, zurückzulächeln.

Dann wandte sie ihre Aufmerksamkeit dem Schiff zu, das sich dem Hafen näherte. Es war, wie vorherzusehen, eine römische Galeere mit eingerolltem Segel, deren Ruderer sich in die Riemen legten. In der windstillen Luft konnte man die Trommel hören, die ihnen den Takt angab, und hin und wieder mischte sich das Knallen der Peitsche des Aufsehers dazwischen.

Ein solches Schiff hatte Anastasias Onkel fortgebracht, und seine Söhne, die sie wie Brüder lieben gelernt hatte ...

Ihr Geist füllte sich mit Visionen, in denen sie jemanden verlor, der ihr noch kostbarer geworden war. Plötzlich von Tränen geblendet, schlich sie sich weg.

»Alles ist schrecklich, und es wird immer schlimmer«, sagte Septimus Julius Cornax. »Die Schuld des Imperators! Mögen seine Eingeweide schlimmer brennen als das Innere des Vesuv!«

Er winkte ziellos mit seinem Becher, und ein mürrischer Sklave – bei weitem nicht so gut geschult, wie er es von zu Hause gewöhnt war – ergriff ihn, um nachzuschenken.

Da er nichts besseres zu tun hatte, während seine Mannschaft soviel frischen Proviant einlud, wie sie auf dieser gottverlassenen Insel bekommen konnten, hatte er angenommen, als ihn einer der begüterteren Bürger unterwürfig zum Essen in sein Haus einlud. Begütert? Das war ein Witz. Die ›Canatio‹ des Hauses war nicht mehr als eine Freiluftterrasse, von einem mickrigen Weinspalier überschattet, im Sommer vielleicht erträglich, aber im November wirklich albern. Die einzige Zierde war eine primitive Statue, die vermutlich irgendeine alte Gottheit darstellte, während die Gesellschaft aus der langweiligen, plumpen Frau des Mannes bestand, die sich glücklicherweise schon bald zurückzog, und aus seinem blinden, in Selbstmitleid schwelgenden Sohn, der unaufhörlich sein Unglück bejammerte.

Selbst das hätte jedoch noch erträglich sein können, wenn das Essen für Cornax' verwöhnten Gaumen genießbar gewesen wäre. Es hatte sich jedoch als abscheulich herausgestellt, und der Wein war womöglich noch schlimmer, und so hatte er einen Krug Samos vom Schiff kommen lassen, der jetzt halb leer war. Außerdem gab es noch immer keinen Wind, was seine Mißstimmung weiter verstärkte. Seine Ruderer würden meutern, wenn sie vor morgen wieder aufs Meer hinausbeordert wurden, deshalb saß er wohl auch noch über Nacht in dieser Achselhöhle des Universums fest. Irgendwann wurde seine Langeweile so groß, daß er seinen Dolch zog und anfing, zur Erinnerung an seinen Besuch etwas in einen der primitiven Ziegel zu kratzen, mit denen seine Gastgeberin ihren Tisch vor den heißen Schüsseln schützte, die daraufgestellt wurden. Zu diesem Zeitpunkt etwa verstand sie den Wink mit den Zaunpfahl und machte sich rar.

Cornax' Stimmung war jedoch Schritt für Schritt heiterer geworden. Der weinerliche Sohn, dem der Samoswein zu stark gewesen war, wurde weggeführt – eine gewaltige Erleichterung. Außerdem war es, wie er sich eingestand, ein reines Vergnügen, daß er seine Meinung sagen konnte, ohne daß es jemand hörte, der seine verräterischen Ansichten an seine Feinde weitergeben konnte. Auf diesem Felsbrocken, an den widrige Winde sein Schiff getrieben und es dann zur Unzeit in einer Flaute sitzengelassen hatten, gab es bestimmt niemanden, der Klatsch an den Hof des Imperators tragen konnte!

Folglich redete er, obwohl er bemerkte, wie sehr er seinen Gastgeber damit in Verlegenheit brachte (aber was kümmerten ihn diese Provinzler, die einem vornehmen Gast nichts Besseres zu bieten hatten als verkohltes Ziegenfleisch und eine Pampe aus in Öl gedünsteten Zwiebeln?) frei von der Leber weg.

»Willst du wissen, in welchem Dilemma das Imperium steckt? Dann nimm mich als Beispiel! Hier sitze ich, meiner Herkunft nach nicht nur berechtigt, den Namen der julischen ›Gens‹ zu tragen, sondern auch mit einem Familiennamen begünstigt, der allen Experten zufolge auf etruskische Zeiten zurückgehen muß, weil sie ihn sich nicht anders erklären können – mit anderen Worten, meine Ahnen waren schon vor den Königen, ganz zu schweigen von den Imperatoren Roms da – außerdem bin ich Offizier in einer der besten Legionen, mit einer Jahrhunderte zurückreichenden Ehrenliste – und dann kommandiere ich eine verrottete Badewanne von einem Schiff und habe einen Auftrag, der mich zu einem gemeinen Wald-Feld-und Wiesen-›Lanista‹ degradiert, damit meine ich die Art von Leuten, die sich ihr Geld damit verdienen, sich der ›Plebs‹ anzudienern und sie mit Gladiatoren zu versorgen, die sich in der Öffentlichkeit gegenseitig ihre edlen Teile abschneiden. Schon einmal bei den Spielen in Rom gewesen? Nein? Hätte ich mir denken können. Aber so etwas gefällt der Menge am besten. Momentan sind sie alle verrückt nach frischen Eunuchen, die aus der Arena entkommen und am Leben bleiben. Der Imperator mag sie *sehr* ... Mehr Wein! Komm schon, du solltest auch noch etwas trinken! Es kann Jahre dauern, bis du wieder einen so guten Tropfen zu kosten bekommst!«

Sein Gast, dessen Augen schon in alle Richtungen schielten, lehnte einigermaßen höflich ab. Später, dachte Cornax, würde er wahrscheinlich das Stadium erreichen, in dem er eine solche Ablehnung als Beleidigung auffassen würde, aber so weit war er noch nicht, deshalb ließ er die Sache auf sich beruhen, trank mehr denn je und fuhr mit seiner Jammertirade fort.

»Und es ist schlimm genug, zu wissen, daß die Sklaven, die ich zusammenfange, in der Arena verheizt werden, aber das ist noch nicht einmal die Hälfte. Der Pöbel schreit ständig nach Schwarzen und Tiermenschen – schon mal so einen gesehen? Nein? Dachte ich mir schon – und ... Wein, du fauler Sack! Sonst rufe ich meinen Aufseher mit seiner Peitsche! Entschuldigung; gehört sich nicht in einem fremden Haus ... Aber ich könnte dir ein oder zwei Mädchen verkaufen – Entschuldige noch einmal. Das darf ich gar nicht, und überhaupt sind sie für den Hof bestimmt, und du könntest sie dir gar nicht leisten. Wo war ich stehengeblieben?«

Sein Gastgeber, der jetzt äußerst beunruhigt dreinschaute, murmelte etwas Unbestimmtes. Es genügte, um Cornax wieder auf sein Thema zu bringen.

»Ja! Schlimmer, als wie ein ›Lanista‹ behandelt zu werden, ist es, wenn man wie ein gewöhnlicher Händler behandelt wird! ›Salböle‹, sagen sie – ›Parfüms‹, sagen sie – ›Haselmäuse in Honig‹, sagen sie – ›Lerchenzungen‹, sagen sie – ›Bring uns jede Menge davon, damit wir auf den parthischen Gesandten Eindruck machen! Oder auf den persischen oder auf irgendein anderes von diesen ausländischen hohen Tieren.‹ Jahrelange Mühen, und alles wird dann auf einem einzigen, zum Hades verdammten Bankett vergeudet. Und dann kotzen sie es doch nur wieder raus! Da wird *mir* übel dabei, das kann ich dir sagen! Wenn ich mir überlege, was man mit dem Geld anfangen könnte, das ich ausgegeben habe, um dieses Schiff da draußen zu beladen, dann könnte ich – ich könnte dem Imperator in den Hintern treten! Aber Befehl ist wohl Befehl, und ich habe damals, in der guten, alten Zeit, als ein Eid noch etwas bedeutete, einen geleistet, und ... Das schlimmste an dieser Reise, weißt du, das allerschlimmste, ist, daß ich keine Chance bekomme, meine Sache zu vertreten, wenn ich zurückkomme. Und das ist einfach nicht fair!«

Der Gastgeber fand endlich die Sprache wieder und sagte: »Warum sollte das denn nötig sein?«

»Weil es überall im Imperium schlecht steht! Das habe ich schon einmal gesagt, oder? Um den gierigen Hof zu füttern – und ich meine füttern nicht nur im wörtlichen Sinn – hat man das Geld entwertet, das sie mir gegeben haben! Als ich nach Ägypten kam, mußte ich feststellen, daß man es dort nur noch mit Abschlag akzeptiert, weil die kaiserlichen Münzen meistens nicht mehr den ehrlichen Anteil an Gold oder Silber enthalten. Und du hast keine Ahnung, wie sehr darunter unsere Kreditwürdigkeit gelitten hat ... Beim Jupiter Tonans! Jetzt rede ich schon selbst wie ein Händler! Aber es läuft darauf hinaus, daß ich nicht mit einer anständigen Ladung nach Hause fahre. Der Wein ist in Ordnung, obwohl ich ihn in Alexandria kaufen und einen Aufpreis bezahlen mußte, um die Transportkosten abzudecken. Die Speisen sind nicht schlecht, obwohl diese Ägypter offenbar doch nicht soviel vom Konservieren verstehen, wie man erwarten würde, wenn man sieht, wie sie ihre Könige und Adeligen eingelegt haben – aber das ist Händlerware, und jedes afrikanische Getreideschiff könnte das auch mitbringen.

Nein, was mir die Reise vermiest hat, ist die Tatsache, daß ich mir nicht einen einzigen, nubischen Gladiator leisten konnte! Diese faulen Ägypter haben seit Jahren keine Sklavenexpedition mehr nach Nubien ausgerüstet – sie haben nicht einmal mit Sklaven gehandelt! Wenn du nach Schwarzen suchst, werden dir höchstens Kinder angeboten, im Inland gezüchtet, und meistens Mischlinge. Findest du das nicht auch abscheulich?«

Er streckte erneut seinen leeren Becher aus.

Sein Gastgeber überlegte eine Weile, schließlich sagte er: »Du wärst also daran interessiert, einen Schwarzen zu erwerben? Ich meine, ein Vollblut?«

»Hah!« rief Cornax aus. »Ich kann nicht direkt sagen, daß so jemand sein Gewicht in Gold wert wäre, aber wenn ihn nicht ein ›Lanista‹ kauft, gibt es tausend gelangweilte, reiche Frauen in Rom, die ihn sich so schnell wie der Blitz schnappen, weil nämlich ihre Männer zu sehr von Geschäften oder von der Politik in Anspruch genommen sind, um sich richtig um sie zu kümmern! Du verstehst, was ich meine!«

Ohne auf den letzten Satz einzugehen, fuhr der andere fort: »Wußtest du, daß es auf Oragalia einen Nubier gibt? Groß, stark und unbestreitbar – hm – männlich?«

»Was?« Cornax verschluckte sich fast an seinem letzten Mundvoll Wein. »Wie kommt denn so jemand ausgerechnet hierher?«

»Vermutlich ist er ein entlaufener Sklave. Höchstwahrscheinlich war er auf einem vorüberfahrenden Schiff und ist über Bord gesprungen. Auf jeden Fall wurde er im letzten Frühjahr entdeckt, wie er sich von den Früchten des Landes ernährte, oder, mit anderen Worten, diejenigen bestahl, die uns durch ihrer Hände Arbeit mit Nahrung versorgen. Aber er hielt sich am Südkap auf, wo die meiste Zeit niemand hinkommt – dort gibt es kein Land, auf dem sich der Anbau lohnt. Und ...«

Er blickte zögernd zu dem Götzenbild in der Ecke hinüber. Voller Spannung drängte ihn Cornax, fortzufahren.

»Nun ja ... äh!« Er suchte offensichtlich nach den richtigen Worten, und schließlich fand er sie. »Nun, das gemeine Volk hängt hier einigen albernen Vorstellungen an, euer Ehren kennt so etwas sicher auch, einige davon haben gerade mit diesem Teil der Insel zu tun, und von dort stammt auch diese Statue hier ... Findest du sie nicht bewundernswert?«

»Nein!« erwiderte Cornax knapp. »Komm zur Sache!«

»Sie ist sehr alt, glaube ich ... entschuldige. Jedenfalls ließ man in diesem Fall den Nubier einen Monat oder noch länger unbehelligt. Es wurde viel darüber geredet, eine Expedition zu organisieren und sie ihm auf den Hals zu schicken, aber – nun, es ist mir richtig peinlich, das zu sagen, aber schrecklich viele von unseren Leuten stellten sich, trotz ihrer großen Worte, als Feiglinge heraus, als es hart auf hart gehen sollte.«

Cornax kippte seinen primitiven Stuhl nach hinten. (Oh, was gäbe er nicht für eine anständige Liege, wie man sie in Rom hatte ...) Er sagte: »Da läuft also ein wilder, schwarzer Mann bei euch frei herum. Sehr schön! Selbst der wildeste Mann der Welt könnte sich gegen einen Trupp meiner Legionäre nicht halten, wir werden ihn also einfangen und nach Rom mitnehmen. Wahrscheinlich mit einem Netz. Kein Problem.«

Der Gastgeber bemerkte: »Eigentlich ist er nicht direkt wild, Herr. Nicht mehr, meine ich.«

»Warum habt ihr denn dann Schwierigkeiten? Warum hat ihn noch niemand eingefangen und ihm eine nützliche Arbeit zugewiesen? Das ist legal, wenn er wirklich ein entlaufener Sklave ist – eigentlich ist es sogar eure Bürgerpflicht. Warum hast du das übrigens nicht selbst übernommen? Ich habe den Eindruck, als kommt ihr hier allein nicht so besonders zurecht?«

»Das ... hm ... das ist eine lange Geschichte!«

»Ich habe weiter nichts vor, bis mein Schiff mit Proviant beladen ist.« Cornax lehnte sich noch weiter zurück und schlug die Beine übereinander. »Du darfst sie mir erzählen!«

»Nun ja – äh ...!«

»Nun fang schon an, Mann!«

»Oh, wenn du unbedingt willst ...« Und dann kam die Geschichte nach und nach heraus, solch peinliche Einzelheiten wie seine eigene Beteiligung an der Entführung des Onkels und der Vettern von Anastasia ließ der Sprecher unter den Tisch fallen, aber dafür erging er sich in Anspielungen auf die volkstümlichen Überlieferungen der Insel. Diese waren so banal, daß Cornax schon wußte, worauf das Ganze hinauslaufen würde.

Den ersten Bericht über den wilden Mann hatte ein Junge geliefert, der die Ziegen auf die Weide führte. Er konnte so weit zählen, daß er wußte, wie viele Tiere er haben mußte, und eines Tages fehlte bei der Zählung eines. Später fand man abgenagte, blutige Knochen. Kurz darauf entdeckte ein Imker, daß aus seinen Bienenstöcken der erste Sommerhonig geraubt worden war. Normalerweise kam außer Hirten und Imkern niemand auf das Südkap von Oragalia, wo das Land so unfruchtbar war, daß sich nicht einmal der Römer dafür interessiert hatte, der das Aquädukt bauen ließ, aber bei Unwettern waren die Fischer froh, wenn sie dort an Land Schutz suchen konnten.

Später sah man den Sünder bei Tageslicht: hochgewachsen und dünn, schwärzer, als die Sonne ihn hätte brennen können, und offenbar nicht nur nackt, sondern auch ohne Werkzeuge und erst recht ohne Waffen. Wie jedoch schon angedeutet, redeten die Inselbewohner zwar des langen und breiten davon, ihn aufzuspüren und zu fangen, zeigten sich aber nicht allzu begeistert, als es darum ging, die tapferen Reden in die Tat umzusetzen. Sie schienen fast schon entschlossen, sich mit seinen Räubereien abzufinden, als wären sie ein Naturereignis, so wie Stürme und Unwetter, aber da beschimpfte sie eine gewisse Frau und sagte, sie wolle tun, was alle anderen nicht wagten.

Alle wären überglücklich gewesen, wenn sie gescheitert wäre.

»Warum?« fragte Cornax, der, obwohl er soviel Wein getrunken hatte, noch wach genug war, um folgen zu können.

»Nun ... äh ... das ist wieder eine andere Geschichte! Es mag genügen, wenn ich sage, daß diese Frau sich unbeliebt gemacht hat. Vielleicht sah sie in diesem Unternehmen eine Möglichkeit, sich wieder in die Achtung der Leute, wenn nicht in ihre Zuneigung einzuschleichen.«

»Und gelang ihr das?«

»Nicht direkt!«

»Mann, drücke dich klar aus!« forderte Cornax im Kasernenhofton.

Ein krampfhaftes Schlucken. »Sie erreichte, daß man sie fürchtete.«

»Was nicht sehr schwierig war, kann ich mir vorstellen. Ich gehe nicht nur von meinen beschränkten Erfahrungen mit dieser speziellen Insel aus, sondern davon, daß ich Griechen wie euch überall auf dem Festland, in Kleinasien und Ägypten gründlich kennengelernt habe. Ich kann mir vorstellen, daß Leute eures Schlages recht leicht zu ängstigen sind!« Cornax genoß es sehr, seinen Gastgeber so zu quälen. »Was hat diese Frau genau getan?«

»Sie ... hm ... sie hat den wilden Mann gezähmt. Nicht nur das: sie hat sich ihm hingegeben, obwohl ...«

»Eifersucht! Eifersucht!« krähte Cornax. »Jetzt verstehe ich! Du wolltest sie für dich selbst!«

Der andere war ganz starr. »Das hat nichts damit zu tun.«

»Und was dann?«Cornax lachte schallend.

»Sie ging zu ihm hinaus, geschminkt und aufgetakelt wie eine Hure, sie, die sich nie einem von unseren Männern ergeben hatte! Und am nächsten Tag zeigte sie ihn den Leuten, und er hielt ihre Hand, so sanft wie – irgend etwas.«

Cornax wurde schlagartig nüchtern.

»Ich habe da eine Geschichte gehört, als ich an der persischen Grenze in der Garnison lag. Sie handelte von einem Riesen, den die Götter geschaffen hatten, um einen König zu stürzen, und ...«

»Richtig! Richtig! Der König überlistete die Götter und schickte eine aufgeputzte Hure, um ihn zu verführen ...«

»Und sie wurden die dicksten Freunde!« Cornax sprang auf: »Oh, wenn ich einen solchen Mann zum

Imperator bringen könnte, mit einem Beweis für diese Geschichte, und die Frau gleich mit dazu ...«

»Entschuldige, Herr, aber ich hatte den Eindruck, du seist an dem schwarzen Mann interessiert, nicht an der Frau!«

»Ach, such dir doch einen ägyptischen Arzt und laß dir den Kopf wieder annähen!« antwortete Cornax verärgert. »Ich will sie doch nicht für mich! Aber es kann dir und den deinen doch nicht völlig entgangen sein, daß sich die Imperatoren heutzutage ganz selbstverständlich als Götter betrachten. Und hier ist ein Mythos lebendig geworden, genau das, wofür jeder Imperator ein Vermögen bezahlt, und du hättest nicht einmal davon gesprochen, wenn ich dich nicht gedrängt hätte. Möge dich Jupiter Tonans alle Tage deines Lebens mit Donner und Blitz heimsuchen – mit wohlgezielten Blitzen!«

Betrunken schwankend schrie er nach seiner Eskorte, die neben dem Eingang döste.

»Ihr mögt es glauben oder nicht, sie haben hier einen Enkidu!«

»Was du nicht sagst, Herr!« antwortete einer der Männer dreist. »Und was ist das für ein Ding, ein Enkidu, wenn ich mir die Frage erlauben darf?«

»Narr! Das ist kein Was, das ist ein *Wer!*«

Saure Flüssigkeit stieg Cornax in die Kehle. Einen Augenblick lang fürchtete er schon, sich in Gegenwart seiner Untergebenen erbrechen zu müssen. Dann fing er sich wieder und fuhr fort:

»Nur deshalb, du Charon-Futter, wirst du jetzt zum Schiff zurückgehen und den ganzen Trupp herschicken! Und zwar schleunigst!«

Jedesmal, wenn Anastasia zu der Höhle zurückkehrte, wo sie Zuflucht gefunden hatten – und sie gehörte weder ihr, noch ihrem Mann, noch sonst jemand, sondern war ein Geschenk von Mutter Erde, die sich vor nicht allzulanger Zeit zornig aufgebäumt hatte (so sagte man) – mußte sie, als wäre es das erstemal, alle Handlungen wiederholen, die dazu geführt hatten, daß sie sich hier niederließ. Das Paradoxon ließ sie nicht los: sie hatte gezähmt, was alle anderen als wildes Tier abgetan hatten, obwohl es aufrecht gehen und in gewissem Sinne auch sprechen konnte, und obwohl es auch sonst, soweit sie es erlebt hatte, menschlich war ... und doch umschmeichelte, lockte und beschwatzte sie es jedesmal, wenn sie aus der Stadt zurückkehrte ...

Sie hatte ›es‹ gedacht. Diesen Gedanken wies sie heftig von sich. ›Es‹ war das Pronomen, das man in ihrer Sprache für Tiere verwendete, oder für ein Kind, das noch zu klein war, um vernünftig denken zu können. Der Liebhaber, den sie sich erwählt hatte, war, so fremd und schrecklich er auch aussehen mochte, keines von beiden. Das hatte *er* durch seine erstaunliche Zärtlichkeit bewiesen, und durch die Dankbarkeit, die ihn manchmal dazu trieb, ihre Brust mit Tränen zu benetzen.

Und dann der Aufruhr, den *er* in ihrem Körper entfesselt hatte ...

Zum erstenmal betrat sie die Höhle, ohne vorher Speisen hinzustellen, um ihn zu locken und zu beruhigen.

Dunkler als ein Schatten tauchte er aus dem Hintergrund auf und riß sie in seine Arme, dann nahm er sie schnell, so, wie sie es am meisten liebte – und dann gleich noch einmal.

Erst später konnte sie die Warnung aussprechen, die sie ihm zukommen lassen wollte. Dann erklärte sie, langsam und mit vielen Mißverständnissen, daß sich im Augenblick direkt hier auf der Insel mehrere der Leute aufhielten, die ihn zum Sklaven gemacht hatten.

Sie konnte den Zorn riechen, der in ihm aufstieg.

Aber er ging unter in der Erkenntnis, daß er dank ihrer Warnung die Chance hatte, sich zu verstecken. Außerdem begriff er überraschenderweise die Bedeutung der Zeremonie, die Phoebe sie gelehrt hatte, und die sie als nächstes ausführte. In der Stadt gab es nicht wenige, die behaupteten, er sei nur durch ihren Körper angelockt worden, wie ein Tier, das einem Weibchen in Hitze folgt. Aber das konnte nicht stimmen, denn im Unterschied zu den meisten Männern der Insel hatte er auf ihre Einladung gewartet, anstatt sie zu bespringen wie ein brünstiger Ziegenbock. Die Römer redeten viel, so hatte sie gehört, über ›Zivilisation‹ – im wesentlichen waren das die guten Manieren, die es gestatteten, daß viele Leute zusammenlebten – aber wenn sie sich die Römer ansah, die sie kennengelernt hatte, und auch den, der ihren Onkel und ihre Vettern entführt hatte und den sie nie wieder zu sehen hoffte, weil sie ihn sonst sicher töten würde, dann stellte sie zufrieden fest, daß dieser Mensch, den alle anderen wild und gefährlich nannten, sanfter und freundlicher war als tausend Römer zusammen.

Nachdem sie fertig war, lehnte sie sich an die Felsen zurück. »Trotz allem«, sagte sie, »werden sie uns verfolgen.«

Er grinste sie an, als wolle er sagen: »Sollen sie doch so verrückt sein und es versuchen!«

Und er nahm sie bei der Hand, führte sie weg von der Höhle – sicher der erste Platz, an den die Römer kommen würden – und legte sich mit ihr draußen auf die nackte Erde, wie ein Fuchs oder ein Vogel.

Anastasia wickelte, weil es abendlich kühl wurde, ihren Umhang fest um sich und legte sich an die Stelle, die er für sie aussuchte. Sie war trotz ihrer Vorsichtsmaßnahmen ängstlich. Das Baby in ihrem Leib strampelte kräftig, und sie sah voraus, wie es irgendwann mit den Füßen nach ihr treten würde, sobald sie es an die Brust legte, um sie dafür zu bestrafen, daß sie es aus ihrem warmen, sicheren Leib verstoßen und in die harte Welt hinausgeschickt hatte.

Das war jedoch die Geschichte aller menschlichen Existenz und vor allem die Geschichte der Eltern dieses Kindes. Sie selbst hatte viel Leiden ertragen; sehr wahrscheinlich hatte das Leben den Vater des Kindes noch grausamer behandelt, wie grausam, das würde sie erst erfahren, wenn er genügend Worte gelernt hatte, um es ihr zu erzählen. Er hatte nicht einmal einen Namen genannt, den man aussprechen konnte, und da hatte sie ihm den ersten gegeben, der ihr in den Sinn kam: der wohlgeborene Mann. Er paßte zu seiner edlen Haltung, trotz der Narben an Handgelenken und Knöcheln, die verrieten, daß er Seile und Ketten getragen hatte. Seine Seele hatten jedoch niemals Fesseln oder Bande umschlossen.

»Und unser Baby wird freier leben können als wir beide!« versprach sie in die Luft hinein, als sie, voll Vertrauen auf den Zauber, den sie über das Gebiet gelegt hatte – und noch mehr auf die starken Arme ihres Evgenos, der sich in seiner fernen Heimat die Gewohnheit des Kriegers zu eigen gemacht hatte, nichts dem Zufall zu überlassen – sich schließlich gestattete, einzuschlummern.

Cornax stapfte den holprigen Pfad zum Südkap entlang, den Wappenhelm unter dem Arm, und fühlte sich allmählich deutlich unwohl. Er schrieb dies dem schlecht zubereiteten Essen zu, das er verzehrt hatte, aber ein nagender Verdacht, daß in Wirklichkeit zuviel Samoswein die Schuld trug, ließ sich nicht abweisen.

Er beherrschte sich, so gut er konnte, und blieb stehen, ehe er die höchste Stelle des Pfades erreichte, dann rief er dem Trupp, den er hierhergeführt hatte, zu:

»Gut! Und jetzt schwärmt ihr über die ganze Insel aus! Ihr dürft euch aber nicht aus den Augen verlieren. Ihr müßt jedem zu Hilfe eilen, der den Nubier entdeckt. Und laßt ihn *nicht* durch die Reihen schlüpfen.«

Als sie zögernd gehorchten, warf er einen besorgten

Blick zum Himmel. Er hatte gedacht, es würde noch lange genug hell sein, als sie aufbrachen, mehr als genug, um einen unbewaffneten Mann zu fangen. Aber jetzt trieben winterliche Wolken von Osten heran, Vorboten eines Segelwinds, der heute nacht oder spätestens im Morgengrauen da sein würde. Wenn sie das Pech hatten, den Nubier an diesem Abend zu verfehlen, durfte er dann noch einen Tag verweilen, obwohl sie doch mit dem Terminplan schon so weit im Verzug waren?

Und dann kam ihm plötzlich ein entsetzlicher Gedanke. Gab es überhaupt einen Nubier?

Je mehr er über die phantastische Geschichte nachdachte, die man ihm da aufgetischt hatte, desto unwahrscheinlicher kam sie ihm vor. Wie war es denn möglich, daß ein Sklave hierherkam, weil er von einem vorüberfahrenden Schiff aus ins Meer gesprungen war? Wenn er stark und gesund genug war, um das Ufer zu erreichen, war er für seinen Herrn wertvoll genug, daß der ihm nachsetzte; war er aber unterernährt und kränklich, so daß sich eine Verfolgung nicht lohnte, dann war er auch nicht imstande, eine längere Strecke schwimmend zurückzulegen.

Angenommen, die Geschichte war ein Lügengespinst, eine subtile Rache seines Gastgebers für die vielen Beleidigungen, mit denen er die Griechen im allgemeinen und diesen im besonderen überschüttet hatte? Visionen, wie die Stadtbewohner jetzt über ihn lachen würden, standen vor seinem geistigen Auge. Er schlug sich mit der Hand an die Stirn. Was für ein Narr war er doch gewesen, als er die Geschichte anstandslos geschluckt hatte, ohne noch ein paar andere Inselbewohner zu befragen und sie sich bestätigen zu lassen!

Er ließ seine Zweifel nicht laut werden, aber im Zorn auf sich selbst nahm sein Gesicht ein ebenso bedrohliches Aussehen an wie der Himmel.

Plötzlich ertönte ein Schrei. Aufgeregt wandte er den

Kopf, um nachzusehen, wo er herkam. Aber es war weiter nichts geschehen, als daß einer seiner Männer von einer verspäteten Biene gestochen worden war, als er sich zu nahe an einen der Bienenkörbe herangewagt hatte, die überall auf dem steinigen Boden herumstanden.

»Still!« zischte Cornax.

Die Männer ringsum blickten sich an und zogen die Augenbrauen hoch. Wenn er überlegte, hatte es nicht viel Sinn, sich still zu verhalten, solange es noch nicht dunkel war ...

Brummig stapfte er weiter und fragte sich, wie es möglich sein konnte, daß die Insel soviel breiter war, als sie vom Meer her wirkte.

Die Soldaten durchsuchten das Gestrüpp und stocherten mit ihren Speeren hinein, dabei entdeckten sie eine halbverhungerte Hündin, deren Hinterteil von Fliegen übersät war, und die vier blinde Welpen nährte, welche sie sofort alle töteten; eine entlaufene Ziege mit gebrochenem Vorderbein, die sie ebenfalls töteten – und aufschnitten und verteilten, da sie ein schmackhaftes Abendessen ergeben würde; einen Jungen und ein Mädchen, etwa zwölf Jahre alt, die hierhergekommen waren, um Spielchen zu treiben, mit denen ihre Eltern nicht einverstanden gewesen wären, und die erschrokken davonliefen; ein Depot mit vermutlich gestohlenen Ölkrügen, drei vollen und einem halb vollen; den Schädel eines Esels; und die verschiedensten, anderen Dinge in großer Zahl.

Aber von einem Nubier oder von der Frau, die sich angeblich mit ihm eingelassen hatte, fanden sie keine Spur.

Sie sammelten sich auf dem Kamm des Hügels, der die Südbucht überragte. Inzwischen war es fast völlig dunkel geworden.

»Hier unten soll es angeblich eine Höhle geben – geht hin und seht nach!« befahl Cornax müde und zeigte auf die beiden Männer, die ihm am nächsten standen. Und dann, als sie zögerten: »Habt ihr Angst, er lockt euch in einen Hinterhalt? Jupiter Tonans! Na schön – dann geht zu sechst!«

»Hier ist niemand!« kam eine Minute später die Meldung.

Cornax seufzte. Ehe sie das Schiff erreichten, würde es vollkommen dunkel sein, und nachts über solch schwieriges Gelände zu gehen war ein sicheres Mittel, sich Prellungen und verstauchte Knöchel zu holen. Besonders, wenn das, wonach man suchte, gar nicht existierte!

Er kam zu einem Entschluß. Er würde sich den Mann vorknöpfen, der ihn auf diese Narrenjagd geschickt hatte, und ein für allemal feststellen, ob an der Geschichte etwas Wahres war. Wenn nicht – oh, wenn nicht ...!

»Schön«, murmelte er mißmutig. »Zurück zum Hafen! Aber ihr müßt einen Augenblick auf mich warten.«

Mit diesen Worten verkroch er sich eilig hinter dem dichtesten Busch in der Nähe.

Anastasia wurde von leisem, unbezwingbarem Gelächter geweckt. Sie fuhr erschrocken hoch. Aber die dunkle Gestalt, die aus dem Dunkel auf sie zukam, war Evgenos.

»Sind sie fort?« flüsterte sie.

Er zog sie hoch, führte sie zur Höhle zurück und erklärte ihr stockend, mit Hilfe vieler Gesten, die im schwachen Licht schwer zu erkennen waren, was er so komisch gefunden hatte.

Er hatte die Römer auf Schritt und Tritt überlistet. Die Stelle, wo er ihr gesagt hatte, sie solle sich verstecken, befand sich schon im Rücken der Soldaten, als diese ausschwärmten, um nach ihnen zu suchen. Nachdem sie keine Spur von ihrer Beute gefunden hatten, waren sie in die Stadt zurückgestürmt, ohne zu merken, daß

Evgenos ihnen so unauffällig folgte wie ein pirschender Fuchs.

Bei ihrer Ankunft befragte der Offizier jeden, den er traf, nach dem angeblichen Nubier. Aber die Inselbewohner hatten entweder solche Angst, Anastasia könne sich rächen, wenn sie ihn verrieten, oder sie hatten es so eilig, die Römer abziehen zu sehen, daß sie ausnahmslos leugneten, je von einer solchen Person gehört zu haben.

Daraufhin befahl der Offizier seinen Soldaten, rasend vor Wut, den Mann auszupeitschen, der ihn getäuscht hatte, bis er in seinem Blute zusammenbrach. Weiterhin ließ er sie dessen Frau und dessen Sohn vergewaltigen, das Haus plündern und alles Wertvolle einschließlich der Sklaven wegschleppen. Nachdem der Mann so gründlich verhaßt war, rührte niemand einen Finger, um den Römer davon abzuhalten.

Anastasia faltete staunend die Hände und murmelte ein Dankgebet. Dann dankte sie ihrem erstaunlichen Liebhaber auf direktere Weise.

Als sie später dicht beieinander lagen, um sich zu wärmen, murmelte sie: »Naruhiko. Natürlich: Naruhiko!«

»Hm? Was hast du gesagt? War das ein Name?«

»Oh, Gene! Das weißt du doch ganz genau – und auch, wen ich meine.«

»Ach so ...« Er unterdrückte ein Gähnen. »Ich war halb eingeschlafen, fürchte ich. Was ist denn überhaupt mit dem Kerl?«

»Er war auf seine Art wie ein Römer, nicht wahr?«

»Stacy, Schätzchen, keiner von uns hat ihn je kennengelernt. Wie kommst du also darauf?«

»Ach!« – sie zuckte die Achseln. »Von den gleichen Kräften getrieben: darauf will ich wohl hinaus. Er war sein Leben lang auf der Suche nach ständiger Aufregung, könnte man sagen, hin und wieder mit etwas Ruhm gewürzt. Und dann bekam er die Chance, etwas

Einmaliges zu erleben, und wenn alles gut ging, konnte er sich darauf verlassen, daß man ihn für den Rest seines Lebens mit Schmeicheleien überhäufen würde.«

»Und was wurde dann aus ihm?«

»Die Welt, in die er kam, führte Krieg – es war kein kalter, unpersönlicher Krieg, sondern eine pausenlose Folge von Plünderungen, Belagerungen, die auch wieder aufgehoben wurden, Siegen im Einzelkampf, Stoff für Lobeshymnen, die dann eine Weile in aller Munde waren. Liedfetzen, die seine Heldentaten feierten, waren in den Straßen jeder Stadt zu hören, in die er kam; zahllose Frauen boten ihm sich oder ihre Töchter an; diejenigen, die er gegen ihre Feinde verteidigt hatte, wollten ihn mit seidenen Gewändern, seltenen Speisen, erlesensten Tees und Weinen belohnen.

Aber all das bedeutete ihm nichts. Das einzige Geschenk, das er jemals annahm, war ein Schwert.

Er fühlte sich zur Liebe unfähig – und das war einer der Gründe, warum er starke Empfindungen als Ersatz suchte – aber wenn er etwas liebte, war es die Gesellschaft von Gleichgesinnten, beim Exerzieren vor der Schlacht, bei feierlichen Zeremonien danach, auch wenn es die Begräbnisse der Gefallenen waren. Für ihn übertraf die Disziplin einer Armee alle Formen der Kunst, und der Ehrenkodex ihrer Offiziere war mehr wert als jeder irdische Schatz. In dieser Welt, in die er kam, gab es Kameradschaft und Ruhm ohne Ende ... Das dachte er jedenfalls.«

»Aber das, was er für das Paradies hielt, hatte auch seine Schattenseiten?« Gene stützte sich auf einen Ellbogen und blickte sie an, obwohl er sie in der nächtlichen Dunkelheit der Höhle kaum erkennen konnte.

Stacy nickte nüchtern.

»Damit sie für alle, die vom Leben das gleiche begehrten wie er, ein Paradies sein konnte, mußte sich das Schlachtenglück wenden. Später dachte er sehnsüchtig an den letzten Tag zurück, an dem die Spielleute nach einem Reim auf *seinen* Namen suchten – als *seine* Heldentaten am Lagerfeuer erzählt wurden – als unter *seinem* Kommando die Vorhut den Feind zerschmetterte. Es gab genauso viele Zeugnisse der Kühnheit wie immer, genauso viele kluge und wagemutige Taten, genauso viele Siege wie immer ... und, das war unvermeidlich, genauso viele Niederlagen.

Und so war er nun an der Reihe, müde und allein das Schlachtfeld zu verlassen und an den Türen von Bauernkaten zu betteln, wo die Leute ihn und seinesgleichen haßten. Am Ende mußte er seine Rüstung verkaufen, Stück für Stück, um sich etwas zu essen leisten zu können, und als er nichts mehr besaß als seine Kleider, seine Schuhe und jenes einzige Geschenk, das er jemals angenommen hatte, sein schönes Schwert, setzte er sich mit untergeschlagenen Beinen unter einen Baum, von dessen Blättern der Regen tropfte, und sah der Wahrheit ins Gesicht.«

9

Der GEGENSTAND ist der zerbrochene Kopf eines Götzenbildes. Er ist das Symbol für einen Versuch, das Universum zu beherrschen.

Der MONAT ist Dezember.

Der NAME ist Olga.

Jeden Morgen lagen auf einem Felssims nahe der Höhle Gaben, wie sie sich die Leute der Insel leisten konnten. Reichtümer waren es wohl kaum: ein Bündel Zwiebeln, ein paar Feigen oder Oliven, ein Salzfisch, ein Kuchen aus Schrotmehl, mit Wasser gemischt und über einem offenen Feuer eher verkohlt als gebacken und, wenn der Wettergott freundlich gewesen war, mit Honig bestrichen.

Aber etwas lag immer da. Selbst als der schwarze Fremde gekommen war, hatten die Geschenke nur einen einzigen Tag lang ausgesetzt.

Meistens wurden sie von den Kindern gebracht, die auf Veranlassung ihrer Eltern durch die Dunkelheit flitzten, noch ehe es dämmerte, um einer Pflicht nachzukommen, die sie noch nicht verstanden. Hin und wieder jedoch, sechsmal im Jahr vielleicht, wurde im Schutze der Nacht geräuschlos eine größere Gabe auf das Sims gelegt: ein schön glasierter Topf, ein Messer, ein Schaffell oder eine Ziegenhaut, manchmal sogar – aber das kam sehr selten vor – eine Münze.

Und solche Dinge kündigten an, daß jemand die Priesterin, die in der Höhle hauste, um etwas bitten würde.

Am nächsten Morgen wartete dann im allgemeinen jemand an derselben Stelle, kein Kind, sondern ein Erwachsener oder wenigstens ein Jugendlicher oder ein junges Mädchen; sie wollten vielleicht wissen, ob sie sich damit abfinden sollten, was ein Elternteil bezüglich einer geplanten Heirat vorschrieb; oder welcher Bruder aus einer ganzen Schar, die sich in ein winziges Erbe teilen mußte, am besten fuhr, wenn er die Insel verließ, um anderswo sein Glück zu suchen; oder wie man einen unüberlegten Fluch zurücknehmen konnte, ohne die Rache des Gottes auf sich herabzubeschwören, dessen Namen man angerufen hatte. Die jeweilige Person hatte dann seit Mitternacht, vor Angst zitternd, gewartet, denn es war keine Kleinigkeit, ein Orakel zu befragen. Ja, mitunter verließ den Bittsteller der Mut, und er oder sie erschien erst mehrere Tage, nachdem er den erforderlichen Lohn hinterlegt hatte, wieder.

Einmal hatte die Seherin auch einen Namen gehabt wie alle anderen. Sie war hier geboren und aufgewachsen, und obwohl ihre Mutter bei ihrer Geburt gestorben ist, lebten noch ziemlich viele Verwandte, und so wußten sie selbst und verschiedene andere, wie man sie in ihrer Jugend genannt hatte. Seit sie jedoch ihre volle Macht besaß, nannten sie nur wenige Leute, außer denen, die schon an der Schwelle des Greisenalters standen, anders als ›eine, die schon gelebt hat‹, wenn sie von ihr sprachen. Bei den seltenen Gelegenheiten, zu denen die Inselbewohner ihr begegneten, wenn sie Kräuter auf dem Felskamm sammelte, der das Rückgrat von Oragalia bildete, oder Treibgut an seinen felsigen Küsten, reagierten sie auf eine von zwei Arten: entweder, sie zogen sich sofort zurück, wie es sich für jemanden geziemte, der von den heiligen Mysterien wußte, aber nicht daran teilhatte, oder sie rannten zu ihr hin und baten um einen glückbringenden Talisman.

Zu diesen war sie manchmal liebenswürdig, manchmal geduldig und manchmal beleidigend. Die Nachricht von ihrem jeweiligen Verhalten verbreitete sich innerhalb von Stunden, und später wurde dann auf den einsamen Gehöften bis nach Sonnenuntergang darüber debattiert, in welcher Stimmung sie gegenwärtig war, und welche der eigenen Handlungen wohl dafür verantwortlich sein mochte. Jeder Ort in der Welt, das war bekannt, mußte unter der Ägide irgendeiner Schutzgottheit stehen, und die Menschen und ihre Götter lagen sich ständig in den Haaren. Das mußte so sein, denn die Erde, das Meer und der Himmel waren voll von Kräften, die das Verständnis der Menschen überstiegen, und am besten konnte man sie erklären, indem man das Bild einer streitsüchtigen Familie heraufbeschwor. Es war ratsam, sich gut mit jemandem zu stellen, der in solch geheime Angelegenheiten Einblick hatte.

Außerdem genossen nur wenige Gemeinden – und das galt auch für alle Nachbarinseln – den Luxus einer eigenen Seherin. Auf dem Festland gab es Orakel in Hülle und Fülle, aber dorthin war es eine weite, gefährliche Reise. Außerdem, wieviel Interesse konnte man von diesen fremden Göttern für jemanden erwarten, der für sie so fern und so unbedeutend war? So freuten sich alle, weil sie das Glück hatten, aus dem Kontakt dieser Frau mit dem Göttlichen Nutzen ziehen zu können.

So groß war das Vertrauen, das die Menschen in sie setzten, daß sie jetzt viele alte Heiligtümer vernachlässigten und frühere Zeremonien unterließen, zum großen Ärger der königlichen Familie, denn sie stellte die Erbpriesterinnen und -priester der jeweiligen Kulte.

Der König selbst hatte in der Vergangenheit mit harter Hand regiert und sich damit den Abscheu seiner Untertanen zugezogen. Nun war er jedoch alt und krank und nicht bereit, seine schwindenden Kräfte in einem sinnlosen Kampf gegen jemanden zu vergeuden, der von den Göttern erwählt war. Seine Verwandten wollten jedoch den Anteil an den Gaben des Volkes, der ihnen ihrer Ansicht nach zustand, und versuchten wiederholt, sie zu überreden, den letzten, unverheirateten Sohn des Königs zu ehelichen – einen bartlosen Knaben! – oder wenigstens eine seiner Töchter als Schülerin und Gefährtin zu sich zu nehmen.

Jedes derartige Ansinnen wies sie mit leiser Verachtung zurück, und die Leute kamen, wenn auch zögernd, zu der Ansicht, sie habe beschlossen, als Jungfrau zu sterben.

Unberechenbar wie immer hatte sie das im letzten Frühling widerlegt.

Woher er kam, der schwarze Fremde, das wußte niemand. Keiner der Fischer hatte gemeldet, nach dem Sturm, der seiner Ankunft vorausgegangen war, auch nur die Trümmer eines Flosses gefunden zu haben. Einige behaupteten, er sei kein Mensch, sondern durch Zauberei aus dem unterweltlichen Reich des Hephaistos, des lahmen Schmieds, heraufbeschworen worden. Auf jeden Fall war er eines Morgens ganz plötzlich dagewesen, ausgehungert und hager, aber ungewöhnlich groß, schwarz wie die Nacht und nackt, bis auf ein geflecktes Tierfell, das er um die Lenden trug – eine unbeschreiblich bedrohliche Gestalt.

Die Kinder, die der Priesterin die täglichen Gaben brachten, begegneten ihm im Dämmerlicht, ließen ihre Last fallen und liefen erschrocken davon. Als sie nach Hause kamen, wurden sie von den Eltern zuerst beschuldigt, Lügen zu erzählen, aber als diese sich selbst nach Sonnenaufgang nervös in die Nähe wagten, hockte er auf einem Felsvorsprung und nagte die Zweige von einem Ast – um sie zu essen, dachten sie zuerst, weil sie ihn für ein Tier hielten.

Dann begriffen sie, daß er den Ast entrindete und von Zweigen befreite, um ihn als Keule zu benützen, und sie liefen ebenso schnell davon wie die Kinder.

Als es Mittag wurde, hatte sich fast die gesamte Bevölkerung von Oragalia versammelt, um die dunkelhäutige Erscheinung anzustarren. Einige, angestachelt vom ältesten Sohn des Königs, den es nach Taten gelüstete, weil er es allmählich müde wurde, zu warten, bis er in seine Rechte eintreten konnte, schwangen Waffen und erklärten, dieses Ungeheuer müsse auf der Stelle getötet werden. Andere waren jedoch nicht so sicher, daß es mit Schwertern und Speeren verwundbar sein würde.

Während sie noch debattierten, erschien die Priesterin mit einer Schale Brühe. Zur Überraschung aller war sie noch nackter als der Schwarze, denn sie hatte nichts am Körper als einen Talisman an einem Riemen um den Hals – dabei war doch ihre Nacktheit schon ein mächtiger Zauber.

Sie ging auf den Fremden zu, der seine Tätigkeit unterbrach und sie mißtrauisch beobachtete, und stellte die Schale knapp außerhalb seiner Reichweite nieder an eine Stelle, wo der Wind den würzigen Duft auf ihn zutreiben würde. Dann trat sie zurück und wartete.

Argwöhnisch, aber ohne seine Keule mitzunehmen, ließ er sich von dem Köder anlocken. Nachdem er einen Finger eingetaucht und abgeleckt hatte, zeigte er sich mit dem Geschmack einverstanden, und nachdem er die Brühe hinuntergeschluckt hatte, schöpfte er gierig die Reste aus der Schale.

Die Priesterin streckte die Hand nach der Schale aus. Er gab sie ihr und sagte etwas in einer Sprache, die niemand – offenbar nicht einmal sie – verstehen konnte. Lächelnd reichte sie ihm die andere Hand. Unsicher scheute er zurück und riß seine Keule an sich. Aber sie wich nicht von der Stelle, und nur Augenblicke später entschloß er sich, mit ihr zu gehen. Gemeinsam verschwanden sie in Richtung der Höhle, der Sohn des Königs und seine Kumpane blieben zurück und konnten nur noch geschlagen das Feld räumen.

Am nächsten Morgen, als die Gaben gebracht wurden – ausnahmsweise nicht von Kindern, sondern von stämmigen, bewaffneten Männern – war er schon da und schaute, auf seine Keule gestützt, von einer nahegelegenen Klippe herunter. Und so war es seither jeden Tag. Der einzige Unterschied bestand darin, daß die Inselbewohner inzwischen fast stolz darauf waren, so ein Wunder in ihrer Mitte zu haben, und die Kinder riefen ihm sogar Grüße zu, auf die er zu antworten gelernt hatte, in schroffem Ton, aber verständlich. Außerdem hatte er, seit es kühl geworden war, einen groben, wollenen Umhang angelegt.

Die Priesterin hatte sich viel mehr verändert, denn sie trug jetzt ein Kind.

Zuerst hatten es die Inselbewohner nicht glauben wollen, so überzeugt waren sie, daß sie ewige Keuschheit gelobt habe. Dann erklärten jene, die die Ansicht vertraten, der Fremde sei kein Mensch, sondern vom Schmied der Götter gemacht, dies könne nur bedeuten, daß eine neue Erbfolgelinie begründet werden solle. Einem solchen Kind würden zweifelsohne Kräfte innewohnen, die noch erstaunlicher waren als die seiner Mutter. Das Glück würde Oragalia auf ewig lächeln!

Anders – wie gewöhnlich – als die Verwandten des Königs, schloß sich die Bevölkerung dieser Argumentation begeistert an. Nach vielem Hin und Her beschloß man sogar, sich entsprechend zu verhalten.

Heute wartete, als es dämmerte, eine Gestalt an der üblichen Stelle, aber vorher war keine besondere Gabe dagelegen, und auch jetzt lag keine da. Man hatte die üblichen Speisen geschickt, nur hatte sie ein ungewöhnlicher Bote gebracht: eine alte, fast zahnlose Frau mit einer Haut wie runzliges Leder, aber mit noch kräftigen Händen und noch scharfen Augen. Sie zitterte, vielleicht weniger vor Kälte als vor dem Anblick des schwarzen Mannes, an den sich nur wenige so nahe herangewagt hatten, aber sie blieb, wo sie war, als er herauskam, um die Speisen zu holen.

Er rief sie an – oder begrüßte sie; das war schwer festzustellen –, und sie antwortete mit fester Stimme, aber er kannte nicht genügend Worte, um zu verstehen, was sie meinte. Als er sich jedoch überzeugt hatte, daß sie keine Bedrohung darstellte, kehrte er in die Höhle zurück.

Einige Zeit verging. Die Sonne stieg über den Horizont.

Dann verließ, mit langsamen Bewegungen, denn ihre Zeit war höchstens noch zwei Wochen entfernt und ihr Bauch war so groß, daß das Kind durchaus auch schon früher geboren werden konnte, die Priesterin ihre Höhle und trat auf den steilen Pfad, der sich daran vorbei nach oben zum Grat und nach unten zum Strand schlängelte. Sie sagte etwas in gereiztem Ton. Die Alte erklärte, warum sie hier war. Als man ihr knapp befahl, sie solle weggehen, warf sie einen nervösen Blick auf den schwarzen Mann, blieb aber, wo sie war.

Der Mann spürte die Bedeutung des Wortwechsels, auch wenn er ihm nicht folgen konnte, und deutete durch Gesten an, er wolle die Alte aufheben und über die Klippe werfen. Die Priesterin schien diesen Vorschlag zu erwägen, bedeutete ihm aber schließlich, nein, und ließ sich in die Höhle zurückführen. Sie legte sich auf einen Stapel aus Häuten und Fellen, und es gelang ihr, ihm trotz vieler Schwierigkeiten und Mißverständnisse klarzumachen, daß die Frau eine tüchtige Hebamme war. Die Leute hatten beschlossen, daß alle, die sich darauf verstanden, von nun an bis zur Zeit der Niederkunft Tag und Nacht Wache halten müßten, damit nicht zu spät nach ihnen geschickt wurde, wenn die Wehen einsetzten. Das Kind einer Seherin war zu kostbar, um sein Leben aufs Spiel zu setzen.

Schlagartig begriff er und grinste, seine Zähne leuchteten erstaunlich weiß in seinem dunklen Gesicht. Er nahm ein Stück Schrotkuchen, tauchte ihn in Öl und kehrte an den Abhang zurück.

Die alte Frau duckte sich, als er auf sie zuging, aber er nahm sanft ihre Hand und legte ihre Finger um den Kuchen, dann zeigte er auf seinen Mund. Einen Augenblick lang schien sie zu glauben, sie solle ihn füttern. Vielleicht bildete sie sich ein, das sei eine Art heiliger Handlung, jedenfalls schickte sie sich dazu an, aber er lachte voll und tief und zeigte ihr deutlicher, daß das Essen für sie sei. Überrascht, aber durchaus nicht unwillig verzehrte sie es und murmelte ein Wort des Dankes. Später brachte er ihr Wasser in einem der schönen, glasierten Töpfe der Seherin, dann ging er fort, um nach den Angelleinen zu sehen, die er am Strand ausgelegt hatte.

Bei Sonnenuntergang erfolgte die Ablösung. Eine jüngere, kräftigere Frau erschien und schickte die Alte weg, die nach Hause humpelte. Vor dem Aufbruch reichte sie der anderen ein Knäuel Zwirn und ein Messer mit blitzend scharf geschliffener Klinge, das sie bisher unter ihrem Umhang verborgen gehalten hatte. Der schwarze Mann dachte zuerst, es sei vielleicht zur Selbstverteidigung gedacht, und die Greisin habe selbst in ihrem Alter noch gefürchtet, von dem wild aussehenden Fremden angefallen zu werden. Hah! Bei der neu Angekommenen wäre das schon eher ...

Als sie jedoch sah, wie er das Messer anstarrte, demonstrierte sie ihm, wozu es verwendet wurde, sie deutete pantomimisch an, wie etwas zwischen ihren Beinen herauskam, hantierte dann mit dem Faden und machte Schneidebewegungen in der Luft. Ihm ging ein Licht auf, und er schüttelte energisch den Kopf. In dem Land, aus dem er stammte, brachten die Frauen zu einer Geburt ähnliche Instrumente mit, aber dort bestanden sie im allgemeinen aus Knochen oder poliertem Stein. Diese Frauen hätten genauso reagiert wie die hier, als er die Hand ausstreckte und stumm darum bat, die Symbole sehen zu dürfen, die in das Heft eingegraben waren. Sie versteckte das Messer sofort hinter ihrem Rükken.

Nun, es war sowieso Frauenzauber. Er wandte sich ab und ging in die zunehmende Dunkelheit hinein.

»Olga«, sagte er plötzlich.

Es war sehr spät, aber Stacy döste nur, sie schlief nicht fest; das Kind strampelte heftig, als könne es nicht erwarten, geboren zu werden. Bisher hatte sie jedoch noch nichts von einsetzenden Wehen gesagt. Ihrer Schätzung nach dürfte es bis dahin noch mehrere Tage dauern.

Sie rutschte herum, um eine bequeme Lage zu finden, aber es gelang ihr nicht, und sie fuhr ihn an: »Ich heiße nicht Olga! Wer ist Olga?«

In letzter Zeit waren ihre alten, abrupten Stimmungsumschwünge wieder aufgetreten. Um sie zu beruhigen, legte er ihr beschwichtigend die Hand auf die Wange, zog sie aber sofort zurück und setzte sich auf.

»Du schwitzt, aber es ist kühl heute abend!«

»Keine Sorge ...«, begann sie, aber er griff schon nach einem Tuch, tauchte es ins Wasser und wrang es aus. Nachdem er es ihr auf die Stirn gelegt hatte, stützte er sich auf einen Ellbogen und blickte auf ihre schwach sichtbaren Umrisse hinunter.

»Das tut gut«, seufzte sie. »Danke ... Gene. Es tut mir leid. Ich wollte dich nicht anfahren. Natürlich weiß ich, welche Olga du meinst. Erzähl mir ihre Geschichte. Vielleicht hilft sie mir, einzuschlafen.«

»Das ist das zweideutigste Kompliment, das ich je gehört habe«, murmelte er. Aber er legte sich wieder hin, barg ihren Kopf an seiner Schulter und starrte zu dem unsichtbaren Felsdach hinauf, während er die Worte zusammensuchte. Endlich:

»Vielleicht war es ihre Herkunft ... aber wer kann schon sicher sein, was äußere Einflüsse sind und was angeboren ist. Auf jeden Fall war sie vom Intellekt und von der Vernunft enttäuscht. Sie verbrachte ihr Leben damit, nach Erlebnissen zu suchen, in denen sie die

Realität transzendieren konnte, und als sie die Chance bekam, dies tatsächlich zu tun, ergriff sie sie begierig.«

»Und welches war die richtige Welt für Olga?«

»Keine Welt im eigentlichen Sinne. Bestenfalls ein Ort. Ein Ort, an dem nicht mehr die Rationalität herrschte. Der Rahmen der Logik wurde dort gestreckt, er riß sozusagen auseinander und ließ Ausblicke auf etwas zu, was jenseits davon lag und der Vernunft nicht zugänglich war.

Zuallererst bemerkte sie, daß bestimmte Dinge, die ihr zustießen, sich nicht erklären ließen. Die Leute, zu denen sie gekommen war, nahmen solche Ereignisse gerne hin, ohne nach tieferen Ursachen zu forschen, und nach kurzer Zeit erkannte sie, daß dies genau das war, was sie ihren eigenen Worten nach immer gewollt hatte.

Die Gewohnheit war jedoch zu stark. Eine Begegnung, die sie wünschte, fand statt, obwohl das eigentlich unmöglich war, weil die andere Person zu weit entfernt war. Ein Gegenstand, auf den sie zufällig stieß, den sie aber nicht wiederfinden konnte, schien eine Farbe zu haben, die nicht im Spektrum enthalten war. Eine Wendung, die sie in einem Gespräch aufschnappte, hatte eine subtile Bedeutung, aber sie vermochte weder diese Bedeutung zu erfassen, noch die Worte zu wiederholen. So sehr sie sich auch bemühte, diese Erlebnisse zu genießen, sie fand sie entsetzlich beunruhigend.

Ihre Verzweiflung wuchs und trieb sie schließlich zu dem Schluß, der Fehler müsse bei ihr liegen, und sie ging daran, ihn zu beheben, indem sie sich immer extremeren Reizen aussetzte. Erst beging sie den Fehler, an Orte zu eilen, von denen Ereignisse gemeldet wurden, die sie als unwahrscheinlich ansah; nach einer Weile erkannte sie jedoch, daß diese Ereignisse sich niemals wiederholten, und daß daher ein Ort so gut war wie der andere. Es war sinnlos, irgendwohin zu gehen oder etwas zu tun, wenn man die Logik jenseits der Logik nicht verstand. Per definitionem konnte diese aber unmöglich verstanden werden.

Da, wo sie war, schien jedoch alles möglich zu sein, zumindest in dem Sinne, daß sich jeden Tag unmögliche Dinge ereigneten.

Diese Einsicht tröstete sie in gewissem Maße. Sie machte das Beste daraus. Sie zwang sich zur Konzentration und ging daran, in ihrem Denken alle Voraussetzungen umzustoßen, die sie ihr ganzes Leben lang als vernünftig angesehen hatte. Auf diese Weise hoffte sie, sich besser auf die neue Realität einstimmen zu können – wenn man überhaupt von Realität sprechen konnte.«

Gene hielt inne. Stacy regte sich neben ihm, mit geschlossenen Augen, und fragte: »Ist es ihr gelungen?«

»Man kann sie nicht mehr als ›sie‹ bezeichnen. Ein Erfolg war da, das ist alles. Die Identität, die Olga gewesen war, schmolz wie eine Schneeflocke, die in den Ozean fällt. Im letzten – im allerletzten Augenblick erkannte sie, daß es, selbst wenn sie ihr Ziel erreichte, keine Olga mehr geben würde, die sich darüber freuen konnte.«

»Es war schon zu spät.«

»Für sie war es schon zu spät, noch ehe sie anfing.«

10

Der GEGENSTAND ist eine Welt, die von Leben strotzt. Sie dreht sich um einen veränderlichen Stern.

Der MONAT ist Dezember.

Der NAME ist Anastasia.

In der stockdunklen Nacht warf sich Stacy unruhig hin und her und spürte einen dumpfen Schmerz in ihrem Unterleib. Zuerst dachte sie in ihrer Schlaftrunkenheit, es sei eine leichte Kolik; sie fühlte sich aufgetrieben und gedunsen, als habe sie etwas gegessen, was ihr nicht bekommen war.

Sie wehrte sich gegen das Aufwachen, trotz ihres Unbehagens, denn sie hatte einen kunstvollen, faszinierenden Traum gehabt. Ja, teilweise war sie noch darin befangen, denn in ihrem Kopf wirbelte es von Bildern und Empfindungen, und alle waren sie erstaunlich lebendig. Normalerweise hatte sie ihre Träume hauptsächlich visuell in Erinnerung, vielleicht noch ein oder zwei Sätze eines Gesprächs oder etwas, das für den richtigen Menschen zu einem Gedichtfragment hätte werden können. Nie zuvor hatte sie einen Traum erlebt, der so weit ging, daß er sie in ihrer Gesamtheit einschloß, geistig und körperlich. Hitze und Kälte waren da, Körperhaltung, Geräusche und Gerüche, Hunger und Sättigung, Glück und Verzweiflung, das Gefühl von Kleidung auf ihrem Körper, Wind auf dem Gesicht, Sonnenschein und Regen ...

Ja, dieser Traum war ungewöhnlich und schien keine Grenzen zu haben. Er war so komplex und ins Detail gehend wie die Wirklichkeit, und außerdem war er von einer gewaltigen Menschenmenge bevölkert. Sie konnte sie mit fest geschlossenen Augen tatsächlich sehen und hören – sogar, wenn sie die Augen offen hatte, denn in der völligen Schwärze machte das keinen Unterschied. Ihr war, als schwebe sie an ihnen vorbei, von einem unsichtbaren Luftstrom getragen, so leicht, daß sie das Gewicht auf ihren Fersen nicht spürte. Wenn sie in die Nähe eines Einzelnen oder einer Gruppe kam, hörte sie sie sprechen, manchmal schreien, manchmal lachen, da und dort waren leise Debatten über vertrauliche Angelegenheiten im Gange, die sie nicht verstehen konnte, ganz gleich, wie sehr sie die Ohren spitzte. Aber das war kaum von Bedeutung, denn wenn sie sich näherte, wurden unweigerlich alle Gespräche unterbrochen, die Leute drehten sich um und blickten sie an, und ihre Mienen schwankten zwischen Feindseligkeit und Verwirrung. Mitgefühl suchte sie vergeblich, und sie konnte sich auch nicht denken, warum sie danach suchte.

Starrten diese Leute überhaupt sie an ... oder jemanden, der hinter ihr stand? Sie war sich bewußt, daß da jemand war, aber sie konnte sich nicht umdrehen, auch wenn sie sich noch so sehr bemühte.

Allein von der Anstrengung, sich zu erinnern, wurde sie zusehends wacher. Immer noch kämpfte sie darum, die Bilder des Traums und seine Folge von Ereignissen zurückzuhalten, sie war entschlossen, sie trotz erneuter Schmerzen ihrem Gedächtnis einzuprägen.

In gewissem Maße gelang ihr das auch. Sie sah eine alte Frau in einem schmierigen Umhang aus ungefärbter Wolle so deutlich auf einem niedrigen, flachen Stein sitzen, als wäre sie lebendig, die Hände hatte sie versteckt, umklammerte damit aber Gegenstände von weitreichender Bedeutung.

(Bilder von Trennen und Binden; sie kündigten ein gewaltiges Auseinanderreißen an, als solle der Kosmos selbst in Stücke geschlagen werden.)

Und sie sah eine Reihe von Männern mit grimmigen

Gesichtern, Arme und Beine waren nackt, aber die Körper steckten in einem Harnisch aus zähem Leder mit Nägeln und Platten aus Bronze; die Männer trugen Speere, und rechteckige Schilde hingen ihnen an Lederriemen auf dem Rücken ...

(Bilder von Teilung und Zwang; sie hatten die Macht, den Gatten von seinem Weib wegzureißen, die Mutter von ihrem Kinde, und zu verfügen, daß sie hinfort zu anderen Leuten gehörten.)

Und sie sah einen lärmenden Soldatenpöbel in rostiger Rüstung, mit Dolchen an der Seite, die sie noch nicht gezogen hatten, und sie krakeelten mehr aus Spaß als im Ernst ...

(Bilder von Entsetzen und Aberglauben; ihr ganzes Leben lang hatte man ihnen erzählt, sie kämpften für eine gerechte Sache, und obwohl diese Sache soviel Böses in die Welt gebracht hatte, waren sie nicht bereit, eine andere Ansicht in Erwägung zu ziehen.)

Und sie sah Männer und Frauen, die in Kutschen von einem stattlichen Haus zum anderen fuhren, in Kleidern, bei denen die Geschicklichkeit des Schneiders Triumphe gefeiert hatte, sie verachteten die Bettler, die ihre Klauenhände ausstreckten und ihre eitrigen Wunden zur Schau stellten ...

(Bilder von Isolation und Abneigung; sie konnten die Armen tatsächlich nicht als Menschen ansehen, die waren wie sie selbst, und empfanden mehr Mitleid mit einem lahmenden Pferd als mit einem Menschen.)

Und sie sah eine Bande rüpelhafter Festgäste, die grölend und trinkend um einen Tisch saßen und die Diener beschimpften, weil sie ihren in einer fremden Sprache gegebenen Befehlen zu langsam nachkamen ...

(Bilder von Ausschweifung und verschämter Wollust; sie wollten die Realität des Alltags leugnen, zeitweilig ausbrechen in eine andere Welt, wo sie uneingeschränkt die Herren waren, aber sie trafen ständig auf Hindernisse, die sie nicht übersehen konnten.)

Und sie sah eine in makelloser Ordnung exerzierende Armee, jede Bewegung so exakt wie bei einer Maschine, sie probten, eine Hölle des Schreckens über ihre Mitmenschen hereinbrechen zu lassen, verbargen das aber unter dem Deckmantel einer unnatürlichen Formvollendung ...

(Bilder von Jubel und Zerstörung; sie glaubten, sogar der Natur überlegen zu sein, konnten das aber nur beweisen, indem sie andere Leute demütigten und erniedrigten.)

Und sie sah die Mannschaft eines Schiffs, das auf dem Ozean herumgeschleudert wurde, die Männer fluchten über das Salzfleisch, das mit Würmern verseuchte Mehl und das Wasser, das so faulig war, daß sie sich auch ohne die Wellen erbrechen mußten, sie schimpften auf den Kapitän, der sie auf diese Reise zu fernen Gestaden gelockt hatte ...

(Bilder von Elend und Habgier; sie hatten angeheuert, weil ihr Leben zu Hause unerträglich geworden war, aber ebenso sehr auch, weil sie wirklich hofften, bei ihrer Rückkehr reich zu sein.)

Und sie sah eine wogende Menge von Leuten in Samt und Seide und Brokat, sie standen an einem Kai zwischen Ballen, Bündeln und Fässern; dahinter ragten Masten empor wie die Stacheln auf dem Rücken eines Igels, und sie neigten sich und schaukelten wie ein tanzender Wald.

(Bilder von Feilschen und Verteilen; sie konnten die Unwissenden so lange beschwatzen und ihnen schmeicheln, bis sie sich von dem trennten, was sie am dringendsten brauchten, und es denen weiterverkaufen, die ohnehin schon zuviel hatten.)

Und sie sah einen leeren Strand, er war durch einen Anstieg des Meeresspiegels neu entstanden und hatte bis vor einer Generation doppelt so hoch über dem Wasser gelegen, wie sie groß war, darüber lag eine Höhle, deren Eingang von Betonpfeilern eingerahmt wurde, die einstmals so feierlich gewesen waren wie Propyläen, jetzt aber schief und krumm dastanden, wie von einem Erdbeben erschüttert –

Die Dunkelheit war von einem Brüllen erfüllt. Eine Sekunde lang hielt sie es für das Knirschen eines solchen Erdbebens, nur unendlich viel schlimmer: das Geräusch, mit dem die Raumzeit zertrümmert und wieder zusammengesetzt wurde – eine Erinnerung. Dann sah sie durch die immer noch geschlossenen Lider, daß es nicht länger dunkel war. BOOT hatte alles, was es noch an Energie hatte, dazu verwendet, seine Scheinwerfer anzuschalten, es machte die Nacht zum Tag, und der Lärm, den sie hörte, war das Rattern eines Helikopters im Landeanflug.

Plötzlich wußte sie, wer und wo sie war, und wer da in ihrem Traum ständig hinter ihr gestanden hatte. Sie registrierte auch, daß der Schmerz nun in rhythmischen Wellen kam und spürte Nässe zwischen ihren Beinen. Als sie entsetzt die Augen öffnete, sah sie, daß Männer und Frauen in die Höhle eingedrungen waren, die sich aus Overalls schälten, unter denen sterile, grüne Kleidung zum Vorschein kam. Neben ihnen marschierten Maschinen auf Beinen, sie waren auf solch unebenem Gelände besser als Räder. Einige davon waren mit eigenen Lichtquellen ausgestattet und trugen Fernsehkameras. Mit leisem Summen ließen sie sich bei ihr nieder, wie Geier neben einer Sterbenden, und die Leute umringten sie wie Grabschänder.

Das war *falsch*! Der magische, geheimnisvolle Vorgang der Entstehung neuen Lebens, der hier und jetzt seiner Vollendung entgegenging, sollte das in Abgeschiedenheit tun! Was hatten Fremde sich einzumischen? Oder sonst jemand? Sie hatte jemanden beinahe geliebt, sie mußte lernen, ihr Kind zu lieben – Kinder …)

Sie flehte um Gnade, um Erleichterung; man gewährte sie ihr nicht.

Zuerst hatten sie Gene aus dem Weg geschafft, damit er ihnen nicht in die Quere kommen konnte. Vom Lärm geweckt, war er aufgesprungen und zum Höhleneingang gestürzt. Eine stumme Maschine, die aussah wie aus verchromten Stangen zusammengesetzt, erwartete ihn. Sie war tadellos programmiert. Sein Hinterkopf sank in ein federndes Polster, ein Band legte sich um seinen Hals. Von hinten drückten sich Metallgliedmaßen an seine Arme, seinen Rumpf und seine Beine und umschlossen sie, sie hatten genau an den richtigen Stellen Gelenke, so daß er sich bewegen konnte, vorausgesetzt, er tat es sehr langsam. Beim leisesten Versuch, sich loszureißen, rasteten sie ein

Auch war da der Stich einer Injektion an der Innenseite seines linken Ellbogens, und als er den spürte, schrie er.

Denn in diesem Augenblick stürmten entsetzliche Erinnerungen auf ihn ein.

Er war zu einem starren, gewichtslosen Bündel verpackt, und sie auch. Eine Maske bedeckte sein Gesicht (genau wie das ihre). Essen und Wasser gehörten seiner Vergangenheit und vielleicht seiner Zukunft an (und der ihren). In seiner Armbeuge (und der ihren) war ein Rohr festgeklebt, das ausreichend Nahrung in seine (und ihre) Venen leiten sollte. Es sollte ihn (und auch sie) am Leben erhalten, eine Stunde vorher, eine Woche nachher – und wer konnte sagen, wie lange dazwischen?

Würde es Zeit geben?

Er konnte nichts anderes tun, als über seine subjektiven Empfindungen zu berichten. Alles andere wurde von Computern erledigt. Er hatte große Angst, und das sagte er auch wiederholt – aber das wußten sie sicher schon, weil sie seine körperliche Verfassung überwachten. Minuten tickten vorbei. Er sah eine Uhr, aber keine anderen Instrumente – was hätten sie ihm auch genützt? Wenigstens waren die Planer so rücksichtsvoll gewesen, da ein Fenster vorzusehen, wo er hinausschauen konnte, und ein paarmal begann er die Sterne zu zählen, die darin sichtbar waren. Aber die Stabilisierung war nicht perfekt, und es schwebten schon neue ins Blickfeld, während andere verschwanden, deshalb kam er immer wieder durcheinander.

Um ihn herum sammelten sich erstaunliche Energien. Irgendwann begannen seine Nerven zu singen, als verforme sich die Struktur des Raums, den er einnahm.

Nun, so war es ja auch.

Ihm war, als würde er von sich selbst getrennt, seine Gedanken wurden traumartig und willkürlich. Das Gefühl an sich war nicht unangenehm, aber dafür die Frustration, die er erlebte, als er versuchte, es zu beschreiben. Ja, sie war mehr als unangenehm. Sie machte ihn wütend. Er wollte mehr als alles andere in seine eigene Vergangenheit fliehen und die Entscheidung rückgängig machen, die ihn in diese absolute Einsamkeit geführt hatte, auf einem Weg, auf den sich schon andere gewagt hatten, nur um wahnsinnig oder tot zurückzukehren.

Als die Uhr auf Null ging, fand er ein letztes Mal seine Stimme wieder.

»Ich muß den Verstand verloren haben!« schrie er.

Und das stimmte, denn das Universum zersprang.

Riß auseinander.

Löste sich auf.

Hörte auf.

Es gab keine Worte, um dieses Erlebnis zu beschreiben, es hatte nie welche gegeben, es konnte nie welche geben.

Außer vielleicht, daß man sich fühlte, als sei man eine Milliarde Menschen auf einmal – die alle tot waren.

Und doch war er hier: in seinem Körper (er spürte das Pochen seines Herzens); er atmete ohne Maske; er konnte sehen und hören und fühlen und sicher auch sprechen, sobald er genügend Energie dazu aufbrachte, aber die hatte man ihm mit der Injektion in den Ellbogen abgezapft. Im Augenblick schien Sprechen gar nicht so wichtig zu sein.

Neugierig blickte er sich um, als hätte er diesen Ort noch nie zuvor gesehen – und in gewissem Sinne stimmte das auch, denn nicht einmal an einem Sommermittag war es hier je so strahlend hell gewesen. Im Lauf der Monate hatten er und Stacy viele Dinge von BOOT geholt und an Land gebracht, aber einige waren zu schwer, einige brauchten Strom, den sie nicht zur Verfügung hatten, und einige durfte es aufgrund der ursprünglichen Programmierung nicht herausgeben, deshalb war das Heim, das sie sich geschaffen hatten, keineswegs luxuriös. Ja, jetzt ekelte ihn sogar davor, denn am Eingang lag ein Haufen Abfall, der so widerlich roch wie eine mittelalterliche Gosse (Bin ich da jeden Tag vorbeigegangen, ohne ihn zu bemerken?), und das Bett, das sie geteilt hatten, war ...

Gut, daß er es zwischen dem Gedränge von Menschen und Maschinen nicht sehen konnte. Aber natürlich wurde alles aufgezeichnet; bis ins letzte, kleinste Detail ...

»Wir konnten euer Spiel nicht länger weitergehen lassen«, sagte eine strenge Stimme in der Nähe. Gene drehte den Kopf so schnell, wie es die Maschine, die ihn in ihren Klauen hatte, zuließ, und sah, daß der Sprecher eine Frau mit kurzem, braunem Haar war, dünn genug, daß man sie für einen Knaben halten konnte, obwohl sich, wenn man die Haut unter dem Kinn genau betrachtete, verräterische Falten zeigte. Sie fuhr fort: »Das Fruchtwasser ist gebrochen. Sie muß unglaublich tief geschlafen haben, war praktisch im Koma. Sonst hätte die erste Wehenpause sie aufgeweckt, und die muß schon vor zwei Stunden eingesetzt haben ... Ach, hör auf, mich anzustarren wie eine Fremde! Ich bin Dr. Catherine Hoy – und das weißt du ganz genau!«

Hoy – boy – Junge …

»Nein, das sind Sie nicht«, sagte Gene müde. »Sie sind Gerippe, der Kabinensteward, und Sie haben mitgeholfen, von dieser venezianischen Galeere ein Boot an Land zu rudern. Wo ist der Kapitän?«

Er versuchte, den Kopf noch weiterzudrehen, aber die Bewegung war für die mißtrauische Maschine zu hastig, und sie rastete ein. Entmutigt ließ er sich dagegen sakken, worauf sie – mit der gebotenen, automatischen Vorsicht – nachgab.

Inzwischen nahm etwas Wichtigeres seine Aufmerksamkeit in Anspruch. Er schloß kurz die Augen und suchte nach Worten.

»Wenn Sie sagen, Sie heißen Hoy und sind Ärztin, muß ich Ihnen das wohl glauben, obwohl ich Sie für jemand anderen halte. Aber Ärztin hin oder her, ich möchte wissen, was Sie mit Stacy machen. Und warum!«

»Warum, weißt du«, lautete die knappe Antwort.

»Einfach, weil sie etwas völlig Natürliches tun und ein Baby zur Welt bringen will?«

»Unter den primitivsten, unhygienischsten Bedingungen!« fuhr Hoy auf. »Mann, was ist euch nur eingefallen, euch so lange in euren Phantasien zu verlieren. Wir haben bis zum letztmöglichen Augenblick abgewartet, aber als die Geburtswehen anfingen …«

Er hob die Augen und sah sie an, eine Bewegung, die die Maschine zuließ, und einen Augenblick lang ließ sie sich von der Heftigkeit seiner Antwort einschüchtern.

»Das sind keine Phantasien, Dr. Hoy. Das sind Realitäten.«

Er begriff allmählich, was mit ihm (mit ihnen) geschehen war. Es kam ihm vor, als überkreuze sich alles in seinem Denken: gestern war so wirklich wie morgen, und beides unterschied sich nicht von heute. Wie konnte er Hoy die Wahrheit begreiflich machen, die ihm plötzlich mit solcher Kraft bis ins Mark gedrungen war? Angenommen, er sagte rundweg: Es ist wahr, daß das Universum fest ist! Sie müssen uns also anderswohin geschickt haben ... und doch sind wir zurückgekommen! Würde diese schlichte Feststellung in ihre Welt voller Vorurteile eindringen können? Nein, sie würde nicht erfassen, welche Auswirkungen das hatte. Konnte das jemand erfassen, der sich nicht dorthin begeben hatte, wo er gewesen war, der nicht den langen Weg zurück durch die Zeit gegangen war? Es wäre, als wolle man einen Traum mit jemandem teilen.

In diesem Augenblick wurde Hoy ohnehin abgelenkt. Eine klare, leise Stimme sprach aus dem Nichts, erkundigte sich, wie alles voranging, und sie fauchte als Antwort ungefähr: »So gut, wie man es erwarten kann!« Es folgte eine Reihe von technischen Fragen und die Aufforderung, irgendein Gerät über Satellit an einen Hauptcomputer auf einem fernen Kontinent anzuschließen. Das wurde besorgt.

Gene nützte die Unterbrechung, um sich zu sammeln. Als Hoy sich wieder ihm zuwandte, konnte er sagen: »Sie hätten sich gar nicht soviel Mühe zu machen brauchen. Die hiesigen Hebammen haben abwechselnd bei der Höhle Wache gehalten, so daß man sie rufen konnte, sobald die Wehen einsetzten ... Was ist denn *jetzt* los?«

Sie starrte ihn mit einer Mischung aus Mitleid und Bestürzung an.

»Ich habe bis zu diesem Augenblick nicht verstanden, wie tief ihr euch in euren Wahn hineingesteigert hattet«, flüsterte sie. »Gene – oh, Gene! Wie lange ist es her, daß diese Hebammen versprachen, sich in Bereitschaft zu halten?«

»Das war ... gestern!« antwortete er verwirrt.

»Du armer, verrückter Narr! Entschuldige, aber genau das bist du. Die Insel Oragalia ist entvölkert, seit der

Wasserspiegel anstieg. Unserer Schätzung nach, und sie gründet sich auf die von uns belauschten Gespräche, die du und Stacy mit euren imaginären Freunden geführt habt, muß dein ›gestern‹ vor ungefähr *dreitausend Jahren* gewesen sein!«

Wäre in den ernsten Gesichtern, die ihn anstarrten, nicht eine Spur von Mitgefühl gewesen, Gene wäre an diesem Punkt vielleicht zusammengebrochen. Statt dessen bemühte er sich, das Wissen zu verarbeiten, das jetzt auf seinen Geist einstürmte wie Hochwasser nach einem Wolkenbruch, der für jeden gewöhnlichen Kanal zu stark war, er preßte die Finger gegen die Handflächen, bis er den schmerzhaften Druck seiner rauhen, ungepflegten Fingernägel spürte, und klammerte sich an etwas, das Stacy gesagt hatte, als sie sich – über wen? – unterhalten hatten. Es war nicht wichtig. Wichtig war nur, was sie über das Verrücktsein gesagt hatte: Ich schätze, man fühlt sich ganz normal dabei.

Und er hatte von Anfang an gewußt und akzeptiert, daß der Wahnsinn eine der zahllosen Gefahren war, auf die er sich einließ.

Nach einem langen Schweigen, das nur durch das Gemurmel der Leute unterbrochen wurde, die sich um Stacy kümmerten, sagte Gene mit einer Ruhe, die seine ganze Selbstbeherrschung erforderte: »Wir haben BOOT vom Bug bis zum Heck durchsucht. Wir haben alle Monitore und Mikrophone ausgebaut und weggeworfen, weil wir so verzweifelt unbeobachtet sein wollten. Aber Sie haben uns betrogen. Sie haben unser Heim die ganze Zeit abgehört.«

»Ich glaube, ganz allmählich kommt dein Verstand zurück«, sagte Hoy befriedigt, dann riß sie sich zusammen und sprach in sanfterem Tonfall weiter. »Ja, Gene. Wir waren bereit, euren Wunsch, allein zu sein, zu respektieren. Wir waren uns alle einig – ich und Professor Shaw, Professor Yiu und Dr. Ngota, alle –, daß wir euch viel zu lange unter Laborbedingungen gehalten hatten, und daß es Zeit war, eure Reaktionen in einer Umgebung zu beobachten, die dem Alltagsleben näher war. Es war eure Kälte, weißt du, die distanzierte Haltung, die ihr beide an den Tag gelegt habt. Man konnte keinen von euch im klinischen Sinn als wahnsinnig bezeichnen. Ihr habt euch ganz normal verhalten; ihr habt geschlafen, seid rechtzeitig aufgestanden, habt gebadet, euch angezogen und seid zu den Mahlzeiten erschienen, ihr habt euch unseren Tests unterzogen und unsere nicht endenwollenden Fragen beantwortet, aber allmählich merkten wir, daß du mit deinen Gedanken anderswo warst, und sie auch. Ihr habt euch wie programmierte Roboter benommen und nicht mehr wie menschliche Wesen. Da stimmte etwas nicht, und deshalb ließen wir euch gehen und wagten zu hoffen, daß ihr vollständig genesen würdet. Statt dessen habt ihr euch immer tiefer in ein Labyrinth von Träumen verirrt. Und als Stacy dann schwanger wurde ... nun, wie wäre euer Heute ohne uns gewesen?«

»Wirklich.«

»Was?« Sie blinzelte ihn an.

»Wirklich«, wiederholte Gene. »Für mich ist das jetzt alles künstlich, abscheulich künstlich. Ich will neben ihr sitzen, ihre Hand halten, zusehen, wenn das Baby kommt, tun, was ein Vater tun muß und tun sollte, um ihr zu helfen ... Das werden Sie aber nicht zulassen, oder?«

»Sie wird so gut versorgt wie nur möglich«, gab Hoy steif zurück. Sie deutete zum Bett hinüber. »Gleich da drüben siehst du den besten Gynäkologen, den wir auftreiben konnten, und den besten Anästhesisten, ein Team von Spitzenexperten, die ganz kurzfristig hierher geflogen wurden, nur um ihr zu helfen! Und dir natürlich auch«, fügte sie hastig hinzu.

»Ich glaube, Sie sind hier, um sie zu töten«, sagte Gene mit schrecklicher Direktheit.

»Und ich glaube«, sagte sie beschwichtigend, »daß du

überreizt bist. Am besten geben wir dir Gelegenheit, dich auszuruhen.«

Sie tippte mit den Fingerspitzen einen Code auf die Maschine, die ihn festhielt. Er spürte wieder einen Stich, diesmal in der Beuge des anderen Ellbogens. Sofort versank die Welt und nicht nur *die* Welt, sondern alle Welten. Mehr Welten, als irgend jemand zählen konnte.

Sie hatten sich auch des Körpers von Stacy bemächtigt und lagerten sie so, wie es offiziell für richtig befunden wurde. Man hielt sie in der nun nicht mehr dunklen Höhle so still, wie es bei den Krämpfen, die sie durchliefen, möglich war. Sie hatte der Natur ihren Lauf lassen wollen. Das würde man der Natur nun nicht gestatten. So hilflos wie damals, als man sie in die Unmöglichkeit geschleudert hatte, blieb ihr körperliches Ich passiv, während ihr Geist nach Wegen suchte – um zu fliehen? Nein, um weiterzugehen. Die alten Realitäten hielten stand: Gebären, nähren, lernen, tun, zeugen, lehren, sterben ...

In plötzlicher Angst tastete sie mit geschlossenen Augen nach einer vertrauten Hand und flüsterte: »Gene? Gene!«

Aber sie berührte nur glattes Plastik über etwas Festem, das vibrierte, aber nicht reagierte. Niemand schien zu bemerken, daß sie sich bewegt hatte.

›Eine Schneeflocke, die in einen Ozean fällt ...‹

»Gene ...«, murmelte sie mit versagender Stimme und wußte, daß ihr verirrter Geist nun keine Zuflucht mehr hatte.

11

Der GEGENSTAND kann gehen und sprechen, kann leiden und träumen.
Er fragt ständig wie und zu welchem Zweck.

Der MONAT ist Dezember.

Der NAME ist (in beiden Bedeutungen) Gene.

»Ich finde keinen Weg zurück.«

Er stöhnte. Er konnte die Worte nicht hören, erkannte sie aber an der Form, in die seine Zunge und seine Lippen die Luft zwangen, und er wußte, was er meinte, ob es jemand anders nun verstand oder nicht.

»Gene!«

Nicht seine Stimme. Eine feste, befehlende, die er eigentlich erkennen müßte – nur waren seine Gedanken mit etwas viel Wichtigerem beschäftigt. Er sagte: »Es gibt keinen Weg – aber es muß einen geben!«

»Gene, tu nicht so, als würdest du im Schlaf sprechen! Wir wissen, daß du wach bist!«

O ja, er war tatsächlich wach. In seinem Gehirn knisterten die Erkenntnisse wie in einer Gewitterwolke, die von einer Spitze zur anderen Blitze sprüht – vor einem grauschwarzen Hintergrund des Elends.

»Gene!«

Warum konnte dieser aufdringliche Hund nicht zuhören, wenn er etwas sagte? In plötzlichem Zorn bäumte er sich auf und schrie:

»DAS UNIVERSUM IST FEST, VERDAMMT – FEST!«

Aber der Schrei war schwach, und das Aufbäumen wurde dadurch vereitelt, daß er auf einer so weichen

Couch lag, in der seine Ellbogen tief, sehr tief versanken.

Er hatte jedoch bis jetzt vergessen, daß seine Augen geschlossen waren.

Als er sie öffnete, sah er hellgraue Wolken dahintreiben. Es war heller Mittag – soweit es an diesem, dem kürzesten Tag des Jahres einen hellen Mittag geben konnte. Er befand sich nicht mehr in der Höhle. Er befand sich auf dem Achterdeck eines eleganten, modernen Schiffes, viel größer als BOOT und viel besser ausgestattet, ein erstklassiger Vertreter der Generation seetüchtiger Schiffe, die nach dem Verlust von soviel Land durch das Abschmelzen der Polkappen ins Leben gerufen worden war. Und er hatte Angst, was ihm wohl bevorstehen mochte.

Wollten sie seinen Geist auseinandernehmen wie eine Zwiebel, Schicht für Schicht, mit einer in jahrhundertelanger Praxis erworbenen Geschicklichkeit? Man hatte das schon einmal mit ihm gemacht – wie lange war das her? Es konnte höchstens ein Jahr sein, aber ihm kam es vor, als liege es viel weiter zurück als die dreitausend Jahre, von denen Hoy gesprochen hatte.

Aber wenn sie das wieder versuchten, würde all das Wissen, das er auf seiner Reise über die Grenzen der Unendlichkeit hinaus angesammelt hatte, vielleicht auf immer verloren sein. Er würde den Unterschied zwischen sich und ihnen nicht mehr aufrechterhalten können. Er mußte es verhindern, und er hatte nicht die leiseste Ahnung, wie er das machen sollte.

Diese bittere Überlegung veranlaßte ihn, eine gründliche Bestandsaufnahme seiner Umgebung vorzunehmen. Er lag nicht auf einem offenen Deck. Er und die Leute in seiner Nähe waren von einer vollkommen durchsichtigen Blase eingeschlossen: unsichtbar, aber doch ein Käfig. Er streckte die Hand aus, und berührte es; es war, als hätte sich die Luft verfestigt. Die eine Seite der Blase wurde von der weißen Seitenwand der

Schiffsbrücke gebildet, und die einzige Tür, die hier eingelassen war, sah aus wie der Eingang in einen gepanzerten Bunker. Er verlor keine Zeit damit, nach Kameras und Mikrophonen und den versteckten Sensoren Ausschau zu halten, die auch noch die Sekretionen seiner Haut auffangen und analysieren würden. Er nahm als selbstverständlich an, daß sie vorhanden waren. Wieder einmal war er kein menschliches Wesen, sondern ein Anschauungsobjekt. Er konnte nur mit aller Kraft an seinem eigenen Ich festhalten ...

Aber wer war er? Was war er, der sich erinnerte, der Schwindler gewesen zu sein, der mit einer Erbin durchbrannte – der schiffbrüchige Fischer, der Anspruch auf die Hand der begehrtesten Jungfrau der Insel erhob – der Sklave, der durch die stürmische See schwamm, um Freiheit und Liebe zu erringen? Wer war der Mann, der die Unmöglichkeit durchquert hatte und heil nach Hause zurückgekehrt war?

Er wußte es nicht.

Aber vielleicht (am Rand seines Bewußtseins machte sich Mißtrauen breit) wußte er, wer die Frau war, die Anspruch auf ihn erhoben hatte.

Ein Schauder kroch ihm das Rückgrat hinunter, obwohl es nicht kalt war. Dieser Gedanke hatte etwas Ehrfurchteinflößendes.

»Gene, sieh mich bitte an!« sagte dieselbe Stimme.

Er erinnerte sich, daß er eine Zeitlang nicht einmal seinen Kopf hatte drehen können, und richtete, erfreut selbst über dieses geringe Maß an Freiheit, gehorsam den Blick auf den Mann, der sich über ihn beugte. Das Gesicht stimmte nicht – nein, genauer gesagt, die Aufmachung stimmte nicht. Er trug eine Schirmmütze und eine weiße Strickjacke, und er hätte doch einen braunen Samtschlapphut und ein fleckiges Wams tragen müssen ... Der Kapitän der venezianischen Galeere! Natürlich! Und Hoy reimte sich auf ›boy‹, und wo war Narbengesicht?

Es war ein ganz gräßlich unangenehmes Gefühl, als wäre er ein Satz schlecht ineinandergreifender Zahnräder.

»Ich lese in deinen Augen, daß du mich erkennst«, sagte der Mann leise. Gene konzentrierte sich bewußt, und es gelang ihm, zu antworten.

»Ja, Ihr seid der Kapitän«, antwortete er matt. »Ich habe Euren Namen nicht mitbekommen, als Ihr uns besucht habt. Warum seid Ihr eigentlich nicht gleich damit herausgerückt, wer Ihr seid?«

»Wann war das?« gab der Mann mit einem Seitenblick zurück. Hoy tauchte neben ihm auf. Immer noch keine Spur von Narbengesicht ...

»Nun, als Ihr uns all diese fremden Speisen gebracht habt ...« Aber während er sprach, entschlüpfte ihm die Erinnerung wie ein Traum. »Auf jeden Fall ist dies das falsche Schiff. Das Eure hatte Ruder, und Euer Segel war eingerollt, weil kein Wind war. Und Ihr habt unglaublichen Unsinn geschwatzt!«

»Zum Beispiel?«

»Nun, Ihr wolltet uns erzählen ...« Gene kniff vor Anstrengung die Augen zusammen, aber es nützte nichts. Vorstellungen, Wendungen, Bilder, die ihm in den Sinn kamen, verschwanden sofort wieder, gingen verloren hinter einer Wand, so dick wie die, die das Universum umgab. Er hörte sich immer und immer wieder sagen: »Es ist fest! Ihr müßt mich verstehen – ihr müßt!«

Der Mann zog die Augenbrauen hoch und warf wieder einen Blick auf seine Begleiterin Hoy, und nun kam endlich der dazu, den Gene in Gedanken immer noch Narbengesicht nannte ... aber er unterschied sich am stärksten von dem Mann, an den er sich erinnerte. Er trug eine wattierte Baumwolljacke, war dicklich und hatte ein eckiges Gesicht, und auf seiner Wange trug er die Narben, die Gene in Erinnerung hatte, aber die Löcher waren nicht Spuren einer Wunde, sondern einer

Krankheit. Auf jeden Fall war sein Gesicht jedoch fahlgelb, und seine Augen waren vom Epikanthus überschattet.

Er sagte: »Wir müssen sicherstellen, daß er weiß, mit wem er spricht.«

»Das weiß ich nur zu gut«, murmelte Gene. »Sie sind Professor Yiu – ha! Yiu wie ›you‹. Natürlich! Entschuldigen Sie. Schlechter Witz. Aber ich muß einfach etwas Komisches auf der Welt finden, sonst werde ich verrückt ... Und ...« – er kämpfte sich trotz der allzu weichen Couch zum Sitzen hoch, um den Kapitän direkt ansehen zu können – »und ich weiß auch genau, wer Sie sind: Benedict Shaw.«

»Das hast du also endlich akzeptiert«, murmelte der andere. Er hatte einen klaren, festen Blick. In Wirklichkeit hatte er nie einen braunen Samthut getragen.

»Woran erinnerst du dich noch?«

»An unendlich mehr als Sie, und wenn Sie eine Million Jahre alt werden.«

»Das ist nicht das, was ich wissen wollte«, gab Shaw geduldig zurück. »Du erinnerst dich an meinen Namen. Aber weißt du auch noch ... äh ... welchen Posten ich habe?«

»Ich hatte einen spitzen Pfosten. Habe damit diesen schlechten, salzigen Boden umgegraben.«

»Zu dir kommen wir gleich. Jetzt sprechen wir von mir.«

Auf einmal schien jeder weitere Widerstand sinnlos zu sein. Gene ließ sich auf die Couch zurückfallen.

»Sie sind der Chefpsychologe von Projekt Go.«

»Was ist das?«

»Es hat mit Schiffen zu tun.«

»Mit welcher Art von Schiffen? Mit Schiffen wie diesen? Oder mit Schiffen wie BOOT? Schau, da drüben liegt es.« Er zeigte hin.

Unwillkürlich drehte Gene den Kopf. Ja, da lag es vor

Anker, vor dem Westkap, an dem Strand, wo er und Stacy – wo sie ... Aber das konnte er nicht mehr ausdrücken.

Nachdem es neun Monate lang vor dieser Felsküste vor Anker gelegen hatte, war es ein wenig ramponiert, aber nicht stark beschädigt. Und es war auch nicht mehr allein. Zehn andere Schiffe hatten sich ihm zugesellt.

»Ich warte auf eine Antwort«, faßte Shaw sanft nach.

»Oh, zum Teufel ...« Gene fuhr sich mit der Hand über die Stirn. »Warum müssen Sie mich so drangsalieren?«

»Weil du akzeptiert hast, daß es notwendig werden könnte. Und jetzt sagen wir, daß es notwendig ist.«

Das war eine Logik, gegen die er nicht ankam. Er murmelte: »Wenn es eine Hölle gibt, besteht sie vielleicht darin, daß man alle seine Versprechen erfüllen muß.«

»Was?« – das kam von Hoy und Yiu gleichzeitig, während Shaw mit gerunzelter Stirn zu erfassen suchte, was damit gemeint sein könnte.

»Ach, lassen Sie nur! Natürlich weiß ich, was für Schiffe!« (Die nackten Metallrümpfe; der geruchlose Gestank künstlicher Luft; die Leere draußen; die rohe Kraft, die sie von der Sonne bezogen ... Sein Körper vergoß Ströme von Schweiß.) »Ebenso, wie ich weiß, wer ich bin, und wer Stacy war!«

»Dann sag es, Mann! Sag es laut!«

»Schiffe, mit denen man die Lichtgeschwindigkeit überschreiten konnte! Und wir waren Ihre einzigen, erfolgreichen Versuchskaninchen!«

Hoy schrie begeistert auf und umarmte Shaw und Yiu gleichzeitig, Shaw schob sie jedoch brüsk weg.

»Du sagtest: ›Wer Stacy war‹ ...«, hatte er gerade angefangen, als eine scharfe Stimme aus der Luft kam und ihn unterbrach. Der Schall ging nur in eine bestimmte Richtung, und Gene konnte die Stimme nicht deutlich hören, aber die anderen drei verloren sofort das Interesse an ihm, und Shaw erteilte eine Reihe knapper Anordnungen. Kurze Zeit später sah man am Strand ein unklares Durcheinander. Gleich darauf verschwammen die Rotoren des Helikopters, er hob schnell vom Sand ab und flog auf sie zu.

Gene ahnte etwas, und das Herz krampfte sich ihm zusammen. Unter Aufbietung aller Kräfte schob er sich seitlich von der Couch und stand schwankend auf. Niemand versuchte, ihn aufzuhalten. Es war ohnehin zu spät, er konnte nicht mehr tun, als er schon getan hatte. Vielleicht dreitausend – vielleicht eine Million Jahre zu spät ...

»Das Baby!« rief er aus. »Was ist ihm passiert?«

»Mit dem Baby ist alles in Ordnung«, sagte Shaw knapp. »Übrigens ...« – das klang versöhnlicher – »ist es ein Mädchen.«

»Was ist dann ...?«

»Wir wissen es nicht! Wir müssen warten!«

Tief in seinem Innern fand Gene ein Reservoir der Ruhe, und obwohl er wußte, daß das vielleicht auf Drogen zurückzuführen war, war er dankbar dafür. Ohne diese Hilfe hätte er zu toben begonnen. Schmerzlich starrte er den Helikopter an, der auf der anderen Seite der unsichtbaren Trennwand niederging. Die Tür flog auf, und man hob Stacy auf einer Bahre heraus.

Als er sie deutlich sah, verspürte er ein Entsetzen, das mit chemischen Mitteln nicht zu dämpfen war.

Denn ihr Gesicht war von einer Sauerstoffmaske bedeckt, und als die Bahre auf das Deck herabgelassen wurde, kletterte ein Techniker hinterher und bemühte sich, eine glänzende verchromte Elektrode auf ihrer nackten Brust festzuhalten.

»Ich sagte doch ›war‹, nicht wahr?« flüsterte er.

Shaw nickte, und sein Gesicht wurde kreidebleich.

Nach der Bahre wurde noch etwas aus dem Helikopter geladen, eine rechteckige Kiste mit einem weichen, aber festen, durchsichtigen Deckel, ein Brutkasten, der von zwei Schwestern begleitet wurde, und an dem viele Röhren und Instrumente befestigt waren.

»Laßt mich hinaus!« schrie Gene. »Ich muß zu ihr!«

Shaw, der wieder in die Luft gelauscht hatte, legte ihm eine Hand auf den Arm.

»Du kannst nichts tun, Gene. Es tut mir entsetzlich leid. Es sieht so aus, als könne niemand mehr etwas tun.«

»Was?« – er wollte nicht verstehen.

»Ihr Herz spricht nicht an. Sie wissen auch nicht, warum.«

Genes Hände sanken seitlich herab, in einer Geste, die ausdrückte, daß er völlig besiegt war. Er wandte sich ab und murmelte: »Ich schon. Ich sagte zu Hoy: Sie sind gekommen, um sie zu töten. Und das haben Sie getan.«

»Wir sind gekommen, um ihr zu helfen!« rief Hoy.

»Ihr zu helfen? Ihr zu *helfen?* Sie hat Ihre Hilfe nicht gebraucht. Sie hat genau das Richtige getan, um sich zu retten! Wenn Sie *mich* nur zu ihr gelassen hätten – sie hatte mir alles beigebracht ... Oh, ihr Idioten!« Seine Gedanken wurden mit Riesenschritten wieder klar, als sein Unterbewußtsein Möglichkeiten fand, Erkenntnisse in Worte umzusetzen. Hätten sie ihn nicht betäubt ...

Nein, es wäre in jedem Fall zu spät gewesen.

Außer Zorn klang auch ein Hauch von Resignation in seiner Stimme mit, als er fortfuhr:

»Sind Ihre Computer denn noch nicht dahintergekommen? Nein? Wozu taugen sie denn dann?« Er trat einen Schritt auf sie zu, und sie wichen gegen die unsichtbare Wand zurück.

»Nun ist Stacy tot, und Sie wollten mich nicht einmal ihre Hand halten lassen, als sie starb, und dabei wissen Sie nicht einmal, warum es passiert ist! Ich schon! Sie hat Ihnen eine Botschaft geschickt, auf dem einzigen Weg, den Sie ihr noch offengelassen haben, und Sie haben nicht darauf geachtet, weil Sie dachten, Sie wüßten schon alles – nicht wahr?«

»Wir haben nie behauptet ...«, begann Shaw. Gene fiel ihm ins Wort.

»Die Botschaft, die sie Ihnen geschickt hat, ist ihr Tod *im Kindbett!* Sie hat den Tod gewählt! *Gewählt,* verstehen Sie? Weil sie wußte, daß sie niemals in eine Welt zurückfinden konnte, die wir wirklich nennen, außer, sie gebar unser Kind dann, wenn es Zeit war – dreitausend Jahre in der Vergangenheit! Und Sie, Narren, die Sie sind, haben sie ins Hier und Jetzt zurückgezerrt, ohne sie auch nur um Erlaubnis zu fragen!

Und jetzt sitze ich auf dem trockenen, allein, ohne sie, ohne irgend jemanden, verlorener und verlassener, als es je ein Flüchtling war! Oh, *ich* habe nach Hause gefunden – sie hat mich geheilt, indem sie mich zurückließ, damit ich Ihnen die Botschaft erkläre, weil Sie alle zu beschränkt sind, um sie zu begreifen, und das weiß ich, weil ich um sie trauere! Ich kann wieder fühlen! Ich reagiere nicht mehr nur wie ein Roboter, und ich wünschte nur, ich könnte Sie so hassen, wie Sie es verdienen!« Mir zornigem Blick ballte er die Fäuste.

»Ich möchte Sie hassen, aus allen Gründen, die es im Universum gibt. Es ist mir egal, wieviel Zeit, wieviel Mühe, wie viele Leute Sie aufgewendet haben, um einen Weg zu den Sternen zu suchen! Sie hatten Ihre Chance, und soweit es mich betrifft, können Sie und alle anderen jetzt zum Teufel gehen! Sie haben mich dorthin geschickt, und jetzt haben Sie mir die Tür zugeschlagen, so daß ich nicht mehr fliehen kann! Weil ich nicht wage, Sie zu hassen – nicht nach dem Opfer, das sie für Sie alle gebracht hat! Ich würde sie damit verraten!«

Unvermittelt strömten ihm die Tränen über die Wangen. Er wandte sich der Wand der Schiffsbrücke zu und drückte seine Stirn gegen die glatte, weiße Oberfläche. Nach einer Weile fing er an, mit den Fäusten auf das lackierte Metall einzuhämmern, und stöhnte etwas, das sich anhörte wie eine Mischung aus all den Namen, unter denen er seine Geliebte gekannt hatte.

Und auch das wurde von den Maschinen pflichtschuldigst aufgezeichnet.

12

Der GEGENSTAND ist klein, unwissend und hilflos ...
aber lebendig.
Du und ich und jeder ist es, wie wir einmal waren.

Der MONAT ist jeder Monat.

Der NAME ist der seiner Mutter und deiner Mutter und auch der der meinigen.

»Hier ist also wieder ein Kind, das seine wirkliche Mutter nie kennen wird.«

Genes Worte hingen schwer in der Luft. Es war warm, aber in seinem Herzen herrschte ewiger Winter.

Nach einer schrecklichen Pause, bleischwer wie die Stille des Grabes, antwortete Shaw. Sein Gesicht war grau und hatte tiefe Falten, als sei er in einem einzigen Tag ein ganzes Leben gealtert.

»Ich wünschte, ich könnte glauben, daß du Unsinn schwatzt. Aber ich habe große Angst, daß du vernünftiger redest, als ich es begreifen kann, auch wenn du dich in Rätseln ausdrückst.«

Es war noch eine Stunde bis Sonnenuntergang, aber wegen der unvermeidlichen, versteckten Kameras warfen viele Lampen ihr helles Licht in die prächtige Kabine des Schiffs, wo Shaw, Hoy und Yiu Gene aus tiefen, bequemen Couchen gegenübersaßen. Wenigstens behandelten sie ihn wieder wie ein menschliches Wesen, anstatt ihn in einen gitterlosen Käfig einzusperren und ihn per Computer zu verhören, wovor er sich am meisten gefürchtet hatte.

Weil Stacys Tod sie beschämt hatte? Weil er richtig geraten hatte, als sie sich irrten, auch wenn sie ihn für verrückt hielten? Wer konnte sagen, was normal war, wenn so etwas noch nie zuvor geschehen war?

Zumindest machte Shaw einen kühnen Versuch.

»Du hast eine schöne Tochter«, bemerkte Hoy zaghaft. Sie schien noch sehr weit davon entfernt, zu verstehen. »Der Gynäkologe versichert uns, daß sie vollkommen gesund ist.«

Alle Augen wandten sich dem Brutkasten auf seinem glänzenden Metallwagen zu. Gene starrte durch die transparenten Deckel auf die verrunzelten Züge des Babys. Er hatte darauf bestanden, den Brutkasten so aufzustellen, daß er sie deutlich sehen konnte. Die anderen saßen in weniger günstigen Winkeln und sahen nur Lichtreflexe.

Er hatte auch darauf bestanden, daß bestimmte Dinge aus der Höhle geholt wurden, wo er sie während der vergangenen neun Monate wie eine Elster zusammengetragen hatte: ein Prospekt von einem Reisebüro aus dem letzten Jahrhundert, die bunten Fotos vom Seewasser verschmiert; eine Handvoll leerer Patronenhülsen aus einem Gewehr aus dem Zweiten Weltkrieg; ein viktorianisches Einmachglas, dessen Glasdeckel abgesplittert und dessen Gummidichtung längst verrottet war, aber dessen Drahtbügel trotz des Rosts noch intakt war; eine verwitterte Ikone, die er aus der halbversunkenen Kirche geholt hatte; der Griff eines Schwerts, dessen Klinge bis auf einen Stummel abgebrochen war; mehrere verzierte Tonscherben, die er mühevoll zusammengesetzt hatte, bis die ursprüngliche Form erkennbar wurde und einen Krug für Wein vermuten ließ; ein zerbrochener Ziegel, auf den SEP:IUL:CORN:LEG ... gekritzelt war, der Rest war nicht mehr vorhanden; und ein Fragment eines präklassischen Götzenbildes, ein halber Kopf mit einem Ohr, einem Teil des Kinns und geflochtenen Haaren, so sauber wie gut gepflügte Furchen. Alle diese Dinge waren Marksteine für das, was er und Stacy erlebt hatten.

Schließlich sagte der, der überlebt hatte: »Haben Sie schon herausgefunden, warum es sie und ich sein mußten und keiner von den anderen?«

Die anderen sahen sich an. Schließlich sagte Hoy: »Wir werten noch verschiedene Hypothesen aus.«

»Wissen Sie, was Sie mit Ihren Hypothesen ...« Aber Genes unwillkürlicher Zorn verflog, noch ehe er den Satz zu Ende gesprochen hatte. Müde verbesserte er sich.

»Nach dem, was ich eben sagte, hoffte ich, Sie hätten es erkannt. Aber Ihre Gedankern arbeiten offenbar so langsam ... Na schön, dann muß ich es eben ganz ausführlich erklären.

Sie waren nicht dafür verantwortlich, daß wir ausgewählt wurden, das gebe ich zu. Aber Sie hätten herausfinden müssen, warum sich Stacy und ich als widerstandsfähiger erwiesen als die anderen. Ich weiß natürlich, warum man uns gestattete, uns freiwillig zu melden. Alles war schiefgelaufen, als man kluge Leute wie zum Beispiel ausgebildete Wissenschaftler nahm. Deshalb würde man vielleicht mit jemandem Erfolg haben, der unwissend war, bei dem man sich darauf verlassen konnte, daß er reagierte, anstatt zu argumentieren.«

»Gene!« Hoy war halb aufgesprungen. »Das ist doch wohl kaum eine faire Beschreibung für euch beide!«

»Ja, auf Shanti paßt sie besser, was? Ich kann mich noch erinnern, daß wir eines Abends über sie sprachen. Aber das haben Sie ja sicher alles in Ihren Computeraufzeichnungen.« Er schickte ein säuerliches Grinsen hinterher.

Die anderen drei waren aufs äußerste gespannt, sie wußten, daß Gene allein jetzt vielleicht den Schlüssel zum Universum in Händen hatte und wollten unbedingt erfahren, was er sie lehren konnte, um ihnen bei der Planung künftiger Expeditionen zu helfen, aber sie wußten nicht, was sie gefahrlos sagen konnten, ohne ihn erneut in eine Realitätsflucht hineinzutreiben.

Yiu/Narbengesicht raffte sich verzweifelt auf und sagte vorsichtig: »Wenn du es herausgefunden hast, würden wir deine Ansichten gerne hören. Kannst du sie ausdrücken?«

Aus-drücken ...

Das Wort war /geschwängert/ mit Bedeutung. Gene sagte nachdenklich: »Kann ich Ihnen die Wahrheit vermitteln? Ich bezweifle es. Wenn Sie die unverzeihliche Dummheit begehen konnten, Stacy zu töten, dann sind Sie sicher auch zu vernagelt, um das zu kapieren! Ja, das sind Sie! Sie haben nicht gehört, was ich über meine – unsere – Tochter sagte!«

Aber auch nachdem die anderen stumme Rücksprache mit dem Computer gehalten hatten, der alles überwachte, was sich in der Kabine abspielte, warfen sie sich immer noch ratlose Blicke zu. Gene verlor die Geduld.

»Ach, holen Sie mir etwas zu trinken und einen Bissen zu essen, dann erkläre ich es Ihnen ... Ist *sie* schon gefüttert worden?« fügte er hinzu und zeigte auf das Bettchen.

»Ja, genauso, als ob Stacy ...«

Hoy biß sich auf die Lippe.

»Ich verstehe«, sagte Gene mit dick aufgetragener Ironie. »Sie haben einen Computer so programmiert, daß er synthetisches Kolostrum herstellte. Als ob eine Maschine, etwas, das wir geschaffen haben ... Schon gut. Das kann warten.«

Er lehnte sich zurück, schlug die Beine übereinander und starrte durch die Bullaugen auf die Silhouette der Insel hinüber, die fast die Form der Sphinx hatte, sie hatte ihm das Rätsel gestellt, das er unvermutet zu lösen gelernt hatte. Nach einer Weile begann er wieder lautlos zu weinen.

Später jedoch, nachdem er sein leeres Glas und einen Teller beiseitegestellt hatte, auf dem nur noch Krümel waren, sprach er ganz ruhig – ja, sogar nachdenklich, er wußte, daß alles, was er sagte, aufgezeichnet wurde, daß es von tausend Fremden analysiert und seziert werden würde. Aber daran war er gewöhnt.

»Ich habe immer wieder gesagt: ›Das Universum ist fest.‹ Haben Sie wenigstens begriffen, was ich damit gemeint habe?«

Die anderen nickten unsicher. Das ging über die Grenzen ihres eigenen Spezialgebietes hinaus, aber sie waren notgedrungen mit dieser Vorstellung konfrontiert worden.

Endlich sagte Shaw: »Ich glaube schon, aber es wäre uns lieber, wenn du es uns erklären würdest.«

»Was gibt es da zu erklären? Selbst auf der niedrigsten Ebene, unterhalb der Quarks, finden jedesmal, wenn ein Ereignis eintritt, das mehr als einen einzigen Ausgang nehmen kann, in Wirklichkeit alle Ausgänge statt. Dadurch wird der Kosmos in dem Sinn fest, daß in ihm kein Raum mehr für etwas anderes ist.«

Er zögerte und legte den Kopf schief, als bemühe er sich, eine Stimme an der Grenze des Hörbaren zu vernehmen, dann fügte er fast überrascht hinzu: »Hmmm! Vielleicht erklärt das, warum ich immer behauptete, dank meiner Vorfahren stelle sich mein Unterbewußtsein das Universum als einen Kontinent vor, den man überqueren könne ... bis ich erkannte, daß Stacy eine genau entgegengesetzte Sicht hatte, und sie hatte mindestens ebensogut überlebt wie ich, deshalb mußte einer von uns im Irrtum sein. Letzten Endes waren wir es natürlich beide, deshalb ...

Aber lassen wir das! Das kommt später, wenn ich Zeit finde, angemessen um sie zu trauern. Im Augenblick ist nur wichtig, daß damit erklärt wird, weshalb die Menschen so lange widerspruchslos hinnahmen, daß es unmöglich sei, die Lichtgeschwindigkeit zu überschreiten.

Allerdings hatten die meisten von uns auch nicht gedacht, daß es jemals notwendig werden könnte, es zu versuchen. Wir saßen auf unserem kleinen, aber ganz bequemen Planeten und mißbrauchten fröhlich seine Gastfreundschaft, so als seien seine Ressourcen unerschöpflich, wir führten Kriege, verschleuderten das Erbe unserer Kinder, als gehöre diese Welt nur einer Generation, und waren selbstgefällig davon überzeugt, der Rest des Universums sei viel zu weit entfernt, als daß man sich darüber Sorgen zu machen brauchte – abgesehen vielleicht von der Sonne, und solange die jeden Morgen aufging ...

Und dann ...« Gene lachte hart auf. »Wissen Sie, ich frage mich allmählich, ob sich vielleicht da draußen jemand entschlossen hat, uns eines besseren zu belehren!«

Er fürchtete plötzlich, er könne das Baby geweckt haben, und neigte sich zum Bettchen hin, aber die Kleine schlief friedlich, und er fuhr fort:

»Auf jeden Fall stellte sich heraus, daß die Sonne, die wir so lange für selbstverständlich gehalten hatten, ein veränderlicher Stern war, nicht wahr?

O ja, hinterher hatten sich die Experten, die mich und Stacy vor unserer Reise ausbildeten, alles zurechtgelegt: wie minimal die Schwankungen waren, wie lang die Schwankungsperioden, wie schwierig, das auch aus einer Entfernung von nicht mehr als ein paar Lichtjahren festzustellen war ... Trotzdem, es genügte, um die Welt zu verändern ...

Nicht nur, weil soviel Eis schmolz, daß der Meeresspiegel stieg und die Hälfte der Menschen auf dem Planeten umkam, entweder direkt deshalb, oder wegen der Kriege, die sie um das übriggebliebene Land führten. Wichtiger war, daß die Reichen und Mächtigen unter uns auf eine Weise erschreckt wurden, wie es noch nie zuvor geschehen war.

Die Raumfahrt war ein Spielzeug für die reichen Länder gewesen, nicht wahr? Sie schossen ihre Nachrichtensatelliten hinauf, sie träumten davon, im Weltraum eine Grenze zu ziehen, sie verwendeten ein wenig Zeit und Geld darauf, den Mond, die Venus und den Mars zu erforschen – aber sie erwarteten dabei immer, daß es sich auszahlte, wenn schon nicht in bar, so doch in Prestige. An das Überleben dachte in diesen längst toten Zeiten kaum ein Mensch. Oh, einige machten Pläne, um sich gegen die Gefahr eines Krieges abzusichern, aber nur eine Handvoll dachte darüber nach, wie man die menschliche Rasse am Leben erhalten konnte, falls eine kosmische Katastrophe über die Erde hereinbrach. Und dann, ganz plötzlich, unsere auch so zuverlässige Sonne ... Daher die Verzweiflung; daher der Meteorbergbau und die bemannten Raumflüge zu den anderen Planeten, die nur dazu dienten, zu bestätigen, daß man diese Welten niemals bewohnbar machen konnte. Daher letzten Endes auch das Projekt Go.«

Shaw beugte sich vor. »Es fällt mir schwer, das zu sagen, aber ich glaube, ich muß es tun. Alle unsere ersten Freiwilligen starben oder verloren den Verstand. Wäre es richtig zu sagen, daß auch du und Stacy das wurden, was man landläufig als wahnsinnig bezeichnet – wenn auch in weniger extremer Form – daß ihr aber gar nicht anders konntet, weil es keine Alternative gab?«

Gene sah ihn mit neuem Respekt an. Er sagte: »Jetzt sind Sie an der Reihe, etwas zu erklären. An Ihrem Gesichtsausdruck sehe ich, daß bisher weder Hoy noch Yiu kapiert haben.«

Die anderen nickten zustimmend, und Shaw lehnte sich betroffen zurück und starrte ins Nichts.

»Ich werde tun, was ich kann, aber wie soll ich es in Worte fassen ... Ach ja! Es gab eine Frage, die niemand stellte.«

»Ich höre«, ermunterte ihn Gene.

»Nun – was wird aus dem ›Ich‹, wenn es etwas tut, was für unmöglich gehalten wird?«

Schweigen trat ein und wurde erst gebrochen, als Yiu ausatmete.

»Ach ja. Ach *ja!* Aber warum ihr beide?«

»Weil wir, genau wie sie«, sagte Gene geduldig und legte seine Hand auf den Brutkasten, in dem seine Tochter lag, »nur einen wahren Elternteil kannten.«

»Wie wirst du das Baby nennen?« erkundigte sich Hoy, die eine blitzartige Erleuchtung hatte. »Nach seiner Mutter?«

»Ich hatte daran gedacht, nachdem jemand mir sagte, daß Anastasia ›Auferstehung‹ bedeutet. Aber – nein. Nach *meiner* Mutter, und nach Stacys Mutter.«

»Aber du bist Waise!« Yiu schüttelte verwirrt den Kopf. »Und sie war es auch. Wie willst du denn das Baby nennen?«

»Nach meiner Mutter! Das habe ich Ihnen doch eben gesagt! Und nach der Ihren und nach jedermanns Mutter! Nachdem Ihnen nun die Waisen eingefallen sind, müßten Sie doch dahinterkommen, warum nur sie und ich gesund und teilweise normal zurückkehrten. Wenn nicht, besteht wenig Hoffnung für die Menschheit.«

Er musterte sie mit provozierendem Gesichtsausdruck. Als er merkte, daß Yiu in seiner Verwirrung wieder die Hilfe der allgegenwärtigen Computer anrufen wollte, hielt er ihn mit einem zornigen Blick zurück.

»In Himmels Namen, Mann! Haben Sie denn so gründlich verlernt, selbst zu denken! Dann sollten wir das Universum vielleicht doch den Maschinen überlassen wie Suleyman!«

»Ihr habt über ihn und über all die anderen gesprochen, nicht wahr?« bohrte Hoy, die sich plötzlich an etwas erinnerte.

»Ja, natürlich. Warum?«

Sie legte eine Hand an die Stirn. »Ich habe es fast, aber es entschlüpft mir immer wieder ... Deine Mutter und die unsere, und auch die ihre ... – Sekunde! Du sagst, du hast überlebt, *weil* du Waise bist, und das gilt auch für Stacy?«

»Galt« – mit einer Stimme, die knirschte wie aneinanderreibende Eisschollen.

»Galt«, gestand sie zu. »Entschuldige. Aber habe ich richtig geraten?«

»Ich weiß noch nicht, was Sie geraten haben.«

Sie biß sich auf die Unterlippe. »Na schön. Ich werde tun, was ich kann ... Obwohl so viele Angehörige der menschlichen Rasse nach dem Ansteigen der Ozeane elternlos zurückgeblieben waren, wählten wir von Projekt Go Leute, die von Anfang an eine stabile Kindheit erlebt hatten. Offenbar haben wir stillschweigend vorausgesetzt, daß sie besser imstande sein würden, die neue Erfahrung zu verkraften. Aber du und Stacy, ihr seid in viel besserer Verfassung zurückgekehrt als sie, auch wenn ihr euch schließlich entschlossen habt, auszureißen und euch zu verstecken ... Willst du behaupten, daß das unser Hauptfehler war?«

»Natürlich.« Gene sagte es über die Schulter, während er sich noch etwas zu trinken einschenkte. »Der schlimmste Fehler, den Sie machen konnten. Wer will denn, wenn er damit rechnen muß, sein Leben oder seinen Verstand zu verlieren, einen Elternteil zurücklassen, der gütig und vertrauenswürdig war? Erst als Sie den Bodensatz zusammenscharrten – erst als Sie so viele Fehlschläge erlitten hatten, daß jeder Durchschnittsmensch aufgegeben hätte – war Projekt Go gezwungen, sich an Leute wie mich und sie zu halten. Keiner von uns kannte je eine andere Mutter als die Erde selbst.«

»Und wie soll nun deine Tochter heißen?« erkundigte sich Shaw.

»Terra.«

Und alle bildeten sie sich ein, er habe ›Terror‹ gesagt.

Aber das wäre in einer Hinsicht dasselbe gewesen.

Später:

»Ihr habt ständig von den – von denen gesprochen,

die es nicht geschafft haben«, murmelte Shaw. »In unseren Aufzeichnungen wird andeutungsweise ein Muster erkennbar, aber ich sehe es nicht, keiner von uns sieht es, selbst für unsere besten Computer ist es zu fein gesponnen. Ich habe den schrecklichen Verdacht, daß sich dieses Muster letztlich als ebenso offensichtlich herausstellen wird wie der Zusammenhang zwischen der Tatsache eurer Elternlosigkeit und der, daß ihr überlebt habt, sobald du es uns zeigst ... aber das mußt du tun.«

»Ich sage noch einmal: wer will schon liebende Eltern zurücklassen? Und welche Motive gibt es denn, sich ins Unbekannte zu wagen?«

»Ach so!« sagte Shaw, und es klang wie ein Seufzer. »Jetzt weiß ich Bescheid. Endlich habe ich begriffen. Ihr habt diese Motive eines nach dem anderen einer Revision unterzogen.«

»Wenn ich nur erkannt hätte, daß Sie das nicht verstanden haben ...«, murmelte Gene. »Aber das ist nicht zu ändern. Die Zeit können wir noch immer nicht zurückdrehen, obwohl ich zu glauben wage, daß eines Tages ... Ach, aber es dauert sicher sehr lange, das zu lernen. Wahrscheinlich wird uns das keine der bisherigen, wissenschaftlichen Errungenschaften zeigen. Bis dahin sind Stacy und ich schon vergessen, und Sie auch.«

Er leerte sein Glas und stellte es ab.

»Ja, wir haben die Gründe erfahren – nicht geplant oder durchdacht, sondern einfach durchlebt – die es gibt, um von zu Hause wegzugehen. Fragen Sie Ihre Computer, wenn Sie nicht mehr wissen, in welcher Reihenfolge! Für mich ist das heute alles so klar wie gestern.«

Auch wenn gestern vor dreitausend Jahren gewesen sein kann ... Schwindel erfaßte ihn. Es ging vorüber. Er wartete, daß jemand anderer das Wort ergriffe und erinnerte sich dann, daß er seiner Gattung noch etwas schuldig war.

Ein Wispern erfüllte die Luft, das nicht für ihn bestimmt war. Hoy sagte: »Zuerst habt ihr von Suleyman gesprochen!«

»Der aufbrach, um Gewißheit zu finden«, brummte Gene. »Und die ist nicht gestattet – nicht einmal für Maschinen.«

»Dann kam Ingrid!« fauchte Shaw.

»Verehrung. Und Götter und Göttinnen, die scheitern, werden verachtet.«

»Als nächstes kam Cedric«, sagte Hoy und runzelte die Stirn. »War nicht auch er auf der Suche nach Gewißheit?«

»In gewissem Sinne ja. Aber er wollte sie in seinen eigenen Überzeugungen finden. Kein Glaube kann jemals zufriedenstellen. Er wird immer von Unwissenheit untergraben.«

»Ach, das ist doch absurd!« platzte Yiu heraus. »Ihr habt diese Leute nie kennengelernt, im Gegensatz zu uns. Wir haben sie angeworben, wir haben sie ausgebildet, wir haben sie so umfassend vorbereitet, wie wir nur konnten! Was du über sie sagst, gründet sich nur auf ... auf Vermutungen!«

Gene starrte ihn mit steinerner Miene an. Er sagte: »Es sind schon lange keine Vermutungen mehr – seit mindestens tausend Jahren. Als wir das erstemal spürten, warum wir ziellos in der Zeit dahintrieben.«

»Du meinst, ihr wußtet ...«, begann Yiu. Gene fiel ihm ins Wort.

»Erst ganz am Ende. Ich sagte ›spüren‹! Muß man denn auch noch das letzte, dumpfe Gefühl noch in Worte fassen?«

»Laßt uns die Liste beenden!« schlug Shaw beschwichtigend vor und legte Yiu die Hand auf den Arm. »Shanti?«

»Trägheit. Ein leichtes Leben!«

»Von ihr haben wir schon gesprochen«, sagte Hoy und biß sich auf die Unterlippe. »Aber wer kam als nächster?« Sie horchte in die Luft. »Ach, natürlich! Giacomo!«

»Über ihn habt ihr an dem Tag gesprochen, als wir beschlossen, einen persönlichen Besuch bei euch zu wagen«, sagte Shaw. »Wir machten uns Sorgen wegen Unterernährung. Wir hatten BOOT mit einem reichlichen Proviantvorrat versehen, aber ihr schient diese Lebensmittel zu verschmähen und euch lieber an das wenige zu halten, was ihr anbauen oder fangen konntet. Manches von dem, das ihr euch hinuntergezwungen habt ... Hmmm! Das ist noch ein Punkt, den ich gerne klar gestellt hätte. So viele von euren ... euren ›Episoden‹ schienen sich um Essen zu drehen.«

Gene starrte ihn völlig verständnislos an. Endlich sagte er: »Aber im Weltraum gibt es keine Nahrung. Diese Welt ist es doch, die uns immer ernährt hat: Mutter Erde!«

»Und doch bleibt die Sonne unsere Energiequelle!«

»O ja: sozusagen der Vater, der uns in einen Mutterschoß aus Urschlamm gezeugt hat. Aber empfinden Sie das als wahr? Absorbieren wir rohe Energie, wie die Pflanzen – oder wie Suleymans Maschinen?«

Eine Sekunde lang bohrten sich Shaws und Genes Blicke ineinander; dann sagte Hoy: »Ich empfinde es nicht, nicht in dem Sinn, wie er es meint, und ich bezweifle, daß jemand anders es kann. Das ist etwas, was man mit dem Intellekt akzeptiert ... Aber wir sprachen von Giacomo, nicht wahr?«

»Der vielleicht als einziger ein edles Motiv hatte«, seufzte Gene und griff nach seinem Glas.

»War nicht in allen Fällen ein edles Element vorhanden?« hielt Yiu dagegen. »Ist Selbstaufopferung nicht auch etwas Edles?«

»Manchmal«, antwortete Gene düster, »geht sie auf nichts Edleres als Verzweiflung zurück ... Aber er war eine echte Forschernatur, zugegeben. Sie, die Sie ihn kannten, haben es uns erzählt. Das Streben, Neues zu entdecken, ist, verglichen mit einigem anderen, worüber wir gesprochen haben, ein ziemlich reiner Trieb.«

»Ich ...« Yiu zuckte die Achseln und lehnte sich zurück. »Na schön, ich akzeptiere das. Bitte sprich weiter!« Mit schiefgelegtem Kopf fragte er noch einmal die Daten ab, die die Computer lieferten. »Als nächstes kam Hedwig.«

»Ach ja, die Missionarin. Das sagt alles.«

»Was?«

»Denken Sie darüber nach!« Gene beugte sich vor, um sich zu vergewissern, ob das Baby immer noch schliefe. Es war der Fall, obwohl sich das Gesichtchen langsam unzufrieden verfinsterte.

»Aber sie war doch sicher von einem hohen Ideal erfüllt ...«

Yiu brach verwirrt ab. Hoy und Shaw hatten gelacht.

»Diesmal zumindest«, sagte Hoy, »verstehe ich, worauf Gene hinauswill. Wenn jemand davon träumt, das ganze Universum zu verändern, um es einer Reihe örtlich begrenzter Vorurteile anzupassen ... Ach, es ist lächerlich!«

»Eine Missionarin«, wiederholte Gene mit einem feierlichen Nicken. »Per definitionem: eine Person, die, ohne es zu wollen, mehr Schaden als Nutzen bewirkt.«

»Das Urteil der Geschichte«, seufzte Shaw und beschloß, es Gene nachzutun und noch ein Glas zu trinken. »Ingrid hatte natürlich einige der gleichen Merkmale. Jetzt, wo ich darüber nachdenke, begreife ich auch, wo ihr euch ihre Geschichte hergeholt habt.«

»Ich verstehe nicht«, sagte Gene blinzelnd.

»Zur Abwechslung einmal du ... Sri Lanka, wenn du es wissen willst. Vor über zweitausend Jahren gab es einen König auf der Insel, der riesige Flächen bewässerte, so daß dort alles gedieh, nur keine Menschen. Ehe er seine Speicher bauen ließ, gab es keine Moskitos. Sie kamen, sie vermehrten sich, und sie verbreiteten die Malaria. Sein Königreich ging zugrunde.«

Gene lachte leise. »Nun, das beweist, was ich allmählich schon vermutete: ganz gleich, von welcher fernen Welt wir sprachen, es ging immer um die Erde – immer, weil wir keine andere Welt kennen.«

»Missionare benehmen sich, als würden sie eine andere kennen«, sagte Hoy in düsterem Ton. »Sprich weiter, Gene! Du hast uns noch immer nicht erzählt, was ihr über Pedro dachtet.«

»Der arme Kerl! Mit seiner offenen, schamlosen Habgier!« Gene schien sich zum erstenmal seit Beginn dieses Verhörs zu entspannen. »Gibt es denn ein grausameres Schicksal, als einen Handel mit noch nie dagewesenen Waren anzufangen und dann festzustellen, daß kein Markt dafür vorhanden ist?«

Hoy sagte nachdenklich: »Bisher hast du von Forschern, Missionaren und Kaufleuten gesprochen, aber ...«

Yiu unterbrach ihn, nachdem er noch einmal mit Hilfe der Computer sein Erinnerungsvermögen aufgefrischt hatte. »Ich möchte deine Ansicht über Naruhiko hören! Er war der nächste.«

»Noch ein weiteres Motiv auf der Liste: Eroberungsdrang.«

»Aber der Geschichte nach, die du und Stacy erzählten ...«

»Hat er am Ende gar nichts erobert? O nein! Er hat. Er konnte gar nicht anders.«

»Was denn?«

»Sich selbst.«

Der Wagen, auf dem der Brutkasten stand, war mit Mikrophonen ausgestattet, die jeden Laut aufnehmen sollten, den das Kind von sich gab. Jetzt übertrugen sie ein Wimmern, und Gene fiel sofort neben dem Bettchen auf die Knie. Aber die Kleine hatte sich nur im Schlaf bewegt, und einen Augenblick später setzte er sich wieder.

»Damit bleibt nur noch Olga«, sagte Shaw. »Ich sehe nicht, wie sie in das Muster hineinpaßt, das du aufzeichnest. War sie vielleicht eine Ausnahme von der Regel?«

»Es gibt keine Ausnahmen«, gab Gene zurück. »Das Universum umschließt jedes mögliche Ereignis, und Ereignisse umschließen alle unsere Gedanken, weil wir im Universum sind. Ich weiß es noch immer nicht sicher – wahrscheinlich werde ich es nie erfahren – ob ich in irgendeinem Sinne ›dachte‹, während ich da ... *draußen* war.«

Eine Weile waren sie von der Absolutheit dieses ›*Draußenseins*‹ überwältigt. Schließlich kehrte Shaw zum Thema zurück.

»Aber nach dem, worüber du dich mit Stacy unterhalten hast, suchte sie doch ...«

»Nach etwas, was außerhalb des Universums lag? O ja! Aber als man sie fand, war sie wahnsinnig, wissen Sie noch? Als man das Schiff, in dem sie geflogen war, einfing und öffnete.«

Bei diesem Hinweis auf das Schicksal so vieler Pioniere spürten sie alle die Kälte, von der auch Gene durchdrungen war, seit er von Stacys Tod erfahren hatte, und die schon lange die von den Drogen aufgerichteten, geistigen Stützen zerfressen hatte. Keiner von den anderen war über die Schranke der Lichtgeschwindigkeit hinausgeschleudert worden, aber sie waren alle während der verzweifelten Suche nach dem Sternenflug im Weltraum gewesen; sie hatten die Belastung ertragen, sich im Wachen wie im Schlafen bewußt zu sein, daß nichts sie vor dem Tod im Vakuum schützte außer einem dünnen Metallrumpf, den irgendein schnelles, massives Teilchen von irgendwoher durchschlagen konnte ... Und Shaw sagte: »Du hast gefunden, wonach sie suchte. Du hast es überlebt. Und dann kamst du ...«

»Zurück zu unserer Mutter«, antwortete Gene.

»Ich glaube, jetzt verstehe ich endlich.«

»Mehr als ich!« grummelte Hoy.

»Und ich!« sagte Yiu.

»Jetzt hört einmal zu!« fuhr Shaw auf seine Kollegen los und schlug sich mit der Faust in die Handfläche. »Das Schiff, in dem sie flogen – zuerst Stacy, dann Gene – es hat doch die Lichtgeschwindigkeit überschritten, richtig?«

»Und es war das erste, das, als wir es einfingen, noch so weit in Ordnung war, daß man es wiederverwenden konnte«, sagte Hoy. »Das wissen wir alle! Na, und?«

»Folgendes: Gene hat klargemacht, daß er, sein Ego, seine Identität, sein ›Ich‹ – während der Reise aus der Existenz gedrängt wurde und nach Hause finden mußte! Und bei Stacy war es ebenso!« Shaw schnatterte jetzt fast, so stark berührte ihn die Erkenntnis, die ihm kein Computer hätte liefern können.

»So weit, so gut«, sagte Gene mit schwerer Zunge. Er hatte sich sein Glas noch einmal gefüllt, suchte Schutz vor dem vollen Bewußtsein, daß er seine Liebste verloren hatte ... aber in gewissem Sinne war sie noch bei ihm, und bei allen – Oh, wie paradox!

Shaw sprang auf und zeigte auf die Gegenstände, die Gene in die Kabine hatte bringen lassen.

»Sie *mußten* vor uns weglaufen! Wir haben sie doch verhört, nicht wahr, sie immer und immer wieder nach Informationen ausgequetscht, die sie noch nicht in Worte fassen konnten? Erinnert ihr euch, wie hilflos und verwirrt sie auf unsere Fragen antworteten und ihrerseits fragten, wieso wir denn ihre Antworten nicht verstanden? Ich dachte, wie alle anderen auch, sie seien verrückt, als sie flohen, weil es weder auf der Erde noch außerhalb davon einen Platz gab, wo sie unserer Überwachung entgehen konnten, aber jetzt glaube ich, daß es vernünftig war, sich diese Insel als Zufluchtsort zu wählen, denn sie bildet ein Verbindungsglied zu allen unseren Wurzeln – ein kahles, steiniges, unbedeutendes

Stück Land, aber voll von Relikten, ein Gegenstück zu diesem, unserem Planeten, dessen Geschichte in seine Felsformationen eingegraben ist!«

»Aber warum?« fragte Yiu.

Ein Sekunde lang blickte Shaw ihn wütend an. Gene unterbrach ihn und stand auf.

»Es ist nicht zu ändern. Es ist eben so. Bis zu dieser Generation sind alle Reisenden, die sich jemals auf den Weg machten – sogar die Besatzungen der Schiffe, die wir zum Mars, zur Venus und zu den Jupitermonden schickten – unter immer die gleichen, einfachen Kategorien gefallen, wie wir sie gewöhnt waren, und wie Stacy und ich sie besprochen haben. Die meisten waren Forschungsreisende, die begierig waren auf neues Wissen; einige suchten nach neuen Welten, die sie glaubten besiegen zu können; manche hofften auf Gewinn; einige langweilten sich einfach im normalen Leben, oder sie hatten Angst davor.«

»Aber wenn man so wenig Geduld hat wie wir, dann gibt es nur eine Möglichkeit, um einen anderen Stern zu erreichen. Man muß einen Weg beschreiten, der aus dem Universum hinausführt. Es ist zu machen, und ich bin der – lebende – Beweis dafür ...

»Aber wo gibt es außerhalb einen Platz für den Geist?«

Während sie eine Antwort auf die nicht zu beantwortende Frage suchten, die Shaw gestellt hatte, deutete Gene auf jedes der Relikte, die er hatte herbringen lassen.

»Deswegen ...« – der Prospekt – »konnten Stacy und ich eine vergangene Zeit voll Luxus und Erholung durchleben, in der noch niemand Angst davor hatte, was die Sonne tun könnte, sie verursachte höchstens einen Sonnenbrand!

Durch diese ...« – die leeren Patronenhülsen – »wurden wir daran erinnert, wie so viele Menschen vor dem Krieg davonliefen, als Flüchtlinge! Als wir dies fanden ...« – das Einmachglas –, »mußten wir daran denken,

Pläne für morgen, für den nächsten Winter oder das nächste Jahr zu machen. Und was das angeht ...« – er nahm die Ikone und hielt sie sich wie einen Schild vor die Brust –, »sie hat uns gezwungen, eine leere Insel neu zu bevölkern! Sie sind damals gekommen, Sie haben uns gesehen *und haben es nicht begriffen!*«

Er keuchte, so gewaltig war die Wahrheit, die er sich zu vermitteln bemühte. Shaw sagte mit dünner Stimme: »Das ist wahr, und ich schäme mich. Vor allem konnten wir nicht begreifen, daß die Menschen, denen ihr die ganze Zeit ›begegnet‹ seid, alle einmal wirklich gewesen waren. Ich habe immer noch nicht die leiseste Ahnung, wieso, aber wir haben alle Unterlagen über diese Insel studiert, die die Flut überlebt haben, und fanden darin einen Namen nach dem anderen, der mit dem übereinstimmte, was wir über die Mikrophone in eurer Höhle gehört hatten: Hamilton, Kreutzer, Osman, Cornax – Griechen, Deutsche, Briten, Türken, Römer ... Ihr könnt unmöglich aus diesen unbedeutenden Relikten ...« – er klopfte auf den Tisch – »erfahren haben, wer sie waren und wann sie nach Oragalia kamen!«

»Ich hätte Ihnen erzählen können, wie es dazu kam, wenn Sie uns in Ruhe gelassen hätten!«

Gene legte die Ikone nieder und schluckte krampfhaft. »Nun, das haben Sie und Ihre verdammten Maschinen eben nicht getan – Lassen wir es gut sein, es ist zu spät. Meine Frau ist tot, und ich wage nicht, um sie zu weinen, aus Angst, Terra zu wecken.«

Alle saßen still und merkten auf, weil mit diesem Namen von alters her soviel verbunden war.

»Damals wußten wir, welchen Weg wir beschreiten mußten, um nach Hause zu gelangen; keinen, den man wählt, sondern einen, von dem man sich führen läßt. Mit einer Kraft, so unwiderstehlich wie der Hunger, leiteten uns unsere Instinkte blind eine Straße entlang, die wir uns nie vorzustellen gewagt hatten, wie wilde Tiere auf der Spur einer Beute! Sich wehren? Genausogut konnte man sich gegen einen Wirbelwind wehren! Und alles, woran wir uns orientieren konnten, war dieses Gerümpel! Sehen Sie sich das an ...« – der Schwertgriff – »und denken Sie an den Haß und den Wahnsinn, die damit verbunden sind! Denken Sie an die falschen Überzeugungen, die den beseelten, der es, seines Glaubens ganz sicher, schwang!«

Er zitterte jetzt noch stärker.

»Und doch ist dieser Wahnsinn wahres Wissen, trotz alledem! Wir fanden unseren Weg dorthin ...« – er berührte die Scherben des zerbrochenen Kruges – »und ahnten allmählich die grundlegenden Tatsachen.

Und Sie haben uns an etwas gehindert, als Sie mit Ihren sturen Vorurteilen und Ihren stählernen Maschinen hereinstürmten ... Sie haben uns daran gehindert, *unsere Heimreise zu vollenden!*«

»Willst du damit sagen«, sagte Hoy schwach, »daß wir den anderen das gleiche angetan hatten, nur schlimmer?«

»Hurra!« krähte Gene – und machte sich gleich darauf Sorgen, er könne das Baby geweckt haben, aber die Kleine zuckte bei dem Geräusch nur ein wenig zusammen.

»Du meinst, die Freiwilligen, die überlebt haben, hätten ... hätten wieder normal werden können, wenn wir sie in ihrer Verrücktheit einfach in Ruhe gelassen hätten?« klagte Yiu. »Da komme ich überhaupt nicht mehr mit!«

»Das ist offensichtlich«, seufzte Gene. »Aber versuchen Sie doch, den Rest des Weges mit mir zu gehen.«

Er legte die Hand auf den Ziegel mit der lateinischen Inschrift. Sofort sagte Hoy eifrig: »Die Assoziation zu Eroberung und Machtergreifung verstehe ich, aber was dann kommt, fehlt mir.«

»Gut. Es hatte auch nichts damit zu tun.«

Verdutzt blinzelte sie ihn an, und er stampfte zornig mit dem Fuß auf.

»Hören Sie doch auf meine Worte! Öffnen Sie Ihren Geist und lassen Sie die Wahrheit einströmen! Wir hatten uns schließlich zu Begriffen wie Besiedlung und Besetzung vorgearbeitet – nicht Eroberung, sondern anderswo leben! Ist das deutlich genug, oder muß ich es ständig wiederholen?«

Unter seinem bösen Blick wich Hoy eingeschüchtert zurück. Die Kraft seiner Wut und seiner Enttäuschung schien die Atmosphäre zum Knistern zu bringen, so als entlüden sich unsichtbare Blitze.

»Dir danke ich schließlich noch! Eines ist noch übrig.« Er hob das zerbrochene Götzengesicht auf und küßte es.

»Sie müssen einsehen, daß wir auf diesen Planeten gekommen sind, als wären wir selbst Kolonisten. Schön, wir haben uns hier entwickelt, aber in dem Augenblick, als sich unsere Phantasie entfaltete, lösten wir uns von den Beschränkungen, die den niedrigeren Tieren auferlegt sind. So wurden wir einsam, verirrten uns in der Zeit, wie es sonst keinem Geschöpf auf Erden geschehen konnte. Wir taten, was wir konnten, um den gewachsenen Fels in etwas zu verwandeln, womit wir wie mit einer anderen Person sprechen konnten; wir suchten Zufallsähnlichkeiten in Holz und Stein, und schließlich meißelten wir Götzenbilder. Hier ist eines.« Er legte es wieder hin und ging, beide Hände zu Fäusten geballt, in der Kabine auf und ab.

»Oh, ich sehe es so deutlich und kann es doch nicht vermitteln! – Lassen Sie mich einen letzten Versuch machen. Ich bitte Sie alle, über den Begriff ›Ablehnung‹ nachzudenken.«

Shaw spannte sich. Er sagte: »Das ist sonderbar! Dieses Wort haben auch die anderen benützt – alle –, und mir ist eben erst aufgefallen, daß ich es von dir noch nie gehört habe ... und von Stacy auch nicht«, fügte er hinzu, als sei es ihm peinlich, ihren Namen zu erwähnen.

»Sie können nicht ›alle‹ sagen«, verbesserte Gene in

eisigem Tonfall. »Suleyman und Ingrid wurden tot geborgen.«

Shaw hielt seinem Blick stand. »Wir hatten die Bänder«, murmelte er.

»Ja. Ja, natürlich. Entschuldigen Sie; bitte, fahren Sie fort!«

»Über die Ablehnung? Kann es denn eine stärkere Ablehnung geben, als wenn man gezwungen wird, sich aus dem Universum hinauszubegeben?«

»Jetzt endlich«, sagte Gene, »haben Sie verstanden.«

Die Sonne ging unter, während die Worte nachwirkten. Endlich regte sich Yiu und seufzte. »Du bist aber schon einmal abgelehnt worden – und Stacy auch. Endlich verstehe ich, was die Bemerkung über deine Tochter zu bedeuten hatte. Es ist nicht rational, aber es ist eine Tatsache: die einzige Ablehnung, die man damit vergleichen kann, ist, wenn ein Elternteil vor oder bei der Geburt stirbt.«

»Da draußen«, sagte Gene, »ist das nicht mehr von Bedeutung. Aber die Erde, deine Mutter, und die Sonne, dein Vater – sie sind es, zu denen du, der verlorene Sohn, zurückkehren mußt.«

»Und um Verzeihung bitten?« flüsterte Hoy.

»In der Tat, ja. Und eine Frage bleibt noch, die Sie nicht gestellt haben. Ich glaube, Sie wissen auch, welche. Ich glaube, Sie haben Angst, sie mir zu stellen.«

Er wartete.

Endlich regte sich Shaw, ohne ihn anzusehen. Er sagte: »Es könnte diese sein. Wer waren die Leute, die eure ... eure ...«

»Phantasien?« schlug Gene spöttisch vor.

Shaw schüttelte den Kopf. »Ich muß zugeben, daß bei Reisen aus dem Universum hinaus die herkömmliche Trennung zwischen dem, was wirklich war, und dem, was nicht wirklich ist, unsinnig ist. Es wird Jahre dauern, bis wir die Folgen dessen, was du uns erzählt hast, verdaut haben. Ich frage nach ...« Er mußte krampfhaft schlucken. »Ich frage nach den Leuten, die euch in anderen Epochen als wirklich erschienen sind. Wie konnten sie so vollkommen einer Vergangenheit entsprechen, die ihr vorher nie erforschen konntet, deren Spuren seit der Flut so selten und so schwer zu finden sind, daß keiner unserer Archäologen eurer Sicht widersprechen kann? Ihr habt sogar Seeleute aus der venezianischen Epoche erfunden, um uns zu verkleiden, als wir direkt vor euch standen!«

»Ich weiß nicht, wie ich darauf antworten soll.« Gene runzelte die Stirn, tiefe Furchen bildeten sich zwischen seinen Augen. »Ich kann nur ...« – mit einem Seitenblick auf Yiu – »eine Vermutung wagen. Auf dieser Insel haben sich schon immer die Straßen der Welt gekreuzt. Ich glaube, es könnten ... nun, es könnten Vorfahren gewesen sein.«

»Tatsächlich?« hakte Hoy ein. »Leibliche Vorfahren?«

Er sah sie nicht an. »Vor einer gewissen Zeit ist das in keiner Weise mehr von Bedeutung. Alle unsere Vorgänger sind auch unsere Ahnen.«

»Dafür sind dreitausend Jahre eine viel zu kurze Zeit!«

»Natürlich.« Gene schenkte ihr den Schatten eines Lächelns. »Aber anscheinend liegt es uns so nahe, wie es die Naturgesetze erlauben.«

»Du meinst, in eine nähere Zeit konntest du nicht zurückfinden?«

»Aha! Endlich nehmen Sie mir ab, daß das, was ich sage, wahr ist!«

Sie biß sich auf die Lippen, die Hände in ihrem Schoß zuckten, und sie sagte: »Die Zeit, während der du und Stacy außerhalb des Universums wart, entspricht ...«

»Nicht raten; rechnen! Oder lassen Sie das Ihre Computer machen. Unsere Reisen wurden sorgfältig kontrolliert: wir flogen mit demselben Schiff, gleich lang, wenn auch nicht miteinander, und damals betrugen die

Schwankungsbreiten nur noch Bruchteile von Mikrosekunden. Aber weil die Brücke des Denkens, die wir zwischen dem Urzustand und den Schiffen, die das Unmögliche durchqueren können, gebaut haben, so zerbrechlich war, mußten Stacy und ich *einen Umweg von dreitausend Jahren* über die Vergangenheit machen, ehe wir uns wieder an das Kontinuum des menschlichen Erlebens anschließen konnten. Das hätten wir jedenfalls getan, wenn man Stacy gestattet hätte, unser Kind zu gebären.«

»Warum?« Hoy sprang mit einem Satz auf. »Was ist so Großartiges an einer Geburt? Jedes Jahr werden Millionen von Babies geboren!«

»Weil ...« – er erwiderte ihren Blick unverwandt – »es jedesmal, wenn es geschieht, ein Wunder ist. Es ist unsere einzige Möglichkeit, eine Verbindung zwischen der Vergangenheit und der Zukunft herzustellen. Es hebt uns aus der Zeit heraus, wenn wir ein Kind aufziehen, das uns überleben wird. Und es mag Ihnen gefallen oder nicht, die tiefsten Schichten unseres Unterbewußtseins halten diese Wahrheit für größer als jede andere.«

»Aber nun, wo wir schneller fliegen können als das Licht ...«

»Hat sich eine neue Tür in die Zukunft aufgetan, jawohl! Etwas in uns hat die Beschränkungen des physikalischen Universums überwunden, etwas, was Sie und ich und wir alle besitzen. Geist? Vernunft? Intelligenz? Wir haben viele Worte dafür, aber nicht die leiseste Ahnung, welches am passendsten ist. Wir können nicht mehr sagen als: wir können dies tun, und wenn wir es tun, wird das, was immer es uns möglich macht, aus der Gesamtheit des Raums und aus der Gesamtheit der Zeit hinausgedrängt und muß einen Weg zurück in die Realität finden, für den es keine Karten und Pläne gibt und wahrscheinlich auch nicht geben kann. Es könnte eine Million Jahre dauern, zu erklären, warum das so ist.«

Er schloß langsam und ernst, jedes Wort war in noch nie dagewesener Weise bedeutungsschwer. Unter diesem Gewicht sank sie mit bleichem Gesicht auf ihren Platz zurück.

»Gibt es denn in diesem Fall überhaupt Hoffnung? Werden wir in unserer Zeit Kolonisten zu anderen Sternen schicken können?«

»Oh, das ist durchaus möglich. Aber ich bezweifle, daß diejenigen, die die Reise überleben, lange Menschen in dem Sinn bleiben, den Sie oder ich anerkennen würden. Schließlich müssen sie entlang der Weltenlinie eines Planeten, der nicht der unsere ist, eine Straße zurück in die Realität finden. Was man dagegen tun kann, müssen natürlich Sie herausfinden, nicht ich. Aber einen Trost gibt es trotzdem – nicht wahr?«

Unerwarteterweise lächelte Yiu. »Er paßt zur Tradition jener Lehrer, die immer sagten: Wir sind nicht so beschränkt wie das Universum.«

»Daß etwas in uns es überschreiten kann?«

»Ja.«

»Nun, dafür bin ich wohl ein Beweis. Aber was ich oder Sie oder jemand von uns mit diesem ersten *objektiven* Zeichen der Unsterblichkeit anfangen kann, davon habe ich keine Ahnung. Im Augenblick ...« Gene leerte sein Glas und warf einen Blick auf das Bullauge.

»Im Augenblick ist es dunkel. Ich muß meine Toten begraben.«

»Was?« Hoy stellte sich vor ihn und wippte auf den Zehen auf und ab. »Gerade hast du gesagt, wir seien schließlich doch unsterblich, und jetzt sprichst du von einem Begräbnis?«

»Was ich durchgemacht habe, hat auch Stacy durchgemacht. Es hat nichts daran geändert, daß ihr Körper tot ist, oder? Und es hat auch unser Wesen nicht verändert!«

Ganz plötzlich faltete sie die Hände, wandte sich ab und schluchzte. Er behielt seine Gelassenheit, legte ihr tröstend die Hand auf die Schulter und sagte, gleichzeitig zu ihr und zu Shaw:

»Kümmert euch um das Kind! Ich bin bei Tagesanbruch wieder zurück. Besorgt mir einen Spaten und tragt Stacy an den Strand.«

»Aber Gene, das kann doch wohl ...«

Der Einspruch kam von Yiu, und Gene brachte ihn mit einem finsteren Blick zum Schweigen. »Meine Reise ist noch nicht zu Ende. Etwas bleibt noch zu tun. Ich muß akzeptieren, daß sie unwiederbringlich verloren ist, und Sie müssen das auch. Wenn wir Glück haben, bin ich morgen so normal wie jeder andere, ja, normaler als die meisten. Ich habe eine längere Reise hinter mir als jeder andere meiner Gattung, und sie muß so enden, wie es jede lebenslange Reise tut: mit der Annahme des Todes und mit einer neuen Geburt. *Tut, was ich sage!*«

»Aber«, protestierte Yiu, »du sagtest doch gerade, du seist der Beweis dafür, daß wir unsterblich sind!«

»Sie haben wie üblich nicht verstanden, was ich sagen wollte, aber ich dachte dabei an *sie*«, sagte Gene kalt. Er klappte den Deckel des Brutkastens zurück und berührte leicht die Wange seiner Tochter. Das war zu viel. Sie wachte quengelig auf und begann zu weinen. Eine Schwester, die gelauscht hatte, stürzte herein, schalt ihn und nahm das Baby hoch, um es zu beruhigen.

»Gilgamesch«, murmelte Shaw.

»Was sagten Sie?« funr Gene auf ihn los. »War das ein Name? Er kommt mir irgendwie bekannt vor, aber ...«

Der andere zog sich hoch. »Ja, der Römer, über den ihr phantasiert – oder den ihr vielleicht getroffen habt. Er sprach von Gilgamesch und seinem Zechbruder Enkidu. Es ist die älteste Geschichte der Welt. Sie erzählt von einem König, der seinen besten Freund verlor, als die Götter seiner Stadt eine Seuche schickten, deshalb ging er auf die Suche nach dem Kraut der Unsterblichkeit. Seine Liebe zu Enkidu war so groß, daß er es, als er es fand, selbst nicht verwenden wollte. Aber er schlief neben einem Teich ein, und das Kraut wurde ihm von einer Wasserschlange gestohlen. Und als er wieder nach Hause kam, war er so verändert, daß ihn seine eigenen Leute zuerst nicht erkannten.

Aber als er starb, schrieben sie ihm einen Nachruf, und an den kann ich mich wortwörtlich erinnern.«

Feierlich, als zelebriere er ein Ritual, schloß er die Augen und rezitierte: »Er ging auf eine lange Reise, war müde, erschöpft von den Mühen, und als er zurückkehrte, grub er die ganze Geschichte in einen Stein.«

Stille trat ein. Sogar das Baby beruhigte sich in den Armen der Schwester, als ob es verstanden hätte.

»Gebt ihm den Spaten!« sagte Shaw schließlich. »Es ist Zeit, daß er Gelegenheit bekommt, wieder Mensch zu sein.«

EPILOG

Hoy und Shaw legten Stacy, in ein Leichentuch gehüllt – aus Naturfaser, die verrotten würde – an den Strand. Gene hatte darauf bestanden.

Er wartete in der zunehmenden Dunkelheit, bis sie weggegangen waren. Dann wirbelte er mit ausgestrecktem Arm den Spaten herum, schleuderte ihn hinauf auf die Landzunge, die er für das Begräbnis ausgesucht hatte, und dachte dabei, wieviel höher der Wurf gewesen wäre, ehe die Meere anstiegen.

Er nahm ihre Leiche auf seine Arme und mühte sich den steilen, steinigen Pfad hinauf. Es überraschte ihn nicht allzusehr, als er nahe am höchsten Punkt spürte, daß jemand hinter ihm war. Endlich legte er sie neben der Stelle nieder, die er ausgewählt hatte, und sah sich um.

Es waren so viele, daß er sie nicht zählen konnte. Alle waren ein wenig blaß, ein wenig undeutlich, aber hin und wieder erfaßte er auch eine Einzelheit, wenn die Wolken am Himmel sich teilten und der Mond durchbrach: hier das Blinken eines Uhrglases; dort ein Abzeichen an einer Militärmütze; einen rostigen Eisenhelm …

Es gab auch noch andere Zeichen: eine Weihrauchschwade, den Nachhall eines Gesangs.

Aber hauptsächlich waren da schweigende Menschen in trister, schlichter Kleidung, deren Körper das Land zu Fleisch und Knochen zusammenwachsen ließen.

Ohne zu fragen, setzte er den Spaten an und grub ein Loch. Er hatte gut gewählt: hier war die Erdschicht über dem Felsen am dicksten. Seine Muskeln freuten sich über ihre Härte.

Aber sie wurden müde, und als die Zeit kam, die Leiche in ihr Grab zu legen, war er froh über die Hilfe jener, die sie trugen. Er erkannte sie: Milo Hamilton und Leutnant Kreutzer; Osman Effendi und der Kapitän der Galeere; der ehrenhafte Ritter und der Kapitän aus Afrika; der zornige Offizier, der Imperatoren haßte, sogar die alte Frau, die tagelang dagesessen hatte, für den Fall, daß sie gebraucht würde, und die heranhumpelte und eine Beschwörung sprach, als die Erde auf Stacy geworfen wurde.

Danach war er eine Weile blind vor Tränen.

Viel später, als die Dämmerung den Himmel erhellte, saß er mitten unter vielen Menschen um ein Feuer herum, konnte sich aber nicht erinnern, es angezündet zu haben. Sie waren in feierlicher Stimmung, bis die Sonne die Wolken durchdrang; dann reichten sie den Wein herum, boten aber nicht an, ihn mit ihm zu teilen. Als es Tag wurde, löschten sie das Feuer, scharrten die Asche auseinander und legten gebratenes Fleisch frei – nur Fleisch, sonst nichts. Das teilten sie, und jeder bekam ein Stück.

Jeder außer ihm.

Dann nahmen sie Abschied, mit unendlich mitleidsvollen Blicken, jeder gerüstet für eine Reise anderswohin.

Er blieb eine Weile auf einem kalten, flachen Felsen sitzen, spürte den Drang, sich zu bewegen, konnte es aber erst, als das helle Tageslicht über ihn hereinbrach. Dann endlich ebnete er das Erdreich und ging dann langsam den Pfad wieder hinunter, zurück zur Küste.

Seine lange, lange Reise war vorüber. Jetzt konnte er denen, die sie nach ihm unternehmen wollten, erklären, wie sie sich am besten darauf vorbereiten konnten, den Weg um das Universum herum zu gehen und doch niemals die Verbindung mit dem Kontinuum zu verlieren, welches das ganze Leben und alle Leben der Menschheit war.

Und während er am Strand wartete, entdeckte er, daß er noch lächeln konnte.

ÜBER DEN AUTOR

John Brunner wurde 1934 in England geboren und besuchte das Cheltenham College. Seinen ersten Roman verkaufte er 1951, und seither hat er ständig SF veröffentlicht. Seine Bücher haben ihm internationales Lob vom ›Mainstream‹- wie vom ›Genre‹-Publikum eingetragen. Sein berühmtester Roman, der Klassiker ›Stand on Zanzibar‹, (dt. ›Morgenwelt‹, HEYNE SCIENCE FICTION & FANTASY BAND 06/3750) gewann 1969 den Hugo Gernsback Award, den British Science Fiction Award und den Prix Apollo in Frankreich. Mr. Brunner lebt in Somerset, England.

Eine Liste seiner zahlreichen Publikationen in der Reihe HEYNE SCIENCE FICTION & FANTASY finden Sie auf Seite 2 dieses Buches.